爱莉莉 著

图书在版编目（CIP）数据

夫妻基本法 / 爱莉莉著. — 重庆：重庆出版社，2023.2
ISBN 978-7-229-16813-1

Ⅰ. ①夫… Ⅱ. ①爱… Ⅲ. ①长篇小说—中国—当代 Ⅳ. ①I247.5

中国版本图书馆CIP数据核字（2022）第089198号

夫妻基本法
FUQI JIBEN FA
爱莉莉 著

选题策划：李　子
责任编辑：李　雯
责任校对：刘小燕
封面设计：冰糖珠子

重庆出版集团
重庆出版社 出版
重庆市南岸区南滨路162号1幢　邮政编码：400061　http://www.cqph.com
重庆天旭印务有限责任公司印刷
重庆出版集团图书发行有限公司发行
E—MAIL:fxchu@cqph.com　邮购电话：023—61520646
全国新华书店经销

开本：880 mm×1230 mm　1/32　印张：8.875　字数：300千
2023年2月第1版　2023年2月第1次印刷
ISBN 978-7-229-16813-1

定价：52.00元

如有印装质量问题，请向本集团图书发行有限公司调换：023—61520678

版权所有　侵权必究

目录

方程的降职仪式 —————————1
廖莎的布局 —————————18
大客户 —————————33
新官上任 —————————43
一张照片引发的血案 —————————56
交上去的方案泼出去的水 —————————73
两个失意的女人 —————————88
成就感和成就是两回事 —————————108
回归 —————————120
别人的眼光 —————————131
女人的决心 —————————156
新使命 —————————169
风云突变 —————————180
再看她流泪就领走 —————————219
像管理下属那样管理亲人 —————————231
何德何能 —————————241
强大的内心 —————————264
尾声 —————————277

方程的降职仪式

接到董博宇的电话时，廖莎正在给全门店的置业顾问开会。市场转暖的迹象已经如此明显，作为一家全国连锁二手房置业公司在本城的门店，廖莎团队的业绩出现下滑。连保持平稳增长都是廖莎容忍不了的，何况是下滑。扯开自己曾经是校园十大歌手的嘹亮嗓音，廖莎一顿痛骂。从业务能力到团队纪律、从工作态度到服务意识，廖莎把整个门店的15个置业顾问从头到脚整整骂了两轮儿。廖莎脾气大，可本事也大。当年她还是置业顾问时卖二手房一年卖了一个亿，至今在圈子里这还是一个无人能超越的奇迹，所以，她发起火来有底气。被狂怒扫射后的办公室鸦雀无声，这时董博宇的电话就打进来了。

董博宇和廖莎的老公方程是大学同班同学，头顶头睡了四年的过命交情。5年前，董博宇到一家民营软件公司任项目经理，捎带着把方程也带进了公司，一个做项目一个搞技术。看到是董博宇的电话号码，廖莎愣了一下。董博宇是那种恨不能把每一分钟都转化成生产力的人，所以没有要紧事，他不会给自己哥们的老婆打电话。听到廖店长的电话响起，置业顾问们明显松了一口气，就好像小学生听到下课铃时的心情。廖莎也骂得筋疲力尽、再无新意，趁着接电话的当口跟下属们挥了挥手，5秒钟之后偌大个办公室就剩下她自己。

董博宇开门见山，说是让廖莎下班后到他单位附近的一家咖啡店见一面。廖莎心里一抖，闪现出无数种可能。董博宇不是个会开玩笑的人，这一趟看来是有什么大问题。挂断电话，廖莎抓起包就上了路。这一路上，不知道为什么脑海中浮现的都是和方程恋爱时的点点滴滴。两人相亲认识，那年方程30，廖莎28。介绍人其实就是方程的母亲。老太太在给儿子买婚房的过程中认识了廖莎，被这个姑娘干练的性格、积极向上的处事态度，还有能把死人说活的三寸不烂之舌所深深折服，觉得自己老实巴交、没什么大出息的儿子要是能找这么个媳妇，这辈子自己也算能闭上眼啦。和所有相亲一样，廖莎见方程第一面根本就谈不上留下了什么印象，倒是方程今天电话、明天短信追得比较紧。后来，廖莎带着方程给自己的一个大姐瞅了一眼，大姐明确表态：此人可嫁。廖莎也疑惑，看方程长相不突出、性格不突出，恐怕连腰椎间盘都不突出，为什么阅历丰富的大姐就觉得他可嫁呢？大姐告诉廖莎：无他，就是看着好欺负。大姐说的也对，当年的方程眼光单纯，情感经历简单，说啥信啥。后来，廖莎听了大姐的劝跟方程认真恋爱、严肃结婚，渐渐地，也品出了找个好欺负男人的好来。按廖莎在日记里写的就是：我的生活我做主，他的生活我做主，找方程就是为了做主。

快到下班的时间了，马路被一片刹车灯映照得红彤彤的，廖莎一个急刹差点被后面的车追了尾。醒了醒神儿，廖莎才明白，原来这一路都在想着恋爱的过往，究其根本原因就是她一直怀疑董博宇找自己恐怕是方程的情感生活出了问题。有小三啦？破裤子缠腿抖搂不掉啦？不会孩子都生了吧！就这么胡思乱想着，也就到了和董博宇约好的咖啡店。廖莎在车里拢了拢头发，心想着斗小三终归应该会比卖房子容易。

董博宇显然已经等得有点不耐烦了，急迫地向廖莎招着手。桌子上已经摆着为廖莎点好的饮料。廖莎心里一阵反感，也不问问自己想喝什么就这么自作主张，这个董博宇最让人无法忍受的就是没有来由的大男子主义。廖莎也懒得跟他寒暄，直接就四个字儿："找我啥事？"董博宇点了根烟，一副欲言又止的表情。廖莎看着一阵阵害怕，环顾一下四周看看哪个女人正盯着自己，会不会就是方程的第三者？

"廖莎，关于方程有点事儿，想跟你先通个气儿。"这么客气的说话方式，真不是董博宇的风格，廖莎心更慌了。

"你俩一个公司，说白了除去同学的身份，你还是方程的顶头上司。有啥事还用跟我通气儿？"

"要不是同学，这事儿我也不至于这么为难。思来想去，还是先跟你商量商量。"廖莎越听越糊涂，这是唱的哪一出啊？

"除非方程有了小三儿，其他的你不用跟我商量。"

"你想哪儿去了？方程有小三？谁跟他呀？"

"哎，这话我不爱听啊。怎么方程就没人跟呢？我就找了个姥姥不疼舅舅不爱的吗？"

"那倒不是。全世界的姑娘都知道，方程要是离婚那就是净身出户的待遇。谁家缺老爷呀，找他？"

廖莎知道董博宇一向不满意自己对方程管理得太过严格，所以，刚才说的那些话也可以理解为替自己兄弟叫屈。话说到这份儿上，廖莎也知道不可能是情感纠葛。放下了大半个心之后，也就不想跟董博宇计较了。

"你到底有没有正事？我这还着急回家呢！"

"有啊，绝对的正事儿。其正经程度不亚于向你汇报方程的情感动向。"

"说呀。"

董博宇掐灭了手里的香烟，貌似给自己打了打气，然后对廖莎说了下面这段话："方程目前是我们项目的技术总监，手下带领着5名软件工程师在做前期的技术开发。经过了一年的团队磨合，我想……"

听到这里廖莎心里乐开了花。她没想到，方程居然又要升职啦。

"怎么？要升他？不好吧，别人又该说你向着他啦。"听到这里，董博宇整张脸都是通红的，脑袋似乎越来越沉。

"廖莎，你理解反了，要是升职我就不麻烦你啦，这样的好消息我一定亲自告诉方程。今天，恐怕你要失望啦。"廖莎的笑容僵在脸上，迅速盘算着董博宇这句话的真正用意。

"你的意思是说要给方程降职？"

· 3 ·

董博宇半天没出声,然后深深地点了点头。在看到这个动作的同时,廖莎就已经从座位上站起。

"姓董的,别以为方程好欺负。你升官发财靠什么?没有方程拼死拼活给你写代码,你今天能做项目经理?脏活累活你推不出去就全都推到方程怀里。你今天让他做这个技术总监我们还不一定愿意,升职不想着兄弟,降级你找着方程啦。还好意思说是同学,明天我就把这件事发你们同学群里去,我看你怎么解释。"董博宇定定地看着廖莎,好像这一切都在他的预想当中。

"你看,我就说这事儿得先跟你通气。我这要是事先没通知你,回头你得把我家拆啦。"

"我把你家卖了还差不多。钱还得归我。"

"你先听我说完再卖也来得及。方程做这个技术总监已经一年了。可他对自己的定位还是没从一个软件工程师里跳出来。什么叫总监?你得给我带队伍,可他对下属连个像样的考核制度都没有。全技术组人人都闲着就他一个人忙得生不如死,那真是一心一意给所有人擦屁股。结果,要团队没团队,要效率没效率,除了落下个好人缘,其他都是一塌糊涂。再这样下去,我不降他职,大老板就会炒了他。"

听完董博宇的话,廖莎沉默了很久。方程是个什么性格,没有人比廖莎更了解。他就是个不愿意操心的人。平心而论,方程肯定是个优秀的软件工程师,但他一定是个蹩脚的技术总监。平时过日子,只要不让方程操心,他心甘情愿接受廖莎的领导。不过,话虽这么说,但是升上去的职位没有人希望再掉下来,更何况,这还意味着每年将要少将近三分之一的收入。

"董博宇,升他的是你,降他的也是你。你跟你们大老板怎么说?你不是第一天认识他,方程是个什么性格还用我告诉你吗?"

"我现在肠子都悔青啦。技术组不出活我一样跟上面没法交代。搞不好我们哥俩得一起走人。方程他确实不适合,他难受我也难受。廖莎,你也是带队伍的人,我现在什么感受你难道理解不了吗?"

廖莎太能理解啦。方程要是廖莎部下,他连技术总监的门都摸不着。不过,这个转折方程能接受吗?不升也就罢啦。升职后再降下来,这让人的脸往哪儿放?方程虽说确实扶不上墙,但是这块烂泥也是非常有自尊心的。廖莎在心里琢磨,这件事到底应该跟方程怎么说才能把对他的打击降到最低。

"廖莎,就为了这件事我都两宿没睡觉啦。翻来覆去想辙。实在没别的办法啦。你回家好好安慰一下方程。兄弟还得做呀。"

话都说到了这个份儿上,廖莎也实在不能再发作,道歉还差不多。她只是感觉脸上红一阵白一阵就像是被班主任训斥了一顿的学生家长。只是到底怎么能让方程接受这个降级的事实,廖莎一时之间还真是没什么主意。尤其降自己级的还是出生入死的好朋友,这种背叛的痛苦就够人受啦。

出了咖啡厅,廖莎在车里坐了好一会儿。一是躲躲晚高峰,二就是想着这话到底应该怎么跟方程说。转眼快七点啦,方程这时候恐怕也苦逼地结束了一天的工作可以下班啦。廖莎给方程打了个电话,告诉他自己约了个客户在他们大厦楼下谈事儿,这会儿正好可以夫妻双双把家还。方程自然非常高兴,电话里都能听出喜悦的心情。廖莎不由得叹了口气,盘算着怎么在回家这一路上做好方程的安抚工作。

远远地,从大厦里走出的男士基本都是一个模子里刻出来的:平头、眼镜、电脑包、黑眼圈。廖莎抬头看了看这座高楼的名称:IT大厦,心想这名字上得真多余,看里面走出来这些人就知道这大楼是干什么的。这时候,方程走出来啦。站在大厦的台阶上左顾右盼。廖莎看着自己的老公,眼泪几乎都流了出来。在她看来,自己这任务就像医生跟病人宣布检查结果差不多。廖莎按了按汽车喇叭,方程猛一抬头看见自家的车就停在不远处,顿时脸上就荡漾起幸福的笑容。方程虽说已经三十好几了,但这一脸纯真的笑容却真没因为阅历的增长而褪色。当然了,还有一种解释,那就是年纪渐长阅历不增,基本就属于白活。

"老婆,怎么这么巧你就在我们楼下。你给我打电话的时候我正想你呢!"

"想我干什么?想怎么气我是不是?"

"我哪舍得气你,把你气坏了谁领导我。你是咱家重点保护对象。"

方程有一个巨大的优点就是嘴甜。好几次廖莎蓬勃的怒气都是被方程腻人的甜言蜜语覆盖住的。

"我算看出来啦,你每天的主要任务就是给嘴抹上蜜,然后哄得我给你出力卖命。"

"谁让我老婆卖命?谁?你让他过来我跟他谈谈。老婆,晚上我给你做好吃的。谢谢你下班来接我。"廖莎在心里哭笑不得,就这么个谈话节奏怎么能起到传递降职信息并且安抚方程的作用?

"老公,你最近工作还顺利吗?"

"顺利呀,可顺利啦。我们技术组几个小伙儿都跟我可好啦。"

"那工作进度怎么样?"

"进度就那样呗!组里我年纪最大、挣得最多,多干点儿也是应该的。那些小孩儿基本薪水都很低,给他们派活都不忍心太逼着。"

听到这里,廖莎的肺都要气炸啦。这要是车里坐着的不是老公而是下属,廖莎早就打开车门把他推下去啦。就这思想、这境界,这哪是个技术总监的心智啊。方程从事的简直就是慈善事业。廖莎强压心中怒火,继续和方程聊天。

"老公,你要是这么工作,你得多累呀。"

"老婆,还是你心疼我。当这个总监一点也不好玩。我技术技术没长进,生活生活也撂荒啦。"

"你生活怎么撂荒啦?"

"我的那些花花草草呀,都没有心思好好侍弄。咱家的好几盆花都该换盆儿啦,结果总是没时间。"

廖莎越听越气,心想着明天我就把你那些花花草草全扔啦。不过,此时她也不好发作。

"老公,要不这个总监咱就不干了吧。"廖莎这句话可不是白说的。作为一名资深二手房经纪,廖莎的嘴里就没有废话。前一句和后一句都像齿轮一样咬合在一起。在她的设想中,如果方程对于这个假设反弹得比较强烈,那她就再缓缓,采取迂回战术劝方程凡事看开。如果方程对于这个大胆设想的反弹比较平稳,那她就一剂猛药下去,彻底跟方程摊牌。到底采取哪个战术全在于方程对总监这个职位的重视程度。毕竟就算不计较名誉,还有年终10万元奖金的问题呢!廖莎用眼睛的余光看着方程,不想错过他脸上任何一个微小的表情。

听到廖莎的这个假设时方程正在喝矿泉水。话音刚落,方程一口水喷了出来咳嗽不止。廖莎心里一惊,对方程不免心疼。可谁成想,方程抹了抹下巴竟然露出了一副狂喜的表情。

"老婆,真能不干我早不干啦。我好好的工程师不做我当哪门子总监啊?我要是真能脱离苦海,一定大宴三天不醉不归。"

听了方程这番话,廖莎只觉得脑袋一阵晕眩,方向盘都有点把持不住。手一抖,车辘轳走了个弧线形搞得后面的汽车狂按喇叭。

"老婆,你怎么啦?开车一定小心点儿。"方程哪里知道廖莎的心情,自顾自开始描绘心中的幸福生活。

"老婆,你说赚多少是多?多有多的活法,少有少的开心。就为了那点儿收入搞得自己连业余生活都没有啦,真是得不偿失。你说,自从我干上这个总监,你是不是还没看见咱家那些绿植开花呢?照顾得不够,我跟你说。有点时间都用来补觉啦。"

廖莎实在忍无可忍啦。自己还想着怎么安慰方程受伤的心灵,安慰个屁呀,简直是正中下怀,求仁得仁。廖莎一把轮把车停在路边,侧过头定定地看着不明就里的方程。

"下车。"

"干吗下车，没到家呢，老婆。"

"我让你下车。"

"干吗呀？"

"好，方程。你不下车是不是？你不下车，我下。我走还不行吗？"

廖莎解开安全带，抓起皮包就下了车。刚走了两步觉得不对，回头对坐在车里的方程说："你要是敢跟着我，我就跟你离婚。"方程一副吓傻了的表情，不知道这位姑奶奶今天这又是怎么啦。想下车也不敢下，想追问也不知道该问点什么。廖莎又走了几步，停下来喘着粗气，然后一个大力转身，冲着不远处的方程狂喊道："我非常荣幸地通知你，方程，你如愿以偿地被光荣降职啦。"喊出这一句廖莎的眼泪就流了下来。她心中无限回荡着那句话：不怕神一样的对手，就怕猪一样的队友。

廖莎最后的怒吼当然方程也听清楚啦。但是他不明白的是老婆最后喊那一嗓子跟她怒摔车门之间有什么必然联系。难道是自己被降职导致廖莎生气吗？就为了这个至于吗？马路上车来车往，此地也不宜久留。方程把车开走，找了个大厦把车停进停车场就拨通了廖莎的电话。那头儿的廖莎正在马路上狂奔飙泪，内心充满了被一个不争气的男人死死拖住后腿的悲凉。实际上廖莎如此生气也有深层次的原因。当年，廖莎忽悠方程妈妈买二手房，把老太太哄得心花怒放。结果把一个破房子生生卖出个好价钱。谁知道天算不如人算，一年后自己就搬了进去。这是廖莎人生中少有的败笔。她住在那个一到冬天平均气温从未超过15度的房子里，心中充满了人生无常的感慨。方程升职，廖莎就开始盘算着换房子。住在这里的日子她真是觉得多一天就输一天。现在，方程居然梦幻般地降职，廖莎瞬间觉得自己的人生恐怕要从此输上一辈子。计算好的事情没来由地被方程一个乌龙搅乱，廖莎心里的挫败感油然而生。所以，当看到方程的电话打进来廖莎只冲着电话说了一句：你去问董博宇，你看看你自己有多丢人。方程还真是听话，转头就给董博宇打了个电话。董博宇听完方程的描述觉得大事不好，真是越想软着陆就越是一头摔地板上。两人约好见面,共商大计。

廖莎雄赳赳气昂昂地走了两条街,伸手叫了个出租就直奔好姐妹开的咖啡店打算撒欢儿吐槽。这位姐妹也不是外人,就是当年评价方程好欺负可嫁的那位大姐。廖莎一直叫她石姐。石姐也是一位高人,出身于高干之家,早年做过外贸。青春懵懂之际嫁过一回,换来个跟她像仇人一样的女儿。廖莎认识她时就已经独身多年,相貌颇佳、财务自由、情感状况不详。石姐的这个咖啡馆,与其说是赚钱的买卖还不如说是撒钱的窟窿。人均800的装修,人均80的消费,说白了也就是个排解寂寞的玩具。

廖莎抹着眼泪儿进来,直奔老板娘的私人包间。一推开门却看见石姐正像尊雕像一样直挺挺地坐在吧椅上,对面一个画家模样的人正在认认真真地对着她素描。看到这样的情景,廖莎是进也不是出也不是,尴尬得好像撞破了朋友的私情。倒是石姐来得大方,招手让廖莎坐下。看廖莎红着眼圈进来,任谁都知道肯定是有情况。那位石姐揉了揉脖子对画家说:"要不,咱明天继续吧。"画家笑了笑,起身走到石姐旁边给她一个告别吻。廖莎看得有些傻眼,目送着画家出了包间就再也按捺不住自己的好奇心。

"这谁呀?这么洋气?"

"画家。给我画像的。"

"画像?不会这么简单吧。"听到廖莎的追问,石姐眼光流转,顾盼生情,廖莎顿时就明白啦。

"行啊,石姐。这是你人生的第几春啊?"

"管它第几,是春就行。"说完,俩人笑成一团。闹够了,石姐脸一绷问廖莎到底出了什么事。廖莎眼圈一红,眼泪又掉了下来。

"方程被从技术总监的职位上拿下来啦。我这一听到消息一门心思想着怎么安慰他。谁成想他居然又是秧歌又是戏,欢乐得不得了。嫁他的时候就知道这人不会有什么大出息,可没成想居然窝囊到这个程度。"

听完廖莎的表述，石姐一副没什么大不了的表情：

"我当什么事儿呢，哭天抹泪的。只要不是生病不是出轨，其他一切问题在夫妻之间都不叫问题。"

"怎么不叫问题？我拼死拼活赚钱养家，他一门心思养鱼种花。人家都是老爷们独当一面，轮到我怎么就得女人能撑整片天。我怎么这么倒霉呀？"

"能独当一面的老爷们你能管住吗？那样撒手没形的男人你能受得了吗？就你这操心命不让你上蹿下跳，你两天就得憋出病。"

"我怎么就该找个窝囊废了？"

"替你出头就得替你做主。给自己老公当下属这种事儿就不是你能干的。"

"那也不能被降职了还不以为耻反以为荣吧。我还想换大房子呢！"

"想换房子啊？自己赚去！你不是挺能赚钱的嘛。"

"那我要他干什么？我买个台灯摆着好不好？"石姐看到廖莎红着眼睛跟她较真儿，也不忍心再用劈头盖脸的打法。心想着怎么能让廖莎明白"选男人"这个世界难题的真谛呢？

"莎莎，能给你买大房子的男人的确有。但是人家根本就不会喜欢你这种性格的女人。人家找老婆一是要养眼二是要听话。养眼咱先不说，就只听话这一项你就做不到。事事想做主就得事事要操心。想要不操心就不可能做主。你看看你该怎么办？"

"我就想不操心还做主。"

"那你买个台灯吧。"石姐说完，廖莎忍不住也露出了笑容。其实，石姐说的道理她也不是不懂。在方程之前廖莎有过一段为期两年的感情经历。对方是他们公司的一个区域经理。两个人在公司年会上一见钟情，轰轰烈烈地谈起了恋爱。那位男士几乎满足了廖莎对男人的一切想象。帅气、能干、风趣、有担当。整个公司都在为金童玉女的双剑合璧欢呼鼓掌。但是，两年的恋情两个人也整整吵了两年。男的说东，女的说西。

公说公有理、婆说婆有理。那真是刀光剑影、一路腥风血雨。两个人尤其不能合力做事,都对自己的方案深信不疑,都觉得对方应该无条件服从。后来,廖莎在男方的手机里发现了几条暧昧短信,盛怒之下提出分手,男方也没有挽留。一段看似完美的感情就这么走到了末路。失恋后廖莎一度一蹶不振,再后来痛定思痛就找了好欺负的方程。谁成想方程又实在是太缺乏进取精神,搞得廖莎疲惫不堪。石姐说的这些道理廖莎在与前男友分手时都曾经自我剖析过。但,理论终究是理论,轮到现实也找不到可以解决的办法。

廖莎在石姐的咖啡馆哭天抹泪。方程和董博宇也在酒吧里促膝谈心。董博宇指天顿地地表白自己绝无坑害朋友之心。方程频频点头,指责董博宇想得太多。

"咱俩这么多年的交情,你还不了解我吗?我是个把职位看得那么重的人吗?再说,这个总监当得我一点也不开心。真不知道你们这些人怎么就对管人那么痴迷。有什么意思呀?与天斗、与人斗就真的那么其乐无穷吗?"听到方程的这番表述董博宇感动得几乎落泪。早知道这位同学有如此胸襟,自己哪还用如此大动干戈。原本希望廖莎能安抚一下方程,没想到方程风平浪静,廖莎居然天翻地覆。

"程子,你老婆肯定就是因为我降你职的事儿生气啦。太对不起啦,想帮忙却总添乱。"

"我老婆是厉害点儿,但她这个人心眼儿不坏。没事儿,我哄哄她就行啦。降职的事儿,你不用为难,该宣布就宣布,对我来讲绝对是一种解脱。你放心,明儿我有大动作,绝对把这事儿弄得漂漂亮亮的。"

方程跟董博宇促膝谈心的时候,廖莎也从石姐那儿回了家。万籁俱寂,廖莎回想自己跟方程这几年的婚姻也真是感慨颇多。方程为人特别知足,他欲望不高还特别宽容。去年,廖莎跟着自己几个客户搞了个众筹的餐饮项目,作为原始股东投了20万人民币。谁成想餐饮是个勤行,跟炒房子不一样,开饭店是需要老板亲力亲为起早贪黑。几个炒房客哪里受得了这个苦，于是高价雇了个职业经理人。几个股东都是外行，被个总经理联合厨师长糊弄，不出半年，饭店无以为继，总经理带着厨师长另起炉灶干得风生水起。股东开会大家除了义愤填膺也没有什么别的办法，20万的真金白银就这么连个动静都没听见。廖莎多心疼钱啊，懊恼得回家哭了一场。方程使出大劲安慰老婆，他一句怨言没有，而且从此之后投资失败这件事只字不提。廖莎感动得什么似的，觉得这人窝囊似乎也有窝囊的好处。廖莎心里有着一种被人放了一马的轻松，暗暗下了决心，就因为方程的这次豁达，她廖莎能允许方程犯三个重大错误。所以，这降职的事儿，廖莎气头儿一过也就想通了许多，咬了咬牙在心里给方程的三次机会抹去了一次。

　　方程和董博宇两个人离开酒吧的时候已经半夜一点多啦。方程回到家的时候廖莎已经含泪入睡。看着自己老婆卸了妆后苍白的脸庞，方程不由得嘀咕了一句：这一年的大骨头汤算白给你熬啦。廖莎性子急脾气大，平日里拿着方程指挥来指挥去地当下属管理。董博宇对这种家风很是不齿，但方程知道，廖莎自有廖莎的好处。两个人还没结婚的时候，方程的大姨得了癌症，从甘肃投奔方程一家来看病。眼见着大姨已经精神涣散，几位表兄头压得恨不能插进肚子里，就是没个主意。全家气压最低的时候，廖莎站起来底气十足地说了一句话："去北京。"就这样，一个没过门的外甥媳妇带着方程大姨就奔了首都。找医院、做检查、动手术，怎么联系怎么打点，一步步都是廖莎安排的。从此，廖莎在家族中一战成名，热心肠、能力强，能办事儿。方程心想，找这么个媳妇自己得省多少心啊！这几年下来，廖莎确实是家里家外一把手，除了厉害点，没啥毛病。

　　董博宇从酒吧出来的时候心情异常轻松。两个眼睛锃亮，已经在谋划着下一任技术总监的人选。想想本季度的业务量，想想几个重要客户的跟进节奏，总之，解决了方程这个难题，董博宇剩下该面对的就都是他拿手的啦。回到家推开门，董博宇不禁一愣。已经接近后半夜两点，家里居然电视声音嘹亮、灯火通明,他的妻子顾晓楠正穿着整齐地坐在沙发上。看到这番情景,董博宇真是一股无名火就蹿了上来。这已经不是第一次啦。董博宇几点回家,顾晓楠就几点睡觉。你一点我就一点,你两点我就两点,你通宵我也通宵。总之,顾晓楠严密地做到了无论董博宇何时回家她都衣着整齐地坐在沙发上。为了这件事情夫妻俩也没少拌嘴。董博宇觉得顾晓楠这是非暴力不合作运动,顾晓楠觉得董博宇不知自省。今天,又是此番情景,董博宇顿时觉得烦得要命。本来他工作就很忙,回到家里还得照顾一个家庭妇女的情绪,简直没有天理。看到董博宇阴着脸进来,顾晓楠也没起身迎接,只是默默地关了电视,伸个懒腰准备回屋睡觉。每次看到顾晓楠这个动作,董博宇就觉得她像一只懒猫。

"我说,你打算就这么跟我耗到什么时候?"

"我耗什么呀,我就是一个人睡不着觉。"

"睡不着就得试着慢慢能睡得着。我总不能回家把你哄睡了再出门应酬吧!"

"老公,你怎么那么多应酬?你就不能抽时间陪陪我?"

"你也不是小孩子啦,怎么总要人陪呢?一个大老爷们能天天围着老婆转吗?你也得学会调节自己的生活。别天天没事就琢磨我。"

"我哪天天没事啦?这一个家还不是我在照顾。从睁眼开始,这一天里里外外你以为轻松啊。"

"如果全职太太还不轻松,这天底下还有什么事叫轻松吗?你去问问廖莎,她羡慕不羡慕你?"

类似的谈话几乎每隔几天就要进行一遍。也争论不出个所以然,顾晓楠也就是发泄一下不满,董博宇也就是鄙视一下顾晓楠的不满。早知道全职太太的生活是现在这样,恐怕顾晓楠当时还真得好好想想。顾晓楠是市歌舞团的舞蹈演员,青春年少时在一个朋友的饭局上认识了董博宇。顾晓楠长相不算突出地漂亮,但是贵在举止优雅、浑身散发着舞蹈演员特有的魅力。董博宇当时也属于科技新贵，正是青年才俊的标准配置。两个人一来二去，没见面几次就出双入对啦。顾晓楠从小在集体生活中长大，为人娇憨、单纯，董博宇是大包大揽的作风，两个人的恋爱过程基本就是一段"养成系"的经历。董博宇一手包揽了顾晓楠的思想、习惯，重塑了她的人生观和价值观。而顾晓楠也是从娘家基本算是过继给了董博宇，从一种不操心到另一种不操心。顾晓楠找到董博宇还是很满足的。毕竟想找个和自己年龄相当又经济稳定的人也不是那么容易。婚后，顾晓楠也就没怎么工作过。不是她不想而是没工作。市歌舞团就差没解散了，如果愿意就是给有钱人唱堂会。顾晓楠当然是不愿意，那就只好在家闲着。好几年排一台大晚会也根本轮不上她上台啦。不跳舞顾晓楠也不知道自己还能干点啥，这辈子干得最好的就是顶碗转圈。所以，她就在家当起了全职太太。对于顾晓楠的居家董博宇还是非常欣赏的。自己是搂钱的耙子，自然就希望另一半是装钱的匣子。可是，董博宇没想到的是居家的顾晓楠这么黏人。一天无数个电话，你在开会她要亲亲，你在谈客户她要和你视频，你在写标书她要看电影。总之，董博宇觉得顾晓楠完全没有适应一个妻子的角色，死死地留在了女朋友的位置上久久不肯离去。而顾晓楠觉得董博宇婚前婚后判若两人，再加上自己当了全职太太后心里发慌。

　　董博宇回到卧室倒头就睡，顾晓楠洗完脸回到卧室都已经听到了董博宇的呼噜声。顾晓楠坐在床边不免神伤。自己苦苦撑到后半夜就是想等他回来夫妻两人聊聊天说说话。这可倒好，他沾枕头就睡。这么一想，顾晓楠的睡意也散了大半，举起一本小说直看到天亮。

　　方程也忙活到天亮。卸下了总监的重担，他觉得很高兴。廖莎的震怒都不能掩盖他内心的喜悦，为了这个历史性的一刻，他决定要全情投入到自己热爱的绿植事业。看到阳台上高低错落的各色植物，方程就觉得少挣多少钱都是值得的。说实话，要不是考虑到廖莎的情绪，当初那个总监他就不会去当。整天忙活一些和业务一点关系没有的事情烦都烦死啦。看到其他项目组的同事在技术上取得了突飞猛进的进步，方程暗暗觉得总监这个位置真是耽误他进步。现在一切都恢复到了本来的样子，他又可以钻技术和种花草，想想都开心。至于廖莎，方程觉得一切都交给时间吧。

廖莎这一宿睡得不好，当然不可能好，能睡着就不错啦。隐约中总听到卧室外有窸窸窣窣的动静。黎明时分，廖莎彻底醒了，也懒得去看方程在干什么。事已至此还真能离婚吗？只能是自己再重新规划一下。自己这个门店上面的区域经理据说要跳槽啦。这种事情没有谣言，要不是真的要走，要不是放出消息看公司反应。总之，他是在区域经理的位置上待不住啦。这样的话，廖莎觉得自己的机会来了。基于目前家里的情况，她真得背水一战了。天已亮透，廖莎摸摸索索起床。刚出卧室的门就看见大厅里一盘盛放的水仙端端正正地摆在餐桌上。廖莎并不是方程那样的花痴，但是见到这样清新的一幕也绝无可能感到厌恶。但是，经过了昨晚的一切，她看到这盘娇艳欲滴的水仙就感到它活生生抢走了自己的丈夫。廖莎走近一看，在水仙花盆下面压着一张字条，上面写着：老婆，你是我的水仙。祝亲爱的老婆大人永远芳香四溢。廖莎瞄了一眼，心想：乱比喻。就算是花，我也不可能是水仙。牡丹还差不多。

此时，方程一脸兴奋地从阳台进来，热切地跟廖莎说："老婆，水仙花开啦。连它都替我高兴。"

廖莎狠狠地瞪了方程一眼，气急败坏地说："什么样的主人就有什么样的花草，一样没心没肺。"方程也不敢再多言，只是一味地笑着："我哪有没心没肺，昨天看你哭成那样，我可心疼呢。"廖莎在心里暗骂：真是一张嘴能哄死人。事已至此，也没什么再争论下去的必要。夫妻两人一个心事重重，一个兴高采烈地各自上班。

方程背了一个大包来到公司，在座位上坐定的时候才7点半。他悄悄在行政部拿了会议室的钥匙打开门。一想到从今天开始自己就要告别总监的苦逼生活，方程就笑得无比灿烂。他拿出自己精心剪裁的拉花，像布置主题班会那样给严肃的会议室增添了一丝温馨的气氛。然后，从背包里掏出从家带来的各色水果、茶点和零食，分别装在会议室的水果盘中。一切布置就绪，方程又掏出了早在大红纸上写好的几个大字"方程降职仪式"，自己磕磕绊绊地挂在会议室的墙上。这一切忙活完毕，公司的同事也开始陆续来到办公室。当然谁也不会一大早跑来会议室看看有什么。方程一个人像怀揣着巨大秘密的线人，在自己的座位上坐立不安。8点半，同事基本陆续到齐。方程叫来了董博宇还有项目组里的几个技术人员。一行人一进会议室就惊呆了，董博宇更是下巴差点掉到脚面上。知道方程不介意降职，但是没想到他居然给自己弄了个仪式。大家不明就里，也不敢乱讲话，只是惊讶地看着方程接下来的表演。对于大家的反应，方程显然比较满意。他走到台前开始自己的降职演说：

"各位，大家都没有看错，这是我给自己准备的降职仪式。对于即将离开技术总监这个职位，我是由衷地打心眼儿里高兴。我可能是个优秀的技术人员，但我确实没有办法胜任技术总监这个职位。请不要为我难过，降职对于我来说是最符合我性格的一次解脱。能重新以一个普通技术人员的身份和大家并肩工作，我觉得我非常快乐。升职固然可喜，降职也值得祝贺，从今天开始，曾经的方程又回来啦。技术总监的人选请公司再做定夺，反正我是宁可辞职也再不当官儿啦。同事们，为我欢呼吧！希望你们能感受到我此时的心情，让我们来共同体会这幸福的一刻。下面请我们的项目经理董博宇来宣布我的降职决定。"

在座的所有人都被方程的这一段演讲击倒啦。大家是鼓掌不是，不鼓掌也不是。一个个面面相觑，不知如何自处。董博宇也被击倒啦，他没想到方程所谓的大动作指的就是这个"降职仪式"。董博宇站到方程身旁，看着面前一个个目瞪口呆的同事，又看了看墙上那几个醒目的大字，内心突然涌上一种莫名的悲壮：

"这个，方程的降职不是方程的失败，而是我们选拔人才的失败。方程的降职不是历史的倒退而是真理的回归。在这里，让我们以热烈的掌声庆祝方程能够以一种他认为舒服的方式生活和工作，并且，希望他能在普通技术人员的位置上取得新的成绩。"话音一落，会议室里响起了热烈的掌声。方程热切地往大家手里塞水果和茶点，同事们显然已经接受了这一大清早迎头而来的惊喜，开始陆续开着方程的玩笑。

"行啊，程子，策划得不错呀。"

"方程，你该去营销部门啊。"

看着大家兴奋的表情，董博宇拍着方程的肩膀语重心长地说道："这辈子你就算去要饭都一定是个快乐的叫花子。"

廖莎的布局

方程在公司表演的这一切廖莎当然都是不知道的。降职仪式之后，董博宇给廖莎打了一个电话。主要意图还是表达自己的歉意。廖莎也再次重申是自己家人不争气。话虽这样说，但廖莎内心的挫败感比方程自己还要强烈。主要是通过这件事她开始意识到，自己恐怕要重新审视婚姻中夫妻的分工。原本她以为方程升职后自己能轻松一些，但现在看来几乎是永远也没有这个可能啦。恨方程不争气也解决不了问题。想换大房子还得从打造自己的职业前途入手。所以，当她得到了区域经理离职的确切消息后就开始紧锣密鼓地筹划着自己的升迁之路。

廖莎仔细分析了一下本区域7个店长中自己的优势和劣势。优势就是自己的业务能力强，门店业绩一直处于上游。而劣势就是廖莎的门店处于城市的边缘位置，一直以来总公司不够重视。也就是说廖莎作为一名明星销售人员的知名度要比作为一名店长的知名度高。她认为这是自己在本次升迁机会面前的劣势。基于这种考虑，廖莎打算在近期干出点动静。让公司上下不由得将目光集中在自己的门店上。想来想去，她决定近期搞一次"推房风暴"。

"推房风暴"是廖莎公司的一种销售形式。说具体点就是全公司上下几十家门店在几天时间内狂推同一所房子以造成短时期内立即销售出手的效应。在月初的业务汇报上廖莎提出了"推房风暴"的申请。申请刚递上去，廖莎好友于小娜的电话就打了进来。于小娜和廖莎同一时期进入公司，二人一个当店长，一个做行政，私交非常要好。

"廖大傻子，你疯啦？"

"怎么了我就疯啦？"

"你拿了套什么房子申请'推房风暴'啊！"

"怎么了？不行吗？"

"你想干什么？推房风暴每个门店一年都不一定能轮上一次机会。这是店长在总公司露脸儿的事儿。谁不是拿出精品房源来做活动啊。图的就是个半天出手的效果。你可倒好，你看看你选的那套房子往死里推也够呛，能出手？你是找死吗？"

"姐姐我做活动就是不用精品房源。破房子一样该出手出手，该露脸儿露脸儿。"

"你就狂吧你。"

于小娜气呼呼地挂了线。也难怪她为廖莎担忧。廖莎选定的这套房子顶楼、把边儿、西向。户型怪异到想要上厕所需要穿过整个厨房。拿这么一套房子来做活动，这简直就是跟自己的名誉过不去。这种自杀式行为确实引起了公司上下的重视。公司的一位副总也曾婉转地奉劝过她要慎重考虑。但是廖莎有自己的谋划。想要脱颖而出就不能用常规打法。好房子卖出去是应该的，只有破房子还能卖个好价钱才叫本事。这一招也把廖莎逼上了一条不归路，要么公司上下轰动，要么自己卷铺盖走人。不给自己留后路一直都是廖莎的打法。

申请了"推房风暴"之后，廖莎迟迟也没有正式行动。她知道这个活动的凶险，所以必须做好功课。连续一周的时间，她在一天之内的五个时间节点去那所房子看日照的情况。最终得出结论，只有在大晴天的下午三点到三点半之间这所西向房子的阳光才能叫做阳光。另外，按照廖莎的指示，房主找了两位保洁阿姨将房子仔细打扫了一遍。为了显得房子宽敞，廖莎让房主把所有装饰性的物品全部收起，厨房橱柜的案板上不许放任何杂物。床上不许放被褥，餐桌上不能有水杯，总之要让这个小户型房屋的实用面积尽可能地展露在买家眼前。最后，廖莎让房主在一进门的玄关处放上了一面穿衣镜。镜子的角度正好将客厅的内景能折射到玄关。这样,一进屋你就会忽略迎接你的其实是一堵墙。准备停当之后,廖莎天天关注天气预报,就等着能带来阳光的大晴天。

时机成熟后,廖莎在公司的内网上上传了精心准备的房屋资料。四个小时后,公司所有门店的橱窗、易拉宝、网站、微信、微博、APP所有的头条都被更换成了这所房子的信息。临近下班的时候,已经有10位客户预约看房。廖莎把这10位客户全部约在了同一天的下午三点。在集体看房的前一天,廖莎集中了门店里的10位置业顾问,告诉大家必须使用一对一的盯人服务法。只要能做到客户看完房后把他们拖来门店,置业顾问的任务就算圆满完成。剩下的工作由廖莎亲自上阵。哪一个客户要是最后没有进店询价,那么置业顾问就要承担责任。最要紧的一点就是,留给大家的看房时间只有20分钟,必须速战速决。

看房当天,廖莎一天都没有出门。她就一个人静静地坐在办公室里盯着电脑屏幕发呆。所有关于这所房子客户可能会问到的问题她都在脑海里反复地回答。三点半,透过门店的窗玻璃,廖莎看到5名兴高采烈的置业顾问带着客户正往门店这个方向走来。一半的询价率,基本和廖莎的想象持平。接下来就是整个卖房战役中最具技术性的询价签单环节啦。虽然奋战多年,但是这次买卖的意义非同凡响,廖莎不由得内心也有点儿紧张。但是,只有她知道,这所房子还有一个最为重大的优势她没有告诉任何人。虽然隐瞒下这个消息可能会失去一部分前期看房的顾客,但是在最攻坚的环节抛出这个优势却能极大地促成签单。这就是廖莎够狠的地方,她真能忍得住。廖莎瞄了一眼前来谈价钱的这五家客户。其中三家是夫妻二人,一家是一位男士,还有一家是一位女士。不用多说,看房子这种事一定要夫妻共同前往才显得诚意大一些。所以廖莎决定要重点在那三对夫妻身上下点儿功夫。

果然,五家客户进了店之后踊跃谈论观后感的就是那三对夫妻。余下的一男一女看热闹的感觉更明显一些。三对夫妻显然都没有将阳光是否充足的问题放在一个必须讨论的重视程度上。这让廖莎最担心的环节基本算逃过了一劫。至于顶楼、把边儿还有怪异的户型，来看房之前客户就有了解，此时再说也无非就是拿来做谈价钱的要挟。三对夫妻很显然都是老婆做主型的家庭，这让廖莎和他们对话的时候有了很多的共同语言。简单了解之后，发现客户的出价要比房主的心理价位低三万、比要价低五万。廖莎给房主打了电话，房主主动降了一万，这样客户出价与房主要价之间的差距是四万，而实际的差距是两万。这时候，有一家表示四万的价格差自己肯定接受不了。廖莎观察其神情，觉得别说四万的价差就是实际上的两万价差他们恐怕也接受不了。所以，她暗自在心里调整了策略，开始忽视这对儿对价格极其敏感的夫妻而转向多加询问那位独自来看房的男士。那位男士明显就是来看热闹的，所以他心理防线比较低，他的态度就对另外两家确实有购买欲望的家庭形成了很大的威胁。

这时候，房主已经到了门店。由于在房主来的途中已经确定可以降价1万，所以这个时候就没必要再安排房主和两位极具购买意向的客户见面。房主在门店的另一间办公室坐定，只等着签约。看房主已经到了，却没有和大家谈价钱的意思，所以对价格最敏感的那对夫妻还有一直在打酱油的那位独自看房的大姐就首先撤退啦。现在门店现场就剩下最具购买意向的两对夫妻还有那位看热闹的男士。这时候，廖莎拿出一张一周前的报纸。在报纸非常不起眼的一个位置有一条新闻"我市定制公交下月试运行三条线路"。所谓定制公交就是那种只在不超过两个站点停车的快速公交。是一种比较新颖的出行方式。廖莎拿着这张报纸告诉那两对夫妻，定制公交的三个乘降点中有一个就在这所房子楼下。线路是通往开发区的。那位独自看房的男士听到这个消息表现得非常兴奋。因为他本身就在开发区工作，每天都在为搭顺风车的事情纠结得不轻。这样一来，这位男士从最没有希望购买的客户一下子荣升为购买意向最强烈的人。显然对于这个转变，那两对夫妻非常在意。这时候廖莎发话啦：

"这所房子的要价大家可以看看,比我们这个区域的正常成交价已经低了。正常这个区域应该是成交价在12000一平,这所房子的要价是11500一平。定制公交开通后,这个区域将成为一个区域性的交通枢纽。很多希望离开开发区居住的人都会首选在这个区域买房子。所以即使价格不涨,成交量也会上升。最关键的是政府为什么把定制公交的枢纽放在这里,我想不会是没有原因的。有可能这几栋楼过几年都有动迁的可能,因为,枢纽的功能一旦扩大,配套就需要跟上,拆几栋楼很正常。上个月的时候我们连定制公交是什么东西都不知道,这个月都已经建站啦。一旦拆迁,我想不用我说啦,政府给的拆迁价一定高于任何二手房的成交价。所以你们想想。"

廖莎明显是连吓唬带引诱。那位单独看房的大哥已经走出门店去给他老婆打电话啦。讲话声音很大,就是让他老婆无论如何都要过来看一眼。廖莎静静地观察着余下那两对夫妻的表情。两个家庭虽然表示定制公交对他们的生活影响不大,但是明显表现得更积极啦。廖莎看了一眼表已经4点啦。这时候,房主百般不耐烦地从内间出来,一副马上要走的表情,男房主更是情绪激动得说话声音都提了几个分贝。

"你们干什么玩意儿让我们等这么长时间。我已经降了一万啦。我说话算数,我降这一万就到今天4点半好用,明天跟我谈的一律恢复原价。马上能定下来签约我再给5000块的优惠。我马上接孩子去,赶紧的。"他这一吵不要紧,在门店外打电话的大哥立马跑了回来,力劝房主再等等,自己老婆已经在路上啦。

廖莎也不出声,频繁地按死不断打到自己手机上的电话。最后,貌似非常不耐烦地接了电话只说了一句:"你别催了,我肯定得先尽着我自己的客户。5点给你消息。"这时候,两对夫妻中的一对霍然站起,那位明显是主心骨的老婆大声喊了一句:"笔呢?"廖莎长舒一口气,挥挥手让置业顾问赶紧找范本合同让双方签约交定金。自己疲劳至极地一屁股坐在了椅子上。

五点半的时候，门店里一切恢复了平静，这套房子成功出售一共就用了两个半小时的时间。送走了最后的客人，店里只剩下廖莎还有一位置业顾问。那位置业顾问刚入行不久，显然还没有经历过什么大世面，整个人显得兴奋得不行。

"廖店儿，真卖出去啦？到现在我都有点不相信。"

"有啥不相信的。功夫做到了一定有成效。"

"确实，那房子咱跑了多少趟啊。我都恨不得弄个抹布给他家擦地。看来这地是没白擦呀。到最后连我都觉得这房子收拾收拾也真是不错啦。"

廖莎坐在椅子上喝着乌龙茶，置业顾问的兴奋她理解，但是她也知道置业顾问根本没兴奋到点子上。有一件事情廖莎对谁都不会讲，那位单独来看房的男士是她在一个群众演员微信群里找的。为此她还付出了500块人民币的成本。在这个行业里有些事情就是这样，可以做但是不可以说。别人做的你也许能看破，但是记住不要说破。店里的其他置业顾问远没有这位新人这么兴奋，一是因为确实看得比较多，再就是因为大家看破啦。但是，谁会说呢？说出来干什么呢？一个行业里最隐蔽最龌龊的东西摆在明面上，能被恶心着的只有自己。

想到这儿的时候，办公室里已经空无一人。廖莎突然想喝一点酒，再抽根烟，好像极度紧张之后只有这种方式能让她放松下来。仔细想了想，能聚在一起喝喝酒聊聊天的也就只有董博宇两口子，虽然廖莎非常看不上顾晓楠。

听说自己老婆想要放松一下，方程自然是高兴得不得了。这几天他一直瞅着廖莎的眼角眉梢行事，生怕她刚刚被安抚下去的火气再被什么易燃物给点燃。所以，老婆提出要放松这就是预警彻底解除、生产生活全面恢复正常的信号。方程迅速地把这个重大利好消息告诉了董博宇。

"老董，我老婆刚来电话说晚上想咱们两家聚聚。"听到这句的时候董博宇正按着办公桌上的座机准备打电话。听到方程的这句话，连电话都忘了打。

"哟，廖店长回过神儿来了？"

"应该是。"

"那晚上我请啊。必须是廖店长最喜欢的串儿吧呀。"

"你安排吧，我不管啦。"

"好好，没问题。绝对让廖店长彻底放松。"

听说晚上要和廖莎两口子吃饭顾晓楠本来也挺高兴。可是一听说地点居然选在了串儿吧，顾晓楠一颗心就沉了下来。什么地方嘛，乌烟瘴气的，回家一身都是烟熏火燎的味道，别管多晚都得洗衣服。顾晓楠心想，这个廖莎平时神气活现，浑身上下就没有一个钝角，都是锐角。吃东西也是粗糙得很，真不知道烧烤有什么好吃的。想到这儿，顾晓楠就换下了刚刚穿上的真丝连衣裙，套上个T恤短裤就出了门。

要说廖莎和顾晓楠的积怨那真是没有事实只有道理。她俩从没有发生过任何不愉快也没有红过脸拌过嘴。见了面都是客客气气，有说有笑。但是，彼此都知道对方跟自己不是一路人。顾晓楠觉得廖莎盛气凌人，看谁都带着审视的眼神。而廖莎则觉得顾晓楠有严重的公主病，上趟厕所都需要人陪。但是，这也没耽误这两家人三天两头聚在一起吃吃喝喝，也没影响两位男主人的感情。

晚上7点，两家人聚齐。大串、小串儿、啤酒、毛豆并排上齐。董博宇对方程夫妇还是有挥之不去的亏欠心理，所以谈话之间对于廖莎都是捧着唠。

"廖店长能点名找我喝酒，我董博宇非常激动。今天廖店长一定是有什么高兴事儿，不妨也跟我们分享分享。"

"你就跟着我高兴就得啦。什么事你不用知道。"

"哟，那是生活有新意了，还是工作有新气象啦？"

"你猜？"廖莎已经有点儿高啦，笑呵呵地看着方程和董博宇两口子。其实，方程和董博宇都知道肯定是工作上有了什么好事儿，但是也不说破就捧着廖莎高兴。只有顾晓楠不明就里，直眉瞪眼地就戗了廖莎的话茬儿。

"一定是生活有变化，工作的事情有什么好高兴的？哎呀，你不会是怀孕了吧！那赶紧别喝酒啦！"听顾晓楠这么一说，廖莎刚端起来的一杯啤酒真是喝也不是不喝也不是。

"怀什么孕啊。拿啥养啊！"

"不是怀孕也别喝那么多。对皮肤不好。"廖莎最受不了顾晓楠总是唠些老娘们嗑。好像不说点护肤不八卦点明星就不配做女人。廖莎在心眼儿里觉得女人头发长见识短的恶名就是拜顾晓楠这种人所赐。咱且不说追求什么人生成就感之类的空话吧，你是不是高低也得能养活自己呀。有钱给你花和自己挣不来那毕竟还是两种截然不同的境界吧。总之，顾晓楠这一串问话就是让廖莎觉得她没出息。身为一名舞蹈演员哪怕你说点儿伸胳膊撩腿儿的事儿是不是也显得你心系舞台不忘梦想啊。

董博宇知道廖莎对顾晓楠的看法。在他看来，这两种女人都是极品，要是能糅在一起再除以二就最好不过啦。方程更是了解自己的老婆，所以他连忙接过顾晓楠的话茬。

"我老婆今天高兴，喝点就喝点吧。关键是到底为啥高兴我们到现在还不知道呢！你就别端着啦，让我们也一起沾沾喜气吧。"谈话终于回到了廖莎喜欢的轨道，她把今天卖房子的过程一五一十地讲给大家听。董博宇和方程自然是追问细节、关心结果表现得非常上心。而顾晓楠就觉得哪个老板有廖莎这样的员工真是烧了高香，哪个男人娶了这样的老婆真是走了霉运。想到这儿不由得望着方程深深地叹了口气。

虽说和廖莎相处得不够愉快，但是顾晓楠对于和方程一家的饭局还是异常喜欢。因为，这是她能和董博宇以夫妻身份出席的并不多见的场合。尤其每次夫妻二人共同走在回家的路上，杂七杂八唠点儿家常，这样的瞬间总是能让顾晓楠感觉难得的幸福。就好像今晚，坐在出租车里握着董博宇宽厚的手掌，顾晓楠觉得人生特别托底。董博宇可没有顾晓楠那么多想法,他满脑子都是最近接触的一个大客户。对方主管软件招标的是一位大姐,碍于性别,很多常用的方法都不大好展开。董博宇其实也是个粗人,怎么跟一位年长的气质型姐姐拉近乎对于他来讲也是一个全新的课题。

"楠楠,你们女人一般都喜欢男士送什么礼物?"

"那得看和这位男士是什么关系啦。"

"说不上有什么关系。不用太厚重,但也得看出来是花了心思。"

"那就送化妆品吧。选一个好一点的牌子,配一套。最主要是买化妆品你得知道她的皮肤类型,所以能送化妆品肯定是花了心思了解这个人。"听了顾晓楠的建议董博宇深以为然地点了点头。心想着,就送大姐一套化妆品既有心又不至于价钱高到有受贿的嫌疑。顾晓楠哪知道董博宇的心思,她一心想着结婚纪念日快到啦,估计董博宇还跟自己玩迂回战术试探自己老婆想要什么礼物呢!想到这儿不由得把董博宇的手握得更紧啦。

方程夫妻二人回到家,廖莎洗洗就睡啦。方程一个人借着夜色开始侍弄花。方程一直在研究一个蝴蝶兰的嫁接品种,花期只有短短的一天,价格也很低廉。如果是会议用花不需要太长花期的场合最实用。方程乐此不疲,披星戴月。按廖莎的话讲就是:孩子省心,自己会玩儿不用人看。

两个半小时成交了一套老大难住房。这个消息在公司上上下下传为佳话。全公司的十几个门店在周一的视频会议上共同分享了这次"推房风暴"的销售心得,廖莎自然是大大地出了一次风头。眼看着区域经理的位置正有空缺,人人都知道廖莎此次是势在必得。临近中午的时候于小娜约廖莎吃饭,两个人约在石姐的咖啡馆。廖莎进来的时候看到于小娜正和石姐神情凝重地在讲着什么。

"哟,你难得比我早到啊。聊什么呢,说得头不抬眼不睁的?"看到廖莎落座,石姐表情复杂地看了她一眼。于小娜也是看着石姐,一副模棱两可的神情。

"说吧,没事儿,还不一定是怎么回事呢。"这俩人的诡异神情让廖莎预感到好像有什么大事发生。于小娜清了清嗓子告诉了廖莎一个重大消息:"上午开完会,总经理告诉我今天下午让我们行政部和人力资源部联合面试一个人。"

听完这个消息,廖莎心里猛地一沉。一般的面试是不需要行政部参与的,除非面试对象是区域经理以上层级的高管。而且如果已经到了行政部和人力资源部联合面试的环节,那么基本上就已经是八九不离十啦。

"啊?最近咱公司不就是城西区的区域经理有空缺嘛!难道是……不会吧。"

"刚听到消息我就给你打电话啦,具体什么情况还得等到下午才能知道。"

"知道面试的是什么人吗?"

"不知道,我套了套总经理的话,开玩笑说又从哪儿挖个人才呀,这老狐狸没接我话茬。"说到这儿,三个人你看看我我看看你都不知道应该怎么办好。还是石姐处事老到,她嘱咐于小娜马上就给人力资源部的部长打电话,说是为了下午的面试做准备想先看看应聘人员的简历。几分钟后,于小娜的手机就提示收到了一封邮件。三个女人的头恨不能扎到于小娜的手机里,邮件打开,简历一点点呈现在手机屏幕上,应聘人员叫赵凯。一看到这个名字,于小娜和廖莎忍不住一齐"啊"了一声。

"赵凯是谁呀?你们俩这个'啊',到底是啥意思?"于小娜看了看廖莎又看了看石姐语重心长地说:"赵凯是我们对手公司的一个明星销售,跟廖莎一样也是店长。"说到这儿,于小娜忍不住观察着廖莎的神情。因为事态实在太明显了,赵凯这种人不给他个区域经理他是不会轻易跳槽的。而目前区域经理的空缺只有一个。

廖莎皱着眉,手里紧紧地握着电话,好像要把赵凯从自己的手机里挤出来。石姐拍了拍廖莎的手似乎也不知道该说些什么。

"不行,我得给老狐狸打电话。凭什么呀,我为公司卖命出力,等到有机会的时候他从外面找个人来。不就是赵凯嘛,我比不过他吗?"廖莎越说越激动,眼泪就挂在眼圈里。

"我说姑奶奶你别呀,你这一个电话打过去不就彻底把我卖了嘛!"

"小娜说的对,这个电话不能打。按你平时的工作表现,这个职位不该给别人。你是不是平时在公司树敌太多呀。"听完石姐这段分析,廖莎撇了撇嘴把头低了下来。于小娜更是狠狠地瞪了廖莎一眼。

"我们老板是从国企出来的,最看不得像她这样什么事都高举高打。我看这次推房风暴没起什么好作用。"

"莎莎,我也觉得你选在这个时候做'推房风暴'有些欠考虑。你这明摆着就是跟总公司要职位。"

"机会就在眼前,我适当地表现表现不也正常嘛!"

"你就是表现得太急迫啦。另外,这次'推房风暴'这么成功大家都觉得凭能力这个职位就该是你的。这样一来你让你们总经理怎么想?职位给你吧,弄得好像是你应得的,恐怕你也不会领情。"

"可他不给我就不怕我恨他吗?"

"没有哪个下属不恨领导的。所以对于你的恨意早在他设想之中。职位给你你未必感激,职位不给你相当于给你个教训,让你知道干得再好也不能借此要挟领导。"

听完石姐的分析,廖莎心凉了半截,呆呆地算计着自己这一心一意的表现怎么就成了要挟。于小娜着急赶回公司去面试先走了一步。廖莎情绪糟糕到极点也没有心情回店里督战。石姐看她这个样子忍不住叹了口气。

"得啦,你也别回去啦,跟我走一趟吧。"

"去哪儿?"

"到了你就知道啦。"

石姐带着廖莎直奔市中心的大剧院。这是本城的一个地标性建筑,在这个剧院的顶层有一个规格很高的画廊。廖莎还是第一次到这里来,踩着厚厚的地毯,看着四周不明所以的画作似乎心情也舒畅了一些。画廊的管理者看到石姐的到来立刻像迎来了贵客,两个人坐在巨幅落地玻璃窗的边上对着几幅设计图稿说个不停。廖莎四处走走停停,手里一直紧握着手机,生怕错过于小娜的电话。半个小时后,石姐似乎和那位管理者达成了什么共识,两个人兴奋地开了一瓶红酒,石姐招手让廖莎过去。画廊的服务人员递给廖莎一只酒杯,斟上红酒,廖莎稀里糊涂地跟着干了一杯。回程的路上,廖莎如梦初醒,她一拍大腿错愕地看着石姐。

"我说亲爱的,你不是想在那儿给你那位画家搞个画展吧?"

"就是啊,怎么你才反应过来啊。"

"我说你玩得有点大呀,没见这么下血本养小男朋友的。"听完廖莎的话,石姐哈哈大笑起来。

"小男朋友?这个称呼好,等我回头告诉他。"

"别扯那些没用的。在那儿办个画展这得多少钱啊。布展和场地的费用咱先不算,你就请各路嘉宾捧场的价码就不能低啦。一般人也罩不住那个场子呀。还有宣传费用呢,总不能锦衣夜行不闹出点儿动静吧。大姐,你算没算过账啊。"

"当然算过啦!价码确实不低。因为我要求也高呀!"

"干吗呀?有这个必要吗?他是不是死皮赖脸求你来着?"

"莎莎,你知道我最喜欢你什么吗?"

"你别转移话题。"

"我没转移话题,我告诉你啊,我最喜欢你心直口快。也就只有你能说出'死皮赖脸求着'这种话。我跟你说,谁也没死皮赖脸求着我,开画展是我提出来的。"

"那他出不出钱?多少得出一点吧?"

"算那么清楚干什么呢?开画展确实花销大,但也不至于就让我心疼。女人到了我这个年纪,许多快乐就得花钱买啦。只要有价码就是好消息。再说啦,说是给他开画展,其实是给我自己找乐子,说到根儿上买的不是他高兴,买的是我高兴你懂吗?"

廖莎不懂,给别人办画展买的是自己高兴,这在逻辑上好像要转好几个弯道呢!不过,石姐有一句话倒是廖莎认可的,那就是这个数目的钱花出去确实还不至于就到了让石姐心疼的地步,对自己朋友的这点信心她还是有的。

廖莎前脚到家,于小娜的电话后脚就到啦。事情跟大家之前预测的差不多,赵凯就是接任城西区区域经理位置的。于小娜告诉廖莎,在面试后总经理说了一段话,在于小娜看来这段话总经理就是想通过于小娜传递给廖莎的。大意就是说置业经理和理财经理差不多,没见哪个银行愿意重点打造某位明星理财经理的。一是个人形象太突出怕引起对手公司的挖角,二是依靠个人能力终归能走的路有限,区域经理要求的还是整合团队协同作战的能力。听到这里,廖莎已经凉了半截的心算是彻底凉快啦。她知道总经理这段话基本就是着身为自己打造的。在自己的门店里最后议价的环节基本都是廖莎出马,这种方式总经理曾经提出过质疑,他认为不利于团队整体能力的培养。但是廖莎一直没有松口的原因是害怕门店业绩的下滑,说白了也就是对下属还是不够自信。廖莎的团队还是停留在严密执行的层面,而很明显总公司要求的并不仅仅是这个,尤其对于一个区域经理来说。

天色渐晚,廖莎一个人静静地趴在沙发上。音响里放着莫文蔚能拧出一把水的歌声。这就是好心情都能瞬间听哭的节奏,何况是刚刚遭受了重创的廖莎。她突然想明白了一句话:人们害怕的不是失败,而是被周围人当做一个失败者来看待。她现在就是不知道公司上下会以一种什么样的态度来看她。如果没有之前高调的"推房风暴",那么赵凯的到来充其量也就是个意想之外情理之中。可有了这次"推房风暴"之后,赵凯的到来就变成了人人皆知的对廖莎的打压。这种沦为一个失败者的感觉让廖莎非常害怕。她甚至想到了跳槽,不过,此时离开简直就是公开认输,这是廖莎绝对不能接受的。更何况,圈子就这么大,廖莎一时之间也很难再谋个区域经理的位子。快到八点的时候，方程回来啦，这几天方程所在的项目组在攻坚一个大客户，一直加班，八点回来已经算是早的啦。

"老婆，你怎么不开灯？干吗趴着，哪儿不舒服吗？"看到方程回来啦，廖莎很是纠结到底要不要跟他诉诉苦。按理说应该是在自己老公处求得一点安慰的，但是方程这个人秉性就是名利淡泊，对于廖莎的痛苦他也未必真能当做是痛苦。果然，在廖莎简单叙述了自己的职场不幸之后，方程反倒兴奋起来。

"就是没得到这个职位呗！老婆，没有就没有吧。我还真不愿意让你去干什么区域经理。已经很累啦，升官儿就更累。差不多就行啦。"方程的态度完全在廖莎的想象当中，但却完全不是她想要的。她想让方程给自己出出主意，从技术层面给点儿建设性的意见。或者像个爷们似的拍拍胸脯表示老婆你歇着，名利全捞的事情有我呢！可方程却劝廖莎一切看开，哪有那么多看开呢？三十几岁就看开了，以后的日子难不成就坐在云端等死吗？再说了，如果不是因为方程的窝囊，廖莎用这么拼命吗？

"你就说得好听，没有就没有吧。一个家要养，房子要供，我写的满满的旅行计划都等着用钱呢！我不干区域经理，那你倒是弄个项目经理干干呀。我也想活得轻松，我也想象顾晓楠似的留着长指甲一看就知道根本用不着做家务。行吗？"

"行啊。你行啊，没人逼你做家务啊。"

"我不是说我行不行，我是问你行不行，我不拼，家全部交给你养，你行吗？"

"我也行啊。你觉得累就不用干啦，我能养得起你。"

"养和养之间还不一样呢！就混个基本温饱我用你养啊！"

廖莎咆哮完就一头扎到了床上哭起来。好像自己的不幸都是方程害的。方程知道廖莎压力太大也不跟她一般见识。但是他实在不理解就一个区域经理的位置何至于这么要死要活的。廖莎那些规划了好多年的旅行计划在方程看来没有一个是因为钱而不能成行的,基本都是因为没时间才最终流产的。方程也很委屈,要不是为了这个家他何至于天天加班到半夜。要不是为了廖莎财务自由的梦想早日实现,他早就弄个大棚当花农去啦。

  方程看廖莎正在气头上也不敢招惹他,自己臊眉耷眼地就下了楼。廖莎在床上抹了一会儿眼泪也觉得自己矫情,哭得没情绪了。爬起来吃了碗方便面,一看表已经接近 10 点啦。这方程也不知道到哪儿去了,廖莎站在窗口四处瞭望。外面乌漆墨黑的也看不出个所以然。想想自己刚才的话说得也有些过分,内心里涌起了对方程的歉意。一想到这儿,廖莎拿了家门钥匙就下了楼,一是找找方程,二是溜达溜达纾解一下情绪。

  初夏的晚上空气里都弥漫着惬意,虽然已经晚上十点,小区里还是四处散落着拿着蒲扇在乘凉的大叔大妈。远远地,廖莎看到一杆路灯下聚集了很多人,吵吵嚷嚷的也不知道在干什么。走近才发现是几个大叔在认认真真地下象棋。再走近廖莎才看清那个凝眉聚气、举棋不定的人就是自己的老公方程。看到这一幕,廖莎简直有一种想要放声大笑的悲凉。自己为了职业前途劳心费力,而他居然一个人跑到楼下跟一帮老头下起了象棋。那神情之专注、态度之严谨让廖莎俨然看到了一个功成身退的老干部。看到这番情景,廖莎只觉得生无可恋、死不足惜。前途漫漫,兴家大业征途之上,看来必然只能是廖莎一个人在战斗啦。

大客户

方程这几天过得也不痛快。董博宇正带着大家攻坚一个大客户,集中宣讲都已经做了两次,但是与对方核心人物的关系还是没有迅速实现庸俗化。供求双方都还端着友好往来、商务谈判的架子。这让董博宇有点儿心急。在方程看来,几家竞争公司之间虽说各有千秋,但无论在技术还是价格上都不会有太大差异。最大的可能就是一块大蛋糕几家分着啃,谁也不得罪但谁也吃不饱。这显然是董博宇不希望看到的。那究竟怎么能找到关键点并一举攻克而形成一家独大的局面,目前还没有切实可行的办法。整个项目组都处于有劲没处使的状态。几次开会分析敌情,大家一致认为这次公关最大的难点在于对方的领军人物是个女的。这让最擅长友情销售的董博宇一时之间不知该如何下手。请吃饭吧,大姐也到场,但是酒不喝,烟不抽,唱歌不会。投其所好吧,总不能让董博宇跟她一切去做瑜伽、美甲冒充好姐妹吧。再说,这大姐到底稀罕啥到现在也没套出来,整个项目组就像是围着一个刺猬在找缺口,越急越总是伤着自己。这天中午,方程和董博宇两个人在大厦楼下的咖啡厅左思右想,头发都揪掉了不知多少根。

"靠,我这辈子最不擅长的就是跟女人打交道。严重偏科。"

"男女不重要,最关键是得投其所好。你不是最会哪儿痒痒挠哪儿吗?这回怎么看不出大姐到底哪儿痒痒呢?"

"我就算能看出她哪儿痒痒我也不敢挠啊。"董博宇可不是轻易表露不自信的人。这让方程大吃一惊。

"啊?还有你不敢挠的痒痒?"

·33·

"你看啊。我打听了,大姐的老公是个远洋油轮的船长。你说大姐哪儿痒痒?"

"我去,卖艺尚可,卖身不行呀。"

"你以为你肯卖人家就肯接着呀。那一看就是个曾经的文艺女青年,现在的忧郁女中年。讲的是女为知己者死,讲的不是买卖你知道吗?"

"那也没有知己速成的呀。可惜啦,咱团队里也没有妇女之友类型的人物。"方程这一句不经意的妇女之友,却大大地提醒了董博宇。只见他迅速掐灭了香烟,定定地看着方程。

"你看我干什么?"

"妇女之友,谁说咱团队没有妇女之友。你不就是远近闻名的妇女之友嘛。"

"你才妇女之友,你全家都是妇女之友。"

"怎么话没说人先急了呢?妇女之友绝对是对一个男人的至高评价。你看啊,你性格温和没有暴脾气,爱好广泛知识系统庞大,最关键是言语幽默还尤其擅长没有任何事实根据的表扬。你具备了一个妇女之友应该具备的一切优良品质啊。"

"什么叫没有事实根据的表扬?"

"就是你哄你们家廖店长的时候对她进行的那些惨绝人寰的吹捧。"

"你少来。"

"我说真的。我这就给大姐打电话说是要送她两盆花。我就不信这还不能勾起她的兴趣。"

董博宇猜对了,当他提出要送大姐两盆花的时候,大姐非常高兴地答应啦。然后方程作为 IT 界的植物专家就带着目前非常流行的肉肉植物直奔大姐住处而去。他在大姐的卧室中摆放了玻璃盆,然后将搭配组合好的肉肉植物和一些非常可爱的小装饰小心翼翼地布置在玻璃盆内。方程一边戴着白手套摆布肉肉,一边详细地给大姐讲述这些肉肉植物的名字、来历和功能。不知不觉,一个非常可爱的肉肉盆栽就完成啦。大姐喜欢得什么似的,又要留方程吃饭又要送方程礼物。方程都一一拒绝。

"大姐,我们也没有别的意思,就是觉得你非常可交。像我是个技术人员,一般联络客户的事情也用不着我插手。这回要不是因为是你,我还真懒得跑这一趟。"方程这几句话说得大姐心花怒放。方程不得不暗自佩服董博宇,这几句话都是董博宇一字一句教给他的。

"小方辛苦你啦,手真巧。说要给我送花,我还以为能是小董跑这一趟,没想到你们公司的技术人员还有这么好的生活情趣,真不容易。"

"董博宇没来,不过我这一趟可是他安排的。"

"啊,他可真细心。怎么样,这几天他忙什么呢?"

"还不是忙你们公司那个项目。"

"他愁什么我知道。他要是今天过来,我就跟他详细唠唠,以后再找机会吧。"

"别呀,大姐。要不我这就给他打电话让他过来?"大姐好像对方程这个提议比较感兴趣,但是她仔细想了想之后又拒绝啦。

"还是改日吧,你让他给我打电话。"

方程出了大姐的家门心里就在合计,这次给大姐送花的举动到底是成功还是不成功啊。看表情好像是成功,但是看结果怎么又貌似不成功呢?尤其大姐那句"我还以为是小董跑这一趟"让方程觉得好像大姐对这个送花人选隐约透露着不那么满意。方程走这一趟真是不求有功但求无过,就怕好事被自己变坏。所以,回公司这一路方程内心都极为忐忑。董博宇看见方程回来了,自然是第一时间打听现场情况,奈何两个小时的工作被方程一句话就表达完了。

"花给大姐种上了,她挺喜欢,让你给她打电话。"

"你详细点儿,她都具体说什么啦?什么表情说的?"

"她让你给她打电话,花给大姐种上了,她挺喜欢。"

"大哥,描述一下过程你能怀孕吗?"董博宇这么一急,方程也不干啦。

"我要会描述还用给你做技术呀？再说想知道详细过程你自己送去呀！"

"我要是方便去，我用你呀？"董博宇情急之下的这一句话，倒是让一直觉得哪里不对的方程茅塞顿开。

"啊……我明白啦。大姐对你是醉翁之意不在酒呀，我说她怎么一直打听你怎么没去。"

"我能去吗我？羊入虎口啊那是。我就觉得这个女人不对劲，想让你去试探验证一下我的猜测，果不其然……"

"哎哟，董经理艳福不浅啊。大姐虽说年长你几岁但是保养得真是不错。这可是个大客户，真要是能全额拿下未来三年咱项目组就可以放大假啦。"

"滚，我现在就想着怎么能在大姐那儿展示诱惑隐藏重点，在我们可以全身而退的前提下让她给咱们把事儿给办啦。"

"不可能啊，大姐也不是白给的。不真金白银地捞点儿甜头她能给你办事儿？红颜知己、业务提成两手抓两手都要硬啊。"

"你懂什么，女人就是情绪动物，这样的事情一旦处理不当，咱别说做业务，她能让你连人都做不成。"

"那怎么办？"

"怎么办？我要知道该怎么办，还用打发你跑一趟？"

"可惜呀，大姐没看上我。"董博宇白了方程一眼，迅速陷入到无计可施当中。

董博宇也是个老江湖，大姐的心思他八九不离十地也看明白啦。看明白是看明白啦，可是该怎么办他可没辙。这些天焦头烂额地想办法也不得要领。总不能真来个假戏真做吧。前些天经顾晓楠的提点他买了一整套的高级化妆品打算找个合适的时机送给大姐。但是，想来想去还是觉得不妥。真要是这一套化妆品让大姐觉得他董博宇也有那方面的意思可怎么办？到时候跳进黄河也洗不清。但是，就这么眼看着送到嘴边的肥肉没了吗？董博宇那是一万个不甘心。思来想去，董博宇想尝试着干脆就认大姐当个干姐姐，这样一来交往得亲昵一些也有话说，一旦大姐要有什么想法也有个姐弟的名分在那儿挡着。再说大姐有家有业总不至于是真想跟他姓董的来真格的吧。要只是暧昧，董博宇也就决定就坡下驴啦。总之是，走一步看一步吧。

　　和方程商量完，董博宇回办公室就把那套高级化妆品翻了出来，打算明天一早就给大姐送过去。这一天班也没加，应酬也全推了全心全意回家沐浴早睡以备明早去斗智斗勇。回家路上他给顾晓楠发了个微信，表达晚上想吃点家常菜的想法。顾晓楠收到消息立刻指挥阿姨操办起来，等到董博宇进家门已经有酒有肉摆了一桌子。

　　"你今天怎么回来这么早？"

　　"明早有事儿，今天好好休息一下。"脱了鞋，董博宇把那一口袋化妆品扔在茶几上就直奔卫生间去打扫个人卫生啦。待他再出来的时候，茶几上化妆品包装已拆，个顶个都已经被彻底打开，顾晓楠正拿着个镜子认认真真往自己脸上抹。

　　"哎，你这人真是的。你怎么都给我拆开啦？"

　　"啊？拆开怎么啦。送我的我还不能拆啦？老公，以后别买这个牌子啦，又贵又不适合亚洲人皮肤。"

　　"送你的？谁说是送你的啦？不要太自作多情好不好。"董博宇这话其实说得挺伤人的。一袋子化妆品扔在那儿，任哪个老婆也会以为是老公送给自己的。但是，董博宇这一段着实不顺，心里难免窝着一股火。更主要的是他对顾晓楠的喜乐情绪已经忽略很久啦。对着老婆说话基本上都是从嗓子眼儿直接出去的，跟大脑连半点关系都没有。在董博宇看来，顾晓楠的存在更重要的是家里的一个精美的摆设，是自己人生一个尽职尽责的陪衬。顾晓楠听到自己老公这一顿抢白，心里的难过可想而知。跟那种被抢白的尴尬比起来，她更深层次的痛苦在于：这个化妆品居然是老公买给别的女人的。这一重大发现，让她立刻就进入了一种备战的情绪。

"买化妆品不送老婆你还能送给谁呀？别弄得咱俩都自作多情才好啊。"顾晓楠平时不是个牙尖嘴利的人，所以，这么一句闲闲的挖苦，让本来就心思烦躁的董博宇更是接受不了。

"你这话什么意思？就是给客户的一个普通礼物，正常的礼尚往来怎么还让你弄出情不情来啦。"

"你紧张什么呀。送客户就送客户呗。化妆品可不像别的东西，没情谁送这个呀。"这句话算是彻底呛到了董博宇的肺管子。正为套交情苦恼，没想到老婆还拿情来给他添堵。

"你今天给我说清楚，谁跟谁有情？"

"你别跟我比比画画的。不就是动了你的化妆品你心疼了嘛。我赔你，现在商场也不能关门，我这就给你买去。别耽误你礼尚往来呀。"

"你赔我？你拿啥赔我？你自己什么情况你不知道啊？一个拿附属卡的人还好意思说赔。"这两口子都是专拣最伤人的说，没两句话就弄得剑拔弩张恨不得你死我活。顾晓楠别看平时柔柔弱弱，练舞蹈的人骨子里都有股子狠劲。话说到这儿，她呼的一下从沙发上站起来，把茶几上的瓶瓶罐罐一把全扫到了地板上。

"董博宇，结婚纪念日你就这么对待我？"说完，顾晓楠坐在沙发上号啕大哭起来。这一哭把原来气焰嚣张的董博宇也哭蒙啦。在心里仔细一合计可不是嘛，今天是自己和顾晓楠结婚三周年纪念日。这回他才知道，顾晓楠一定是把这套化妆品误以为是自己送给她的结婚纪念日礼物啦。最近事儿多，还出了大姐的幺蛾子，搞得平时做事井然有序的董博宇非常忙乱。这一忙乱可不就出了大错。顾晓楠哭得一声比一声高，恨不得把整个肺都从嘴里呕出来。董博宇有心安慰一时之间也找不着合适的台阶。这时候他突然看到桌脚下还有个小袋子。这是买化妆品时售货员送他的赠品。由于他买得多，所以赠品也显得异常丰厚。

"对不起啊，我最近太忙了，事儿也多，结婚纪念日的事儿让我给忘啦。不过，这个真是我买来送客户的。你忘了，前一段时间咱们跟方程两口子吃饭，我还问你送客户什么礼物好来着？想起来没？"听董博宇声音软了下来，顾晓楠的哭声也开始渐渐收敛。董博宇问她送什么礼物好那天她就以为是自己丈夫变着法地偷摸买礼物哄自己开心。谁成想，原来是个大乌龙。

"快别哭啦。这样吧，我买化妆品的时候售货员送了我好多赠品，原本这也应该是给你的。现在就权当是纪念日礼物吧。好吗？"董博宇不说这句还好点儿，说了这句顾晓楠真是肝肠寸断。结婚三周年纪念日礼物是一口袋化妆品小样儿，还有比这更悲催的人生吗？董博宇哪知道女人的心思，他看顾晓楠愣在那儿，还以为她是高兴的。连忙把袋子打开，一样一样往外掏。

"你看，这都不错。还有这个，都挺好的。这回先这样，回头上日本给你买块好表行不行？"

顾晓楠微张着嘴，脸上还挂着没来得及擦的眼泪。这一幕滑稽到让她想笑的地步，内心里萌生出一股和廖莎一样的对人生无望的悲凉。此时再说什么也是个吵，顾晓楠干脆移步书房甩给董博宇一个苗条的背影。董博宇也无计可施，她这个老婆看似云淡风轻其实骨子里性格拧得很。顾晓楠要是做了什么决定那真是八匹马也拽不回来。明天一早还得奔赴沙场，那真是一步地狱一步天堂。可这份纠结董博宇也不能拽着顾晓楠商量。俩人各怀心事睡了一夜，好好个结婚纪念日搞得跟离婚进行时似的。

第二天一大早，董博宇拿着化妆品就出了门。顾晓楠在书房听着他出门，这心里就怎么也安生不下来。这一口袋高档化妆品到底送谁了？他董博宇这葫芦里到底卖的是补药还是毒药？顾晓楠突然羡慕廖莎没事还能抽口烟儿，自己这站有站相坐有坐相的连痛苦都没有个痛苦的样子。她里里外外地在家里溜达着，脑海中蹦出来的可能一个比一个凶险。最后不得不用下腰、劈叉的方法来分散注意力。顾晓楠也想着要不就尾随着董博宇看他到底去了哪儿，但是知道他去哪儿和知道他去干啥毕竟还有一点想象上的距离。这一早晨，顾晓楠真是遇到了自己婚姻生活中的第一次重大危机，后背一阵阵凉风习习。再这样折腾下去，顾晓楠觉得自己就能疯，所以思来想去她打通了方程的电话。

"方程，博宇一大早出门把钱包落家啦。打他电话也不接，你知道他去哪儿了吗？"

方程从大学毕业就没干过需要跟人打交道的工作。所以，他根本也不会想顾晓楠这个电话打得有多诡异。

"啊？钱包没带？那他中午怎么请大姐吃饭？"

一听大姐二字顾晓楠就觉得脑袋嗡一声，不过一想连方程都知道的约会应该也不会隐蔽到哪里去。

"他中午还要请客户吃饭啊？那没带钱包可就出糗啦。"顾晓楠这话说得也很艺术，先把大姐的基调定义在客户上，看看方程到底有什么反应。

"就是啊。他去矿业大厦啦，应该是23层。要不你给他送去吧。"

"我给他打电话他也不接呀。"

"哦，对哈。那可怎么办？"

"你等等，哎呀，董博宇的信用卡不在钱包里，他可能拿着卡走啦。"

"我说嘛，这家伙不至于这么粗心。大姐是我们正在公关的一个大客户，好几家公司都在公关着她。这老人家把老董折磨惨啦。"

"活该，折磨死他。"顾晓楠小小的幽默算是结束了这段对话。看来，董博宇说化妆品是给客户买的此言不虚。顾晓楠此时心中的疑虑算是得到了阶段性的缓解。但是，在整件事情当中，董博宇对于自己情绪的漠视却让顾晓楠陷入了深深的思考。原来她一直以为的幸福生活却是建立在董博宇给的附属卡片之上的。原来，在丈夫心中一个使用附属卡的女人连发脾气的权利都没有。原来，如果这个大姐或者小妹不是客户而是别的什么人，那么顾晓楠根本就没有任何能力保护自己。

再说董博宇这趟行程可真是精彩纷呈。一个中年女人的媚态和丑态他也算尽收眼底啦。一大早到矿业大厦董博宇给大姐打了个电话，约在楼下的大堂吧见面。大姐接电话的声音都带着跳跃的欢喜，听得董博宇一阵阵头疼。大姐围着个披肩款款下了电梯，脚下的芭蕾鞋显得脚步特别轻盈。

"大姐，花儿怎么样？"

"好着呢！你替我谢谢小方。"

"这都是他应该做的，谢什么谢呀！"

"凭什么就是人家该做的呀，要做也是你这个销售经理的职责。"

"大姐，你这是埋怨我没亲自给您种花啊。我是真不擅长，这不是怕在您面前出丑嘛！这样，算是赔罪，买了些化妆品也不知道合不合用。"大姐肯定不是个没见过世面的人，别说一口袋化妆品，就是一箱子现金也不至于就忘了形。可说也奇怪，这位把个口袋搂在胸前，满心欢喜地往口袋里张望。

"呀，雅诗兰黛呢！你还挺会买的。知道我什么皮肤类型吗？"

"应该是偏干型吧，看您这皮肤角质层挺薄的。"

董博宇这一句可是让人家吃了一惊。"哟，你还挺懂。这得几个姑娘能调教出这么个细心的男人啊？"

董博宇心想，就一个度娘调教出来的。"只要你喜欢就成。"

"喜欢，你送的我都喜欢。今晚回家就试试。看看能不能年轻。"

"姐，你可不老。"

"都叫姐了还不老？"

董博宇一惊连忙改口："那叫妹总归不大合适吧。"听了这句，大姐那真是眼角流光，嘴微微那么一撇俨然一个少女的模样。

"中午一起吃饭啊？"居然是大姐发出了邀请。

"好啊，你想吃什么？"

"我想吃财经学院边儿上的大盘鸡。"董博宇算看出来啦，大姐这是跟自己身上寻找初恋的感觉呢！一路上往财经学院奔，这化妆品口袋大姐就这么一路捧着，时不时还用鼻子闻一闻。到了地方，俩人先是在财经学院转了一圈。这校园现在修得都跟花园似的，心旷神怡得不像话。人家轧马路，他俩轧操场，上学时的趣事、青春期的迷茫，董博宇讲了一道儿。不讲也不行，不讲这气氛就尴尬得好像一个男人误入了女澡堂。大姐笑得别提多开心啦，大盘鸡味道也不错，俩人嘻嘻哈哈蹉跎了一中午。董博宇知道，这时候你跟她讲冷笑话都行，就是千万别讲工作。人家这就是奔着演偶像剧来的，你上来就把剧本改成商战这不是找抽嘛。眼看着快两点啦，董博宇又把大姐送回了单位，临要下车的时候，大姐一个回头定定地看着董博宇没头没脑地来了一句："真像。"董博宇笑了笑说："像就成，像总比不像好。"

"你知道我说你像什么吗？"

"这还用猜吗？肯定不是像你老公就是啦。"

大姐把着车门的手抖了抖，然后两行眼泪就落了下来。当然了，都是江湖儿女，入戏太深就露怯啦。大姐一低头看了看口袋说了一句对董博宇来讲分量极重的话："不会让你白像的。"说完一扭身就下了车。董博宇的心几乎都要跳了出来，不管自己到底像的是谁，不管这个人是好是坏是死是活，现在的董博宇只想对这个人说：我感谢你八辈祖宗。

董博宇到此时算是知道大姐的心思啦。原来自己长得像她生命中的某个人。这真是像开饭店一样，你也许做错了所有事情，但仅仅因为你矗立在街头所以客似云来。董博宇冲着后视镜中的自己瞄了一眼，原来到最后靠的还是脸。

傍晚的时候董博宇回家，大姐发来一条彩信，是一张敷着面膜的脸，董博宇回了一句：一周之后效果验收。能想象大姐一定又绽开了笑颜。不过，董博宇不知道就是因为这么一条彩信，他和顾晓楠的婚姻算是彻底亮起了红灯。

新官上任

没有任何意外,赵凯就是来接任廖莎所在大区的区域经理的。经过几天的沉淀,廖店长基本已经接受了这个不可更改的事实。不接受也不行呀,人为刀俎我为鱼肉,没有退路就只好硬着头皮向前。这天中午,总公司给赵凯举行了一个简短而精致的欢迎仪式。赵凯言语不多,整个人看上去流露出与年龄不相符的成熟。廖莎知道所有人都在看着自己的表现,吃了前面的亏,这回她溜边靠墙尽量让自己淹没在队伍之中。欢迎仪式结束后,于小娜给廖莎发了微信:"这回学乖了哈?"廖莎哭笑不得,就觉得自己简直丢人。

总公司的欢迎仪式之后,大区的几个店长又小范围地欢迎了一下赵经理。这回廖莎该敬酒敬酒、该合唱合唱,闹得好像翻身农奴得解放似的。虽然她也知道没人相信她是真高兴,但是必须得让赵凯感觉自己最起码是个愿意归降的手下败将。一切尘埃落定,赵凯走马上任。第一次全体会议态度就很明朗:不搞三把火,不搞突击式业务冲量。原来就很好,希望继续保持很好,允许在过渡期不那么好,但是希望不那么好不要太长。廖莎不得不由衷地觉得这个赵凯确实不简单。

廖莎、于小娜和石姐的例行闺蜜会议上,廖莎谈了对赵凯的看法。于小娜觉得目前下结论为时尚早,石姐觉得廖莎真是本性善良。

"你呀,真是所有的坏都挂在嘴上。实际这心比谁都软。要看你平时那个跋扈的劲头,现在你就应该给他下绊儿。谁知道几句口号你就归降啦。"

"姐姐你真了解我,我不会背后捅刀子,也不屑于整人。凡事凭本事，你有真本事我就服，我有真本事你也压不住我。"

赵凯的工作作风比较得廖莎的欢心。她就喜欢那种抓大放小，对下属信任的领导。不是有这么一句话嘛——"作为领导你就得有眼睁睁看着下属把你擅长的工作干砸的决心。"廖莎自问自己不是这样的人，她控制欲太强。所以遇到了这样的领导就备感珍惜。她这心情一舒畅，方程的日子也就好过了许多。再加上董博宇靠着一张脸搞定了大姐，方程天天招猫逗狗、养花种草好不惬意。

两个月之后的一天，赵凯突然电召廖莎。语气略带沉重，同时还把会面的地点约在了一家咖啡店。廖莎心里一阵敲鼓，不知道这位新领导到底有什么指示。

赵凯也没跟廖莎玩什么假招子，上来就递给她一根烟，搞得廖莎接也不是不接也不是。

"抽吧，没事儿。你不抽我也不好意思。"廖莎笑呵呵地接过了一根，赵凯递上打火机，两个人的距离就这么迅速从上下级变成了同流合污的老伙计。

"开门见山啊，我来咱们公司也有几天啦。这段时间我也没怎么插手具体业务，只是了解流程、熟悉人员，说白了就是观察。初到一个新公司，肯定谁都想干出一番成绩，但是越是想干好就越是不能着急。磨刀不误砍柴工，我这段时间没白费呀。"赵凯这段开场白说得情真意切，句句都是大实话，搞得廖莎频频点头。

"咱们大区业绩不错，人员也齐整，说实话再想有什么飞跃性的发展也不是那么容易的事情。但是，事儿总得做，一年年总公司压下来的指标也只会升不会降。就因为咱干得好所以压力也就更大。"

"经理，你就说该咋干吧。你指哪儿我们打哪儿，一定全力以赴。"

"有你这句话我这心里就有底啦。再好的想法也得有人落实，廖莎，你的执行力无人能比呀。"赵凯这几句话真是句句都敲在廖莎的心坎上。此时的她就感觉丹田处凝聚起一股热浪，恨不能现在就报名火线敢死队跳出战壕去炸碉堡。

"我有个大胆的设想,说出来你也帮我谋划谋划。"

"谋划就不敢当,听一听领导指导倒是应该的。"

"你别搞得那么客气,你是什么能力我是有数的。不然今天我也不会特意把你找出来。是这样,我想在咱们大区的几个分店之外成立一个新的部门。这个部门的作用就是以整个大区为范围开发潜在的优质房源。你想啊,打开网页看看各个中介公司的房源,其实大同小异。市场上流通的就是那么些房子。好房子永远是求大于供。比如咱们北区的凯德家园,好学区、好配套、好物业、好户型,抗跌能力特别强的一个小区。但是挂牌销售就是那么几套房子,没人卖呀。这里开发出一套房源就赚一套钱,只愁没人卖,不愁没人买。咱们要是能独家揽到这个小区的优质房源,那就占据了绝对的市场主动性。"赵凯说得风平浪静,廖莎听得却是血脉沸腾。集中全力开发优质房源是廖莎多年以来的一个想法。碍于人微言轻一直也没有实施的舞台。没想到这个赵凯也想到了这一步,这让廖莎有一种英雄所见略同的感觉。看来,这个观点在赵凯心中肯定也不是一天两天啦,只不过这段时间他一直在寻找合适的操作人选。

"这个工作,能力不强的人干不了。能力太强的人又未必有这个沉下心来夯实市场的耐心。所以我也是迟迟不敢提出这个想法,就怕操作不好毁了一条路。不过,廖莎你一定行。"赵凯这句一定行说得廖莎浑身一震。这么多年领导给的空头人情、画的大饼也属实不少啦。廖莎风里来浪里去该听的听一听,该笑的笑一笑,该领情的领情,该推托的推托,尺寸一直拿捏得也不错。但这一次不同,赵凯说的这件事情是廖莎心心念念想做的,是她对自己职业规划的一部分。别忘了,廖莎忽悠老太太买房子不含糊,那么鼓动他们卖房子也就同样不在话下。无奈在自己分店的一亩三分地上可施展的空间实在有限,一身武功都耽误啦。

"经理,你是说单独成立一个部门来专门开发优质房源吗?"

"没错,名字我还没具体想好。为了不给其他店长造成抢生意的错觉，可以隐晦一些叫个社区关系部。对外宣称是通过维护社区关系来推广品牌形象，实际上就是深入社区开发优质房源。当然，能推广品牌形象当然是最好，但是，务虚的同时还必须务实。"

"您这个想法总公司知道吗？"

"目前还没有汇报，我想等到我三个月考察期过了之后再汇报。"廖莎发自内心地笑了笑，觉得赵凯的坦诚让他在众多领导中更显得难能可贵。

"廖莎，我知道这是个苦差事。因为没有什么现成的模式能让你迅速开展工作。但是从长远来看开发优质房源、独家房源是我面临的新的竞争态势。这个工作早也得做晚也得做，越早下手竞争力越强。只是不知道你是怎么想的？"廖莎知道，到了她该表态的时候啦。平心而论她想干，但是凭经验而论她知道这是个短时间没效益的拓荒工作，恐怕会在一定时期影响自己的收入。但是，就像赵凯说的，从长远看一是符合自己的职业定位；二是掌握了潜在市场就相当于掌握了潜在客户，主动权会慢慢落在自己手上。收入早晚会回来。只不过，拓荒难做，谁知道他赵凯能给自己多大的支持力度？

"经理，有预算吗？"

"这个我想过。你前期就通过小成本高密度的社区活动来增强在重点区域的认识度。这笔资金，大区出一部分，让总公司划拨一部分，再找一些热衷社区活动的企业赞助。一点点来，有需要的我一定全力支持，你先设计方案，一定要巧，别用拙劲儿。"廖莎听了心里觉得好笑，这还没怎么样就搞得好像自己已经走马上任，就等着甩开膀子干活似的。这个赵凯也未免太心急啦。

"经理，不能容我想想吗？"听到廖莎这么说赵凯明显一愣，好像在他的考虑中就没想过廖莎会不同意。

"想想？啊，好，你考虑一下。"说完，赵凯拿出手机开始刷微信。廖莎还以为他要在手机上找什么资料给自己看，可是半天工夫见赵凯也没有动静这才反应过来原来他是给时间让自己考虑。

"经理,我是说回家考虑。"

"啊,回家考虑呀。那行,我明天听你消息。"

和赵凯会完面,廖莎的心里就七上八下的。总有一个声音在对她说:请注意,又一拨僵尸向你袭来。内心里油然而生一种即将发起总攻时的悸动。廖莎挺恨自己这点的,就是总有一种战士情结。越是险象丛生她就越兴奋,小脖子梗梗着迎难而上。赵凯的一番描述就好像在廖莎这名战士面前展开了一幅战略地图,高地、碉堡的位置已经明确标记好,是正面硬攻还是背后包抄也设计完毕,就等着廖莎定总攻时间啦。这太折磨人啦,有仗不能打对于一个战士来说就是有饭不让吃。

不过廖莎也不傻,工作毕竟不是战争,自己没事就横刀立马的那是堂吉诃德。所以,凡事从长计议还得从钱上考虑。廖莎回家的路上就在谋划怎么能把开发优质新房源这件事情的前戏尽量缩短。房源开发者对于房源销售到底跟踪到什么程度?最终的销售提成应该怎么分配?开发出的优质房源是统一管理还是分配给各个门店?总之,做事不能仅凭一腔热情,该争取的利益还是必须要争取。一晚上的思来想去,廖莎得出的结论就是此事可做,说不定还大有可为。她开着台灯就这么痴痴地想了半宿,一偏头看见方程以一种婴儿般的睡姿横陈于大床之上。廖莎忍不住狠狠地踹了他一脚。

第二天一早,廖莎找到赵凯表达了可以担此重任的决心。赵凯兴奋异常,当即在大区各门店经理的微信群里做了虽说简短但却非常鼓舞人心的任命。同时,廖莎目前就任的门店店长一职也开始由原副店长代理执行。廖莎对于赵凯只是在微信群里做了这么个通知有点心怀不满,在她看来怎么也得召开会议集中宣布、鼓掌通过之类的。微信群说正式也不正式,说官方也不官方算个什么意思嘛!赵凯也不傻,很快就在微信上单独跟廖莎做了解释:此事在咱们大区正式向总公司提出申请之前都算是模拟运行。仅让大家知道,工作上能配合就行。不宜搞得太正式,让总公司知道不好。提出申请批复之后,再正式以公司任命的方式下达正式调令。另外,此事暂时保密不要外传到总公司耳中。赵凯的解释于情于理都说得通,廖莎也就自此收起了矫情。最重要的话外音她也听懂了,就是此事不能告诉于小娜。

一下子从繁忙的业务一线退了下来,廖莎还颇有几分不大适应。她想利用几天的时间先把社区关系部和其他门店之间的交错关系理顺。房源归属怎么算,提成怎么提之类的细节问题必须在开展工作之前定好,不然这活儿没人能干。廖莎天天窝在家里写方案,算计着怎么别亏了人家也别害了自己,这条利益的红线到底画在哪儿比较恰当。足足窝了一个星期,一份在廖莎看来还算比较合理可行的方案算是大功告成。她本想着拿给赵凯过目之后肯定还得经过几个回合的讨论和分析,毕竟涉及每个人的切身利益。但万万没想到,方案几乎没做任何修改就被赵凯点赞通过,搞得廖莎非常高兴。

这个方案通过之后,就是社区关系部开展工作的具体操作方案啦。这是件耗神耗力的苦差事,廖莎决定先给自己几天悠长假期放空一下大脑然后再来啃这个硬骨头。这时候正好接到石姐的邀请去参加她那位画家的画展,廖莎一拍脑门子才想起来在自己闺蜜的生命中还有这么个人。

廖莎嘻嘻哈哈地和于小娜结伴同行。俩人到了大剧院门口时就傻了眼。只见一条红毯延绵了足有20米,城内各路精英盛装鱼贯而入,门口留步签字合影正式得不像话。廖莎跟于小娜两个人的装扮连门口工作人员的标准都够不上,活脱脱两个农村亲戚进城。俩人猫在一个背风的角落从包里掏出请柬,只见上面明晃晃写着"请盛装出席"。廖莎和于小娜此时恨不能抽自己几个嘴巴。这么明睁眼漏的要求为什么会被忽略掉呢?廖莎分析那是因为她和于小娜压根就没把这画家当回事。但是,从今天这架势看来,石姐这回是真动了真情、下了血本啦。

这俩人懊恼着找了个背人的地方从包里面掏出来各种化妆品一顿抢救。也没好意思走红毯,顺着墙边就溜进了会场。廖莎还打算先找到石姐跟她打声招呼，好歹让主人家看到自己算是来了。于小娜听到廖莎的想法直骂她笨。

"别找啦，打什么招呼啊？你看看这架势她能有空搭理咱俩吗？"

"那不是白来啦？"

"行啊，等结束了再见机行事吧。"

整个会场里真是奢华贵气。本城差不多算是个场面人的都到齐啦。几路媒体记者也是见缝插针该拍照拍照该采访采访。看上去很像一件文化艺术界的盛事。廖莎忍不住拿出请柬又仔细阅读了一遍：旅法青年画家唐田国内首展。原来那位画家叫唐田，一看就是后改的名儿，透着一股子不自信。请柬上唐画家迎风矗立叼着烟斗，一看就是个艺术家。这时候灯光音响大作，华丽耀眼的主持人已经开始登场致辞。廖莎看着这些忍不住想笑场。总觉得这是一场专给平凡人实现不平凡心愿的好梦一日游。心底里总有口气得提着，就怕不知道什么时候有个声音喊"停"。廖莎为自己阴暗的小心思正感到有点内疚，这时候在庞大的观众群中还真是炸起一个声音"停"。也许是被这个"停"搞得过于猝不及防，于小娜挽着廖莎的胳膊紧紧地收缩了一下，搞得廖莎好一个趔趄。廖莎原本就在想着关于"停"的种种可能，这回还真来了个"停"，她直觉得连身上的汗毛都竖起来啦。

"怎么回事？谁喊的停？"于小娜跷着脚伸着脖子往台上瞅。舞台上虽说是仪式照旧，但明显看到一众人等都已经心不在焉左盼右顾地在寻找着声源。这时，只见一名身材高挑的少女走上了前台，从容地站在了留给嘉宾致辞的话筒后面。廖莎一眼就认出这姑娘是石姐的女儿面条儿。要说这位小姐真是石姐命中的克星，有这么个孩子此生也就不再需要敌人。据石姐零零碎碎透露的细节廖莎知道，面条儿是石姐和前夫婚姻的结晶。二人离异后面条儿一直跟父亲一起生活，跟母亲也没啥感情。最近几年，石姐年纪渐长，开始和女儿接触频繁，没想到这姑娘恨她娘就像恨情敌一样。平日里打电话除了要钱就是要钱，能正视着你叫声妈石姐都得高兴一整天。自己妈攒了这么大的一个局儿,按说她来凑凑热闹或者出出风头也是应该的。不过,这丫头一举上台站定在话筒之后的神态可不像想出风头这么简单啊。

"我是石景华女士的女儿梁珊。我痛恨今天这里发生的一切。"面条儿这一段听上去可一点儿也不面。这孩子是有备而来,就是要砸场子的。连廖莎这个外人都觉得脑袋嗡的一声,心脏开始剧烈加速跳动。这人挤人的现场也瞅不见石姐在什么地方,估计这会儿肯定连死的心都有啦。于小娜明显比廖莎更激动,捂着胸口念叨着:哎呀我的亲娘啊。这真是要了石姐的命啦。

"我不明白石景华女士为什么会赞助今天的展览。更不清楚这位唐画家和我的母亲之间是什么关系。我只知道撑这么个场面需要花多少钱。在你女儿还需要继续深造急需母亲支援的时候,你却来赞助一个画家的画展。我觉得这件事情让我无法理解。你也许是个合格的女友,但你不是个合格的母亲。这就是我想说的。"

台下一片静谧,面条儿走下来消失在人群里。主持人上场补救,表明石景华女士只是本场活动的嘉宾而非赞助方云云。廖莎和于小娜四目相望,只觉得石姐的人生再辉煌也难掩悲凉。就这么赞助个画展都要被自己的女儿嫌弃。而且都不屑于用亲情来绑架,直接奔的就是利益。一个母亲做到了这个份儿上,最可怜的就是她自己。接下来是什么揭幕仪式、什么嘉宾讲话廖莎都没听进去,呆呆地和于小娜站在人群的最后边脑袋里一片空白。

"走吧。"廖莎提议。俩人头也没回,心灰意冷地就走出了会场。在车上,俩人也不知道该说点啥,都沉默在刚才的变故里。廖莎掏出手机,给石姐发微信:"姐,太对不起啦。总公司那边来人,我和小娜实在脱不开身,活动去不了啦,改日当面赔罪哈。"廖莎这边收起电话,于小娜那边就开始哈哈大笑。

"你这个人啊,就有这么点机灵。耍个鬼聪明比谁都本事。"

让她这么一抢白，廖莎自己也乐不可支："那怎么办，朋友出丑最好的支持不就是假装没看见嘛。"于小娜握了握廖莎的手无比深情地说："所以说，我喜欢跟你在一起。"

在大剧院蹚了这么一趟浑水后，廖莎就回了家。虽说是朋友的事儿，但是自己心里却堵了个结实。一直到晚上7点多，石姐也没回她的微信。这年头好事不出门坏事传千里，石姐最难过的时候应该在明天。连廖莎都提着一颗心揣测着各大媒体会怎么说，到底出名的会是唐田还是梁珊？廖莎把自己的担忧告诉了方程，方程眨着他略带近视的眼睛说："能花钱请人就能花钱摆平，石姐也不是啥名人，满世界张罗她的破事儿也没人愿意听。"廖莎觉得方程说得万分有理，不由得重新打量了一下自己老公。

"行啊，老公，说得挺有道理啊。"

"这也没啥难理解的。就是为了给人家撑场面去的，主人家演砸了你也得叫好。"

"嗯，继续继续。"

"不过石姐最在乎的不是这个，她在乎的是在圈子里的声誉。你放一屁，陌生人捂着鼻子走了你不在乎，你女朋友皱皱眉头这个受不了啊。"

方程说得头头是道。这让廖莎首次深刻地感觉，这个平时看起来憨憨的男人对世事也有着自己的评价和判断。不过这欣赏实在是短暂得稍纵即逝。

"你这么有想法怎么就不能把自己的事业好好搞一搞？还弄个什么降职仪式，自嘲得不遗余力。你这不就是专门在朋友鼻子底下放屁吗？"方程被廖莎这么一抢白，神色也黯淡下来，谄媚着往廖莎身上蹭了蹭。

"我那不是憋不住了嘛。"方程也是被抢白惯了的，懒得跟廖莎较真儿，让廖莎的佛山无影脚狠狠地踹在一团空气中。廖莎嫌弃似的耸了耸肩说道："知道自己臭就赶紧去做饭。做人家老公总得有点用处。"方程屁颠屁颠地进了厨房。廖莎看着他的背影忍不住叹了口气。

接下来的几天，廖莎一头扎进社区关系部的工作方案中。每天都是揪着头发盯着电脑屏幕冥思苦想的样子。这个社区关系部说白了就是让热门小区的居民卖房子，很有些难度。好好的小区交通便利、学区优良、物业高效，要不是实在落魄或者实在发达谁也不会去卖的。你想想跟那些实在落魄或者实在发达的人打交道哪有那么容易？这两种人是现如今最怕人算计的。可廖莎的工作就是要算计他们，让他们把这非常宝贵的资源变现。想一想廖莎都觉得自己应该去捐个门槛之类的洗涤一下自己的灵魂。不过这方案该做还得做，事情有难度才有乐趣和成就感。想到这里她又合计起自己的老公方程，人家都是明知山有虎偏向虎山行，方程是知道山有虎转身走水路。廖莎觉得这就是没起子。方案写得艰苦，不过七七八八也有了雏形。务虚的务实的、树品牌的揽客户的、方方面面廖莎自认为也算想得周全。廖莎把这些东西一股脑扔给方程，嘱咐他给自己做一个无比精美的PPT。方程迅速领命连夜赶工，超出想象完成任务。廖莎浏览着方程做的PPT忍不住想：就是个做技术的命。

不过没想到的是赵凯没有给廖莎机会让她在一个公开或者私密的环境里伴着PPT来宣讲。赵凯对于廖莎这么快就拿出了方案表现出了一点点惊讶。这一点点惊讶让廖莎比较有成就感。

"出来啦？好，我看看。"说完了这句赵凯就露出一副送客走人的态度。廖莎站在那里觉得好像一首歌只有前奏，情绪上戛然而止。

"啥时候能看完？"廖莎追问了一句。这一句把赵凯都说乐啦。

"哈，你怎么比我还心急。咱们这是一个新部门，推出的活动方案必须让人眼前一亮。我得合计合计。"廖莎想想也觉得有道理，点了点头就出了赵凯的办公室。她想回门店去看看又觉得现在的店长也未见得希望自己回去。又想去看看于小娜，但又怕自己一时说走了嘴坏了赵凯的计划。总之在大区办公室外无聊地转了几圈就发现自己原来一旦放松下来还真就没地方可去。思来想去，还是去看看石姐吧。

才进石姐的店门儿就发现气氛不对，整个店显得冷冷清清。这店里平时客人就不多，你说有什么人气肯定是不对，但那也是满当当的，可今天就是觉得怎么好像地方都大了一圈似的冷清。廖莎往里走了走恍然大悟，店里摆设的字画、花瓶、摆件等软装的东西居然一件都没有啦。廖莎抓过来一个店员指着空空的墙面一句话也说不出来。店员知道廖莎和石姐的关系也就没避讳，附在廖莎的耳边说："都让面条儿划拉走啦。"廖莎的嘴张成O形，心想着这是怎样神奇的母女关系啊。

"石姐在吗？"

"石姐在她哪敢啊？出了那档子事儿石姐和唐田就去欧洲休假啦。面条儿趁她妈不在划拉个精光。这两天时不时就来店里转悠看啥好拿啥，谁说也不听。"

"那你们没告诉石姐啊？"

"哪能不告诉。石姐说啦，让她看上啥就拿吧。看上房子啦想拆就拆想烧就烧。"廖莎这时候才知道，石姐财力确实不可小觑，原来这房子也是她的。

"这孩子是不是疯啦？"

"谁说不是呢，跟她妈连仇人都不如。张嘴闭嘴就是她她她的，连个妈都不叫。"

灰锈锈的墙上留下一个雪白的画框印子，看上去特别像人心上剜出来的窟窿，想着就觉得心口疼。这时候服务员跟廖莎使了个眼色，一回头就看见面条儿浑身带响地走了进来。这孩子没她妈长得漂亮，不过胜在年轻会打扮，浑身一股子荒蛮的女性魅力。面条儿认识廖莎，点了点头算是招呼过啦，然后就开始满屋子转悠，两只眼珠子都不够用。廖莎跟在面条儿身后，想说点什么的样子。面条儿回头瞄了廖莎一眼说："我知道你想说什么。"人家这么一开篇搞得廖莎却不知道怎么搭茬啦。说到底是人家娘俩的事儿，廖莎一个外人确实也不好说什么。

"你拿这些东西打算干吗用啊？"廖莎只好挑了这么个看似无害的问题。

"没想好。她这儿的东西看着挺像那么回事,其实也不值几个钱。"听了面条儿这句廖莎心里笑了笑,到底还是个孩子,谁还真拿古董装饰店面啊。

"那你跟你妈说了吗?我是说你看她现在也不在国内。"

"还用说吗?她这儿的东西早晚不都是我的。现在拿了总比让骗去强。"廖莎"哦"了一声再也想不出该说点啥。正尴尬着转身想走,没想到面条儿却主动叫住了她。

"你要是有空就跟她说一声,要出国我也不去日本,在咱这地方满大街都是会日语的人。回国之后连个4000块钱的工作都找不着。要出去我也是去美国,让她看着安排。她不是在国外嘛,正好研究研究。"廖莎点了点头,也不好怎么表态。心里满满的想法就是自己要有这么个闺女就活活掐死。别说美国,干脆就送月球上去当嫦娥,这辈子都别回来啦。

廖莎也没有心情再待下去,早早就回了家。看着韩剧啃着苹果等着方程下班。谁知道这时候却接到一个电话,打电话过来的是顾晓楠。一看电话号码廖莎不由得嗯了一声,平时和顾晓楠几乎没什么单独交往,她打电话给自己能有什么事儿呀?电话一接通就听见对面传来无比伤心的哭声。廖莎一时判断不出状况就端着电话听了能有10秒钟。对方见廖莎这边没有声音,渐渐地哭声减弱,然后就是顾晓楠的声音:"喂,是廖莎吗?"要是顾晓楠不问这一句,廖莎还真以为她打错啦。毕竟两个人不是那种可以随时诉苦的闺蜜,要说遇着什么难事儿也轮不着廖莎给她出谋划策。不过,顾晓楠这么一句问话让廖莎知道对方没找错人,刚才那几句哭就是给自己听的。

"是我,你怎么啦?"

"你能上我家来一趟吗?我有话想跟你说。"

"啊,上你家是吧,好吧。不过,你这样我挺担心的,你到底怎么啦?"

"我没事儿,你来吧,你来了我再详细跟你说。"说到这儿,顾晓楠就把电话挂啦。放下电话廖莎心里很不爽,你乱诉苦还得我上你家,哪有这样的道理。不过看在顾晓楠都已经差不多低声下气的份儿上,廖莎也就不跟她计较啦。只不过,她倒是特别好奇,到底是什么事能把顾晓楠这么个非常矜持的人搞得如此歇斯底里。

一张照片引发的血案

廖莎到顾晓楠家的时候已经差不多傍晚啦,擦黑的天色中顾晓楠站在自己家阳台上冲着廖莎招手儿。就算这么远的距离廖莎还是能看出顾晓楠脸儿是脸儿、腰是腰儿、嘴唇儿是嘴唇儿,确实是个美人儿。廖莎忍不住想自己要生成顾晓楠这样保不齐比她还矫情,都是让自己爹妈和从小到大的男孩子给惯的。比如现在,你倒是下楼来接人家一下呀,拿着个电话站阳台上指挥人家哪个楼哪个门洞,我廖莎又不是送快递的。虽说满心不情愿,廖莎还是屁颠屁颠地上了楼,方程说过:我老婆这辈子就是喜欢被需要。

面对面一瞅顾晓楠,连廖莎这种性格比较硬的人都有点受不了啦。整个脸哭得有点过敏,泛着红,鼻头显得特别大。头发就那么乱七八糟地绾在脑后,最关键是连后背都驼啦。这对于顾晓楠来说绝对是不可想象的。

"哟,怎么了这是?"廖莎这一问不要紧,顾晓楠的眼泪儿又掉了下来。顾晓楠掏出手机给廖莎看一张照片。照片上是一个女人敷着面膜的脸,敷得那叫一个结实也看不出五官。廖莎仔细辨认了一下最终确定此人自己不认识。

"谁呀,这是?"

"我也不认识。这照片是我在博宇手机里找到的。"廖莎一听就大概分析出顾晓楠如此伤心的原因啦。

"哎呀,不就是一张照片嘛,兴许是网上下载的图片什么的。你别太当回事啦。"听了廖莎的判断,顾晓楠使劲摇了摇头。

"你不知道,这里面肯定有事儿。这一段时间博宇就总是心事重重的。前一阶段还买了一堆化妆品说是送客户。给客户送化妆品啊,你信吗?"廖莎觉得这事儿吧,你觉得他有事儿就是有事儿,怎么想怎么有事儿。你觉得他没事儿就是没事儿,怎么想怎么没事儿。关键就是你信他有事儿还是你信他没事儿。顾晓楠现在这个状态明显就是信董博宇有事儿。所以,你怎么跟她解释其实这里可能没事儿她也不会信的。

"那你拿着这照片问过他吗?"

"问过呀。"

"他怎么说的?"

"他好顿发火,埋怨我偷看他手机。"一听董博宇是这个反应,廖莎在心里想:完喽,完喽!这估计是真有事儿啦。可也不能当着顾晓楠的面儿这么挑事儿,怎么着也得以安抚为主吧。关键是廖莎实在找不出自己在这件事情上的切入点。

"那你今天找我来……你看我有啥能帮上忙的?"顾晓楠抹了抹眼泪儿:"博宇也不跟我说实话,你让方程跟他谈谈看他到底是个啥想法呗?"听顾晓楠这口气,好像已经坐实了董博宇有私情似的,搞得廖莎也不好说答应还是不答应。就这么一张照片就兴师问罪似的要谈谈,那董博宇插个尾巴比猴都精,真有事儿他想搪塞你还不是手拿把掐。

"晓楠,我觉得吧,虽说男人手机里有这么一张照片确实能让人联想到很多。尤其你刚才说了他最近也不大正常。但是,咱仅凭送化妆品和敷面膜照片就坐实了董博宇有了婚外恋情这也未免武断。凡事儿咱还是往好处想。你再观察观察他,如果过了这阵他不犯毛病啦,这事儿别管是真是假咱都翻篇儿,你看这样好不好?"

"不行,我过不了这个坎儿。我也安慰过自己可能没什么事儿。但是没事儿也不行。我只要一想到我老公手机里有这么一张照片我就觉得脏。"廖莎听了顾晓楠这么一说,真是哭笑不得。心想着:姑奶奶啊,你还当自己是黄花大姑娘啊,还当自己是歌舞团台柱子,在大剧院满台

· 57 ·

就看你一人儿顶碗啊。别说可能真没事儿，就算有事儿你还能咋整啊？摆明是个弱势地位还死活拉着一个强势的气派。这年头谁还哄着你呀？满胡同小伙子都追着你跑的日子一去不复返啦。

"那你打算怎么办啊？"

"他必须跟我道歉，保证以后不犯类似的错误。麻烦方程把我这意思传达给董博宇。"廖莎真是也听醉啦。这顾大小姐是真没数还是假没数啊？廖莎也是冲着和顾晓楠不是什么闺蜜级的朋友，犯不着听她在这儿说梦，心想着干脆我一剂猛药把你弄醒得啦。我也好赶紧回家。

"我说晓楠啊。你现在是一没人证二没物证，就一张照片勉强算你不是胡思乱想。我是董博宇我也觉得没什么好道歉的。顶多就是我处理态度不佳，那男人有点脾气也是难免。再者，他要是就不道歉你怎么办？僵持着？到啥时候是个头儿？他可以天天应酬，天天半夜回家。你咋整？天天以泪洗面？天天捂着胸口喊疼？他在意还好说，他要是不在意呢？感情就经不起折腾，哪天他烦了，把家用一断，你可咋整？收拾收拾回娘家吗？别把男人往无情那条道儿上逼。离婚这个结果你受得起吗？"

廖莎这一大段那是抑扬顿挫，饱满激情，听得顾晓楠目瞪口呆。她愣了半天，豆大的眼泪挂在眼圈中，嘴唇有规律地抽动："能到这一步吗？"看她这个样子，廖莎都有点儿不忍心啦。

"我这不是分析嘛。凡事不都是往好的方向努力，往坏的方向打算嘛。你说你这么折腾，总想折腾出个什么结果吧？既然这个坏结果是你不能承受的，那不就得另想办法嘛。"顾晓楠一副六神无主的神情，漂亮的右手使劲撑着头。

"还能到那一步吗？他都要跟我离婚啦？就为了这么个瞅着也不年轻的女人他就至于跟我离婚？"

"我没说他要跟你离婚。我是说只要他不想让你赢你就赢不了。你现在去找一家银行办一个透支额度在 5 万块钱的信用卡试试，你看你能不能办出来再来合计这件事该怎么办吧。"

"我这事儿跟办信用卡有什么关系呀?你都把我说糊涂啦。"

"别管糊涂不糊涂你就去办,办完之后你就明白我的意思啦。反正你在家闲着也是闲着,权当是调节一下生活节奏,总不能天天想着这没谱的事儿吧。"顾晓楠不明所以地看着廖莎,终于还是点了点头。廖莎把顾晓楠手机里的敷面膜女人照片翻拍了一下就告辞啦。回到家的时候方程也刚进门,两口子简单弄了口吃的,就开始了晚间生活节奏。廖莎从手机里翻出那张照片拿给方程看,问他认识不认识。

"这敷着个面膜也看不清楚,不过应该是我们一个客户大姐。"

"客户,还是个大姐。"听到方程这么说廖莎真是觉得顾晓楠在家里憋出了失心疯。就一客户还是大姐至于嘛。那董博宇现在出去找个嫩模倒有可能,大姐,他还真未必有那个欣赏水平。

"你哪弄的这张照片?"

"别提啦,今天顾晓楠哭咧咧地把我叫到她家拿出这么张照片给我看。说是怀疑这人跟董博宇有什么不正当的关系。"方程一听,连花也不侍弄啦,擦了擦手就凑了过来。

"啊?她怎么说?"

"她能说什么呀。就是说董博宇前一阶段买了好多高档化妆品说是要送客户。顾晓楠这心里就过不去啦。又看见董博宇手机里有这么一张照片,这天就塌下来啦。"

"哎哟,这事弄的。"方程坐在床沿儿上不知道在想着什么。不过方程这反应可是大大地超乎廖莎的想象。难道这里面还真有事?

"唉?你怎么个意思?董博宇不会真跟这位大姐有一腿吧。"

"我跟你说你可千万别告诉顾晓楠。这位大姐呀八成是看上董博宇啦。老董这头儿有个大项目捏在大姐手里,也不敢得罪她。还得哄着,还不能太上赶着。这分寸也很难把握。"

"原来是这么回事啊。那老董就跟顾晓楠解释解释呗。"

"怎么解释啊?老婆,有个客户想跟我玩暧昧。我先陪陪她,但我保证我的真心都在你这儿。能这么解释吗?"

"那倒也是。那老董怎么也不知道背着点儿人。这照片就删了呗。"

"他也不是情场高人,他就是个工作狂人。他哪有那么多花花肠子。再说啦,每天被工作赶着哪有那个心情啊。"

"那老董打算怎么办?这女客户肯定也不白给,不见点儿真章儿,人家能把项目放给你吗?"

"这种事情还不是走一步看一步。谁知道哇。"

"真有一手交人一手交项目的时候,老董真能绷住?"

"真别拿这么极端的情况问我,也真别拿这么极端的情况来考验人。就算老董一时为了项目做了对不起顾晓楠的事儿,这也就算是个道德范畴的污点,跟感情没啥关系。"

"我说老公你行啊。最近总是爆出一些小语录让我对你不得不重新审视一下。那你说吧,我该怎么劝顾晓楠?"

"劝什么劝啊。就你这脾气弄急了还不得鼓动人家离婚啊。"

"唉,你可真说错啦,我让顾晓楠去办一次信用卡。等她在各大银行都不受待见她就知道该怎么办啦。"

"你可真行。人家顾晓楠怎么招你啦?"

"她招我干吗呀?她得看清自己才能看清别人、看清世界。"

"哎哟,廖店长出口成章啊。"

"拉倒吧,我这店长也解了甲啦。现在我是一个人一个部门,一个部门就一个人。"

方程并不是一个爱搬弄是非的人。所以他和廖莎之间的谈话他一点有没透给董博宇。也许男人之间惯常也不谈论这种话题。方程总想着赶紧把这个项目过去吧。要不放弃要不拿下,总之只要项目落了地,其他的事儿也就解决啦。董博宇其实也是这个想法。他心里烦躁得恨不能点把火。一边儿这位大姐就拿话搪着他,那边自己老婆呼天抢地地不依不饶。他是左也不是右也不是。其实,这个时候顾晓楠要是能别这么折腾,睁一眼闭一眼地搀着董博宇过去这个坎儿，董博宇这辈子都能特别感谢她。但是，顾晓楠也是小门小户出来的姑娘，不知道这奔往有钱人的路上其实荆棘遍布。做成功人士的老婆就得有那种"睡了你也是我们家男人占便宜"的气度。再者，她从小被捧惯啦，一点委屈都是天大的事儿。整个生活里除了董博宇就是董博宇，一旦这个中心出了岔子，那整个世界都倾斜啦。两个人遇到了生命里从来没有预设过的难题，两个人跌跌撞撞找不到出口，两个人都没意识到不是彼此出了问题，而是应该一起来面对问题。

顾晓楠找来廖莎这一趟其实是下了很大决心的。她对廖莎的感觉就和廖莎对她的感觉差不多，彼此不欣赏。让一个自己并不欣赏的人见识到自己最狼狈和脆弱的一面确实需要很大的勇气。但是，顾晓楠也没有其他选择啦。她对董博宇其实没有那么不知深浅的高姿态。只不过在廖莎面前还是不想掉了自己的面子。可没成想却弄巧成拙。廖莎让她去办信用卡，她隐约知道廖莎的用意。这个用意还让她有点恨恨的。也是为了在廖莎面前证明自己，接下来的几天她还真是收拾了情绪认认真真跑了几家银行。她也不傻，最贵的套装、最闪的首饰都戴上啦，银行的人向来是看人下菜碟，这点儿常识她顾晓楠还是有的。端着个小贵妇的架子顾晓楠开始了自己的办卡之旅。心里忐忑着也不知道能遇到什么。临出门之前左思右想还是把结婚证给带上啦。这对于她来讲是最大的资本。

其实银行对她还是非常礼遇的。毕竟长得美、气质好这些招子都很亮。可是接下来的谈话就让顾晓楠不那么爽啦。

"这位女士，您名下有房产或者车子吗？"

"我有房子但是在我先生名下。两部车子也都是在他名下。"顾晓楠说出这段话的时候突然觉得心里紧了一下。第一次这么直接地认识到房子和车其实都是董博宇的。

"那您自己名下有其他银行的信用卡吗？"

"没有。"

"能开出收入证明吗？"顾晓楠尴尬地笑了笑。自己那个歌舞团剩下的就是个编制。每个月连点形式上的基本工资都没啦。听说下一步还要面临着市场化的改革，那自己可能就是个下岗失业的命运。

"我……没有固定收入。"

"是全职太太是吧。"服务人员的这句话倒是让她比较欣慰。

"算是吧。"

"您个人名下有存款吗？"

"没有。"

"存款也没有啊。那这样吧，您把您的结婚证和房产证带来。只要有结婚证即使房产证上没有你的名字，我们银行一般也认定是共同财产。只不过，您希望的 5 万元透支额度不能保证。"

"那透支额度能有多少？"

"这个需要审核。您也不是非得 5 万额度吧。以后一点点用积累信用再增加额度嘛。"

"不，我就是想要一个 5 万元额度的。"顾晓楠上来一阵也是非常倔强的。

"那这个任何一家银行也保证不了。"

顾晓楠又走了几家银行，基本口径都差不多。这个结果其实对于顾晓楠来说还是能够接受的。尤其是银行告诉她只要有结婚证那么房产可以认定为共同财产，这句话让她心里暖和了许多，不由得将包里的结婚证按了按。但是，这几家银行跑下去在一遍遍地讲述自己财务状况的时候她才意识到：房子不在自己名下、车子不在自己名下、存款不在自己名下、自己基本属于没工作没收入还没技能。通过这一遍遍的确认，顾晓楠发现自己看似幸福美满的生活其实岌岌可危。只要董博宇对自己的感情有一点闪失，那么就是万劫不复。她不服输地要把这个透支额在 5 万元的信用卡办出来，必须办出来，不惜一切代价办出来。好像只有办出了这张卡才能证明自己的生活是安全的。

回到家，顾晓楠就打开平时存放重要证件的盒子把里面房产证掏了出来。打开一看，顾晓楠顿时傻了眼，自己目前住的这套房子的房主明晃晃写的是董文瀚。董文瀚是董博宇父亲的名字。原来这栋房子根本也不在董博宇名下，说白了这是自己公公的房产。顾晓楠顿时手都哆嗦啦。结婚这几年，自己从来没想到拿出房产证来看看。当年和董博宇恋爱，顾晓楠的妈妈就说："这年头，年纪轻轻就有一套没有贷款房子的年轻人不多啦。"顾晓楠也觉得骄傲，这证明董博宇有能力，自己有眼光。至于这房子是在董博宇名下顾晓楠认为这是理所应当天经地义。好像如果要是求证一下都是对于董博宇的侮辱。更重要的是顾晓楠心里还有一丝丝她意识不到的小自负，不去触碰关于董博宇财产的问题好像就显得彼此的爱更真诚。但是，今天这房产证上董文瀚三个字可是让顾晓楠的世界发生了天崩地裂的变化。到底是自己公公给董博宇买的房还是董博宇买了房之后写了自己公公的名字？总之，这个重大变故让顾晓楠的5万元透支额度信用卡的梦突然变得遥不可及。由于她自己给这个信用卡赋予了如此重大的意义，所以这个遥不可及简直是要了顾晓楠的命。她看了看这屋子，冬暖夏凉阳光充沛，据说风水还不错。却原来是寄人篱下、黄粱一梦。

董博宇的父母在遥远的西安，儿媳妇打个电话去问问房子归属的问题肯定不合适。顾晓楠心慌慌地就这么到了傍晚。董博宇是肯定不会回来吃晚饭的，自己现在也懒得做了。她把家政阿姨打发回家就独自出了门儿，也不知道该去哪儿，天天逛商场也挺腻歪的。想了想也不知怎么的就有种想去自己团里看看的想法。市歌舞团在老城区的山根底下，大楼破败得七零八落。几家少儿艺术学校分租了大楼的几个楼层，搞得人仰马翻。顾晓楠上一回来这里还是半年前，好像是市里组织市属文艺单位搞创作的动员会，顾晓楠接到电话来凑个人数。自己早就不盼着还能回归舞台，过着自己的小日子，看着团里招收的小学员一张张粉团似的脸就觉得自己熬出了头。今天神差鬼使又转了回来，心情不禁有些沉重。

一楼门卫大爷早都不认识她啦，伸出个头看她身光颈靓的也没多言语。顾晓楠走到位于三楼的舞蹈组练功房，一群孩子伴着枯燥的音乐在压腿。顾晓楠觉得一阵眩晕，好像胸腔里被抽干了空气。那些练童子功的苦日子排山倒海般地向她涌来。顾晓楠这些年没有对任何人说过，其实她一点也不喜欢跳舞。她不是个艺术感觉好的人，哪段曲子在她听起来都是差不多的感觉。什么音乐中流淌着悲伤、跳动着欢乐，在顾晓楠听起来都是胡诌。所以那些跳舞的日子对她来说就是熬。人人都说她先天条件好，她都恨死条件好啦。15岁那年体重飞长，天天被教练在脖子上挂个"超级大胖子"的牌子。那种委屈真是现在想起来都难过。就这么天天熬着也熬成了骨干演员。但是当骨干也没能给她带来快乐，就觉着是个荣誉吧。只有嫁了董博宇顾晓楠才真是觉得熬出了头，再也不用压腿、劈叉折磨自己啦。今天又故地重游，顾晓楠一点也没有生出对这里的一丝一毫留恋。心想着如果自己婚姻失败，那么恐怕还是得重操旧业顶碗转圈。5万元额度的信用卡也办不出来，跳舞这项残酷的事业自己又不喜欢，顾晓楠真是觉得腹背受敌，站在破败的练功厅门口眼泪又流了下来。

　　里面练功的孩子看样子是要散了，顾晓楠慌忙抹了抹眼泪儿下了楼。谁成想在楼梯上一个弯道就和自己团里的一位旧同事撞了个满怀。这位旧同事也不是别人，就是团里著名的傻大姐汪冰。她们从艺校起就是同学，这些年依旧奋战在舞蹈第一线，已经成为全市闻名的幼儿舞蹈教师。她的舞蹈班就开在这栋大楼里。

　　"哟，这不晓楠嘛，你怎么过来啦？"

　　"我……我正好去个饭局，早了点儿，路过大楼进来瞅瞅。"

　　"这还有什么瞅的呀。都完蛋啦。"

　　"是破了点儿。不过，你的生意不也在这儿嘛。"

　　"对了，我这儿孩子不错。在全国拿了好几个奖。"说完这句汪冰就从头到脚地打量顾晓楠。

　　"我说晓楠，你这些年身材也没走样儿，干脆出山得啦。"

"出山？还跳啊。那么些个年轻姑娘都没机会，我出来给人家提鞋呀？"

"跳是肯定没戏啦。但是你可以教呀。你上我这儿来吧，弄个精品小班怎么样？"

"教孩子跳舞？我可不行。"

"你呀，就是瞎清高。现在是太太当着，你不为自己想想后路啊？"这汪冰是歌舞团有名的井姐，横竖都是二，说话根本就跟喘气儿一样。顾晓楠现在这个心情，听了汪冰这番言论，真是恨不能杜十娘怒沉百宝箱。顾晓楠打了个哈哈就走啦。这一路开着车往家走是走一路哭一路，就觉得没出路啦。

顾晓楠前脚到家董博宇后脚也回来啦。这几天夫妻俩一直不痛快，俩人还处于冷战的状态。董博宇收拾收拾就往书房钻，看着装证件的盒子四敞大开地放在书桌上，里面的各式证件零散地堆了一桌子。董博宇可不是方程也不是顾晓楠，他顿时就意识到情况不妙。说到底他也没想跟顾晓楠怎么着，就是看她闹，心烦又不好多做解释。这一下，他突然就感觉到顾晓楠是想来真章儿啦。他立刻转身奔了客厅。

"那证件盒子掏出来干吗呀？"

"我想办张信用卡，找房产证来着。"

"办信用卡？你怎么突然想起办信用卡啦？你不是有副卡吗？"

"那不是副的嘛，我就不能有个正的呀。"董博宇知道她在气头上，也没接她话茬。

"那……办就办吧。办个出国刷着方便的。等我忙完这个项目咱出去溜达溜达。"这在董博宇来讲已经算是低声下气啦。

"办不成啦。"

"办不成啦？怎么办不成了呢？"

"原本拿着房产证是可以的。毕竟我还是你妻子嘛。但我找出房产证一看，原来这房子也不是你的。"

"这房子是咱的呀，怎么不是了呢？"董博宇非常巧妙地用了个"咱"，算是在语气上打消她的疑虑。

"那房产证上写的是咱爸的名儿。别说不是我的，连你的都不是。"

"哎呀，这都是有原因的。前些年我想自己做生意。这生意人你不懂，最好是名下什么财产都没有。因为做生意难免牵扯一些财务纠纷，名下没有任何财产能最大限度地保护自己。"

"哦，原来是防着欠债，我还以为是防着我呢。"

"我买这房子的时候还不认识你呢，我防你干吗呀？"

"也未必就是防我，谁是你老婆你就防着谁呗。"你说董博宇这套房写了自己父亲的名儿有没有防着未来老婆的意思呢？必然是有的。就算不是他的想法也是他父母的想法。董博宇买这套房的时候父母着实出了些钱，要不然也不至于就一次性全款购置。父母的想法总归不想让自己给儿子贴的老本儿最后都贴到了儿媳妇身上。所以，这套房的房证最终写上了董文瀚的名字也是董博宇给自己爹妈吃的一颗定心丸。但是，这种道理总不好掰开了揉碎了讲给顾晓楠听。你总不能跟她说："你看，这套房子是全款买的。你一分钱也没出，连供房都没供。一旦咱俩婚姻有个闪失你还得带走一半。这一半要都是我的钱也好说，毕竟夫妻一场。但这里面还有挺多是我爸妈的，你分走是不是于情于理都不合适呀？"董博宇能这么跟顾晓楠说吗？这不是找抽吗？这种事情就得靠女方自己领悟，但顾晓楠就是领悟不到，她这个人有着简单又单纯的执拗。

"你想多啦。我防谁也不用防你呀。就是为了做生意保险。万一哪天有点什么闪失，咱俩也不至于无家可归不是嘛。"董博宇这个解释非常得体，得体到你挑不出一点毛病。顾晓楠想来想去也觉得确实有点道理，心里就舒坦了一些，不过也仅仅是一些。那张面膜照片带来的心理阴影还是墨黑一片地压在她的心底。说来也是怕什么来什么，说话的当口董博宇电话就响啦。他一看来电显示就头大，来电话的就是那位大姐。跟顾晓楠闹别扭这几天大姐也没少骚扰董博宇。其实说骚扰吧，有点诋毁人家。大姐也没怎么着，就是借个工作上的由头给你打打电话，然后就唠点儿闲嗑儿，再然后就不管你需要不需要从头关心到脚。什么看你朋友圈里的照片好像瘦啦，最近休息不好吗？什么准备竞标也别太累着，凡事有我呢之类的。总之，你说过分也不过分，你说不过分也挺腻歪人。大姐这分寸和尺度把握得真是近乎于天分。董博宇都想着自己哪天实在受不了能不能跑到大姐那儿摇着人家胳膊说：你别折磨我啦。咱俩一了百了。可大姐就不。

董博宇拿着电话真是接也不是不接也不是，他瞄着顾晓楠那小样儿肯定是支棱着耳朵在听。不过转念一想，反正也真是没什么事儿，她愿意听就让她听。

"姐，找我？"

"董儿啊，我跟集团几位班子成员正在宝岛吃饭。说起你大家都挺欣赏的，我可说了啊，你是我弟弟。"

"姐，我是你弟弟，这还有假吗？"那边大姐看来醉得不轻，笑声都带着拐弯啦。

"你过来呀？正好我也没开车，过来坐会儿我好坐你车回家。"董博宇一听集团几位班子成员都在，当然十分想去。所以也就顾不得大姐说回家这茬儿，连忙应承着挂了电话。董博宇想着这不仅得去，还得结账，还得给男的安排下一场，给女的送回家。

董博宇挂了电话就打算出门。就在他去卫生间这么个时差，顾晓楠做了一件事。她偷偷从董博宇电话上记下刚刚的这个电话号码，然后在董博宇出门之后把这个电话存在了自己手机中。不出意外，自己的微信立刻提示要不要加这个新好友，顾晓楠毫不犹豫地点开头像，然后，就一下子认出了这张脸就是藏在面膜后面的那张脸。所以说，微信头像用自己的照片真的很危险。她几乎没有任何犹豫抓起外套就出了门，顾晓楠眼看着董博宇的车出了小区门往左转。自己家小区门前这条主路岔道不多，也就是说在可预见的路途中，董博宇马上就拐弯的可能性不大。所以，顾晓楠跑着去取了自己的车,然后利落地打火、给油、加速,一路追着董博宇而去。出了小区后,顾晓楠奋起直追,终于在一个红绿灯前看见了正在等灯的董博宇座驾。然后,她就一路尾随着董博宇来到了本城著名高档饭店——宝岛。接下来的就简单啦,找个背人的车位停好车,然后耐心等待着主人公的再次出现。好像也没用多少时间,董博宇就搀着一个女人和一伙儿大老爷们从饭店里出来。其实董博宇和大姐之间的搀扶算不上有多亲密,但是在顾晓楠眼中简直伤风败俗到极点。她恨不能一脚油撞死这对奸夫淫妇。眼看着大家握手告别,一众男人嘻嘻哈哈地打着出租不知所终。然后董博宇把那个女人搀进了自己的车,然后扬长而去。顾晓楠自然也是一路尾随跟到了大姐家小区门口。至此,顾晓楠一晚上的疯狂举动算是画上了一个圆满的句号。她终于如愿以偿地眼睁睁看着自己的丈夫出门、接人,然后和一个陌生女人出双入对地离开。她再一次坐实了董博宇的奸情,她为自己生活中这些泥沙俱下的变化感到非常害怕。

  顾晓楠再在小区门口耗着也没用,一把轮就转回了家。到底怎么开的车、怎么上的楼、怎么收拾的东西她都不记得啦,脑子里全是空的。整个人窝在沙发上迷迷瞪瞪的。这时候墙上的挂钟突然响了一下,顾晓楠浑身一激灵抬头一看已经是 11 点半。董博宇出家门的时候差不多是 8 点半,自己追到小区门口的时间推算一下差不多 10 点。自己回到家的车程也就是 20 分钟。也就是说董博宇 10 点上了人家的门儿到 11 点半还没有回来。即使他现在已经在路上,那么也有将近一个小时的时间他停留在人家家里。一男一女,一个小时,虽然快点儿但也够啦。想到这儿,顾晓楠简直是肝胆俱碎,满心里都是世界末日到来的悲凉。不想去想,还忍不住去想,自己用各种精神酷刑来折磨自己。这时候门一响,董博宇从外面回来啦。由于顾晓楠长期的你不回家我不睡政策,所以他对表情呆滞瘫坐在沙发上的妻子也没有给予过多的关注。顾晓楠其实特别想发作,但是此时发作还得解释自己是如何知道董博宇行踪这个问题。所以,她以强大的自控能力按捺住了想和董博宇决一死战的冲动。顾晓楠扶着墙洗漱完毕，怀着巨大的屈辱睡了觉。

第二天上午，董博宇上班之后顾晓楠收拾停当也出了门儿。她也没去别的地方，直接就奔了昨晚儿看见董博宇进去的小区。这小区安保也十分严格，外人想就这么大摇大摆地进去肯定不可能。顾晓楠只好找了个空场儿停下车，孤零零地在小区门口站着。顾晓楠为什么来，其实她也说不大清楚，只能算是被本能驱使着吧。也许她觉得天亮的时候看看这个小区能有利于判断那个女人的身份？又或者，这是目前她唯一能做的。这里是在本城比较有名的老牌封闭式小区，没想到那个女人住得还挺讲究。光在小区外面转悠也看不出个所以然来，哀伤了一会儿顾晓楠就打算撤啦。就在这个当口，顾晓楠看见从小区里走出个人来，虽然穿着略显随意的家居服，但顾晓楠还是一眼就认出这就是昨晚那个女人。不这么明晃晃地看见还好些，这么青天白日看见这个女人穿着家居服从小区里走出来，顾晓楠简直觉得肺都要气炸啦。就这么个明显四十多的女人，就这么个人物就把董博宇的魂魄给勾去啦？世界如果是这样的，那顾晓楠还用活着吗？输在这样一个女人手下，顾晓楠的脸往哪儿搁呀。那女人明显是宿醉之后，整张脸都是灰的，皮肤一点光泽也没有。看到这儿，顾晓楠顿时觉得自己特别有底气和勇气。昨晚那被她强行按捺下去的决斗的雄心再次在她胸膛燃烧起来。顾晓楠憋着劲儿就走了过去，大姐还以为是打听道儿的，笑盈盈地站在原地。

"你好，我是董博宇的妻子。"顾晓楠不是个以口才见长的人，不过这会儿胸膛里真是憋了千言万语就想一吐为快呀。大姐明显一愣，瞅着眼前这个美人儿眼睛里全是疑问。

"哟，这小子不会还没回家吧。弟妹，他电话打不通吗？"大姐说着就满身开始摸电话。顾晓楠原本是气势汹汹想着有理说理，没理打架来着。谁成想大姐这一记佛山无影脚搅乱了她全部的计划。

"能打通，能打通。他昨晚回家啦。"

"回家啦？那就行，吓死我啦。他要是敢从我这儿走了上别处去不回家我就帮你教训他。"

"没,那倒没有。"

"臭小子,你跟姐说说他几点回家的?"

"11点半吧。"

"我算算啊,差不多。应该没干别的。是不是你俩半夜吵架啦?"

"没……"

"那就行。别为了陪我们几个老不死的吃饭再把老婆得罪啦就不好啦。这么漂亮的媳妇不得看紧点儿?哈哈哈!"大姐这不容人喘息的一顿表述彻底把顾晓楠弄蒙啦。自己原本是来找事的,怎么迅速变成来诉苦寻求帮助的呢?

"我今天来是……"

"你来就对啦。这大半夜的老公不知道跑哪儿去啦,老婆心里能不慌吗?这下放心了吧,没事儿。我帮你看着他。"顾晓楠这一句全乎话也捞不着说,整个节奏全部掌控在大姐手里。

"来都来啦,要不跟我回家坐会儿?你看着小模样多漂亮。听小董说你是跳舞的?"

"不不不,我还有事儿。"

"有事啊,那我就不留你啦。有时间你们俩来我家串门。"

"成,您留步吧别送啦。"顾晓楠走到自己车旁边,上了车点着火上了大马路。一溜开出去老远顾晓楠才琢磨过来不对劲。不对呀,这怎么成了宾主尽欢、相见恨晚了呢?自己原本是打算上演一条老婆暴打小三的社会新闻的。这是怎么回事?这位中年妇女怎么在这种极端环境下变战场为社交场的呢?顾晓楠不由得在心里想:轻敌啦。

她确实是轻敌啦。大姐消逝的青春换来的都是满当当的心眼儿。顾晓楠一声"我是董博宇的妻子",大姐立刻就料到了她此行的目的,心里一个跟头翻过去就把局面扭转啦。大姐可不想跟她在自家小区门口拉拉扯扯,凡事要都按着顾晓楠逻辑走那还了得?一个气质优雅养在深闺的小少妇和一个在国企高层游刃有余的大姐那情商上的差距何止是一星半点啊。顾晓楠觉得自己比大姐漂亮充满了优越感，但是大姐看她眼神空洞心智平庸也很自豪。

顾晓楠来找大姐这一趟对于顾晓楠来说除了暴露自己的智商再没有什么收获。而对于大姐来讲可就不一样啦。她看着顾晓楠远去的身影内心竟然生出了一些欣喜。要说生出点愤恨也许更能让人理解，这欣喜从何而来呢？这就要从大姐的心态讲起。董博宇很显然是长得比较像她生命中一个重要人物。因为这种想象她从内心生出了一些错觉。这错觉让她时而清醒时而糊涂。清醒的时候告诉自己那就是个巴结着自己想要拿到项目的职业经理人，糊涂的时候又觉得董博宇对她的关注似乎也有着深一层的关切。看着董博宇总感觉有一种回到18岁的雀跃感。但是，她自己也清楚，董博宇和自己的这种密切有很大一部分是自己强加给人家的。至于董博宇自己心里到底怎么想，她也不知道。不过，今天慌慌张张的顾晓楠就这么傻傻地出现在她面前，让大姐内心顿时一片温暖。原来，董博宇和自己的互动已经引起了他家庭的震颤。如果只是自己的一厢情愿那董博宇的家庭为什么会有反应呢？肯定是董博宇情绪上的变化引起了一些人的关注。大姐也没想要太多，当知道这种暧昧的互动已经让董博宇情绪上发生了变化时，大姐就莫名地高兴，欣喜就是这么来的。她迫不及待地想去安慰董博宇，想告诉他"对于影响了你的家庭我很抱歉"。你可以说她自恋，也可以说她糊涂，但是一个女人到了可以随意自恋和糊涂的境界其实也不错。

董博宇也不是傻子，他收到了大姐"对于影响了你的家庭我很抱歉"的微信自然知道发生了什么。和大姐的欣喜不同，他很害怕。他怕顾晓楠去装大老婆惹怒了大姐。这笔生意对于董博宇来说有着非凡的意义。就像方程说的，入手就够吃三年。而董博宇也等着这笔大钱来开始自己真正的创业。他不能让顾晓楠的猜忌和短见坏了自己的事情。在他看来顾晓楠的情绪基本就是因为她生活里无边无尽的寂寞。而他对于自己和大姐之间的暧昧就认为是社交，是一种需要顾晓楠去包容的灰色。他打心眼儿里觉得即使我有些过分那不也是为了你和我的生活？

董博宇是个暴脾气，收到微信他一路飞车就回了家。进门看见顾晓楠劈头盖脸就是一顿。

"我告诉你顾晓楠，老实在家待着别给我出幺蛾子。你要是坏了我的大事儿我跟你没完。"顾晓楠也是个拧脾气，在大姐那儿憋足的劲儿也没撒出去正堵得难受，听着董博宇脸红脖子粗的这么一句，也是瞬间爆发。

"你什么大事呀？不就是无所不用其极地去讨好一个女性客户嘛。"

"你都知道就是个客户你还闹什么闹？"

"我怎么就闹啦？你昨天晚上 10 点半到 11 点半之间在干什么？你敢拍着胸脯说你什么也没做？你敢摸着良心说你们就是正当的商业关系？"

"你还跟踪我？"

"你怕吗？怕我知道你把自己贴进去换钱嘛！你对着那女人一张蜡黄蜡黄的脸你不恶心吗？"

顾晓楠越说越没谱，把对大姐的一腔恶毒全泼给了自己丈夫。董博宇本来在和大姐这件事情上就有点不占理，面对顾晓楠的时候心里难免没底。尤其是巴结着一个女人要项目总让他感觉有些抬不起头。他希望顾晓楠能睁一眼闭一眼地就此过去，但是顾晓楠偏不，她偏挑最要命的说。董博宇顿时大脑充血什么都来不及思考对着顾晓楠挥手就是一巴掌。男人原本力气就大，再加上这顾晓楠也实在是没有任何准备，被董博宇结结实实打了个趔趄。顾晓楠粉红的小脸儿上顿时就印上个通红的大手印。顾晓楠趴在地上半天没起来，脑袋里天旋地转。董博宇一看这情形也是顿时就清醒了，伸手要去拉她，嘴里也流露了不忍。

"你怎么不躲着点？"顾晓楠头都没抬地拦住了董博宇的手哑着嗓子说了一句："你就这样对我？"

交上去的方案泼出去的水

顾晓楠和董博宇闹翻了天其实时间线也不过才慢悠悠地过了一周。这一周对顾晓楠来讲那是风起云涌、泥沙俱下,可对于廖莎来讲那真是云淡风轻、神清气爽。方案交给了赵凯等着他研究,自己就憋着劲等着方案通过大干一场。这一周对廖莎来说就是决战前战壕里最安静的时刻。她天天睡到日上三竿,然后就挨个重点地段去瞅一瞅看一看。想象着这些或高或低的楼盘都是自己即将驰骋的沙场。闲来无事就找于小娜吃个饭喝个茶,还不敢暴露自己目前突然赋闲下来的真正原因。廖莎天天盼着石姐回来,关心朋友也是打发无聊的一个重要手段。想到关心朋友廖莎猛然觉醒是不是应该给顾晓楠打个电话,毕竟人家在最难的时候想着她。能向一个人展示自己的脆弱不说是最高级别的信任嘛。廖莎电话拨过去很长时间都没人接听,一上午廖莎耐着性子打了三遍都是无人接听的状态。廖莎心里有点不愿意,敢情你需要的时候找我诉苦,我这给你打个电话都不接,这明显是关系不对等啊。差不多到了下午三点,廖莎的电话响了,是顾晓楠。

"对不起哈,我上午在医院输液,电话落在家里啦。"

"你病啦?我去看看你吧。"

"谢谢啦,不用啦。我回我父母家住啦。"顾晓楠的娘家在这座城市下面的一座县城。距离主城区有将近一个小时的车程。虽说回娘家很正常,但是在这个时候回娘家会不会是两口子闹了大别扭?

"回娘家啦?不跟老董闹别扭啦?"

"就是闹了别扭才回娘家啊。"廖莎听顾晓楠这么说忍不住就想说她两句。两口子一吵架就往娘家跑在廖莎看来是最没出息的表现。这跟小孩被人打了都说回家找我哥是一个道理。你哥尚可帮你揍个小混混，你爸你妈能帮你啥？除了给老人添堵还能有点啥作用？弄不好还得把自己爸妈的名誉搭进去。心情真不爽宁可去住酒店也不要回娘家。但是廖莎也不能这么教训人家顾晓楠，只好沿着温情路线继续走下去。

"哟，回娘家应该心情舒畅才对呀，怎么还病了呢？严重吗？"

"不严重，就是感冒。这边比城里冷，可能气温上不太适应。"俩人说到这儿就没话儿啦。都等着对方先挑起关于夫妻矛盾的话题。但廖莎也不能表现得太过八卦，只能问问好，表达注意身体、平复心情之类的关心就收了电话。原本想关怀一下顾晓楠，这一下也是鞭长莫及。廖莎正无聊着，赵凯的电话就到啦。赵凯约廖莎第二天谈事儿。一接到赵凯的电话廖莎就关心任何人的心情都没有啦，无论如何，工作第一。

赵凯和廖莎就在石姐的咖啡店见了面。赵凯手里拿着廖莎交给他的方案看上去一筹莫展。见到他这个样子，廖莎心里免不了咯噔一声。果不其然，赵凯说整个方案有点儿虚，具体的落实步骤、推进进度、效果考核都没有体现。廖莎心里免不了不服，心想着我就是先攒个创意给你，总得首肯之后再落到实处。

"经理，我这个就是个活动创意方案。你觉得创意可行我再具体提实行方案。"

"关键是你没有实行方案我怎么知道可行不可行呢？我说可行，然后你具体方案出来发现需要资金100万，到时候我怎么办？"廖莎虽然觉得赵凯的口气气人，但也不由得认为担忧有理，所以也就没说什么，收拾东西就回家写实行方案去啦。这一写真是天地暗淡、日月无光。从方案到资金、从人员到时间、从推进进度到效果验收、从宣传推广到媒体协作，事无巨细面面俱到。这个方案出来以后基本整个社区关系部一年的工作蓝图就已经先行演练了一遍，这个要再说不详细，那就不知道详细俩字该咋写啦。为了忙活这个东西，廖莎是大门不出二门不进，头不梳脸不洗地整整写了一个星期。等到把整个方案通过电子邮件发送给赵凯之后，廖莎都产生了一种虚脱感。她在心里忍不住地想：这个赵凯得着我这个么个手下真算是他走了狗屎运。

可是，赵凯恐怕就不这么认为。方案交上去又是一个星期。这回赵凯连廖莎的面儿都没见，发了个微信，"整体感觉方案有些陈旧，推广技法缺乏新意，这样很容易流于平常不能引起必要的社会反响。再斟酌"。再斟酌？好吧，再斟酌就再斟酌。廖莎就是个抗打击能力特别强的选手，从哪里跌倒一定会在哪儿爬起来。方案不够新意？那就朝有新意上写呗。廖莎有个表妹就职于本城一家媒体，要说新意，这丫头连头发梢上都是新意。姐妹俩又是不眠不休好几天，觉得这回拿出的方案简直是惊天地泣鬼神，就这么白白便宜了公司便宜了赵凯都有点对不起自己。可谁成想一来二去赵凯的微信变得更简略"噱头多于实际"。这回廖莎在家里拿着手机直跳脚，恨不得冲着赵凯爆粗口。创意和噱头不也就是那么一脚深一脚浅的关系嘛！这里外廖莎几乎忙活了快一个月，谁成想这赵凯居然是越来越不满意。廖莎把方案翻出来一个字一个字地盘算，哪些内容确实只能赚吃喝，哪些内容能带来实际收益，该删的删该减的减，该改的就大刀阔斧地改。廖莎披头散发在家里闭关修炼，方程端茶倒水外加讲段子舒缓心情。夫妻俩这一个月杜绝一切社交活动，日常生活也力求从简，为的就是一举拿下赵凯这座山头儿。

这个晚上，廖莎实在是筋疲力尽。放着堆了一桌子的资料不管，自顾自蒙头大睡。方程在单位加完班回来，发现家里灯光全无，只有书桌上的电脑透出蓝盈盈的光，不禁非常心疼媳妇儿。他也没开灯，蹑手蹑脚凑到床边先给廖莎盖上被子。坐在床头看着平时生龙活虎的精力女神廖莎此时像只小猫一样窝在床上就不禁有一种愤懑。"什么鬼方案呀，把我老婆折磨成这样！"方程将胳膊挽袖子一屁股坐在书桌前打算研究研究廖莎的那一大堆东西。廖莎是个不管不顾往前冲的开路先锋，方程是个谨于言慎于行的技术人员，所以廖莎在那一大堆杂七杂八的资料中永远也不会发现的问题,被方程一眼就看到啦。

廖莎的邮箱并没有关,他与赵凯的来往邮件都明晃晃地挂在邮箱里。方程扫视了一眼之后猛地一拍桌子。方程是个性情温和的人,很少有这么激动的时候,再加上屋子里也异常安静,所以这一声就显得分外凌厉。这一拍不要紧,把个正在睡梦之中的廖莎彻底惊醒。

"你干吗,吓死人啦。没看见我在睡觉呀?"廖莎满脸都是起床气。

"赵凯这孙子,就应该找人弄他一顿。"方程气得满脸铁青,廖莎离老远都能看清他脖子上的青筋。虽说廖莎也觉得赵凯可恨,但是还远不至于要找人弄他一顿的地步。这方程为什么如此气愤?

"咋啦?"

"咋啦?老婆你让这孙子耍啦。"方程这一说廖莎就更是一头雾水。

"耍啦?啥意思?"

"我问你,在写方案之前你跟赵凯通过邮件联络过吗?"

"没有啊。"廖莎这么一说,方程又是猛拍桌子,气哼哼地站起来走到床前,两只手抓着廖莎的胳膊。

"老婆,你让这孙子耍啦。"

"到底怎么啦,你有话能不能说清楚。"

"我问你,你左改一遍方案,右改一遍方案,前前后后一个月的时间给赵凯发邮件,你收到过一封已读回执吗?"

"已读回执?"

"老婆,你的邮箱是当年我帮你做的设置,每一封发出去的邮件如果对方看了你就会收到一封已读回执的。可是,你看看,邮箱里一封赵凯的已读回执你都没收到。说明你发给他的邮件他连一个字都没有看。那邮件根本就没打开过。"赵凯这一顿分析彻底把廖莎从睡梦中叫醒,她掀开被子跌跌撞撞地奔到书桌前捧着电脑一顿研究。

"妈的,还真是。他就不怕我没收到已读回执知道他根本就没看吗?"

"你俩之前根本就没有过邮件往来,他哪知道你给邮箱做了设置。"

"就算他想耍我，那也起码把邮件打开一下嘛。"

"这个人就是太傲慢了，把别人当傻子当惯啦。不过，你一直没收到他的已读回执你都没发现吗？"

"我们公司又不像你们天天各部门都靠邮件联络。我这邮箱里躺着一千多封未读邮件。除了垃圾就是垃圾，我知道哪个是哪个？再说了，我根本就不知道我这邮箱还有这么个设置。"

廖莎坐在电脑前，顿时觉得手脚冰凉，脑子里嗡嗡作响，嗓子眼儿里也是上下翻滚噎得难受。方程坐在床边也是气鼓鼓的不吭声，整个房间显得气压特别低。廖莎看着邮箱里已发邮件一栏里安安静静躺着的那些心血之作，忍不住号啕大哭。她这一哭，方程也乱了手脚，在心里不住责怪自己对这个真相揭露得太草率。

廖莎的哭与其说是伤心还不如说是恐惧。赵凯的这个举动实在太可疑。他的这个举动让他之前对廖莎说过的所有心腹之言、许过的愿、表过的态都变得别有用心起来。为了这个所谓的社区关系部廖莎不仅出力更重要的是她赌上了自己的前途。一旦有什么差池那真是廖莎职业生涯中伤筋动骨的大事儿。虽说仅仅凭借"已读回执"事件还不能最终断定赵凯的可疑，但是这种由此引发的恐惧却让廖莎不寒而栗。

"老婆，别哭啦。也许是赵凯在接收邮件的时候选择了不给你发已读回执呢！"方程原本是想凭借这个假设来暂时平复廖莎的情绪。没成想，廖莎反而哭得更加厉害啦。

"拉倒吧你，你收邮件的时候会手欠到坚决不给人家回执吗？"廖莎这一问给方程问蒙啦。

"也许，他就是习惯性地选择了否定呢？你不是说他有时候就是为了否定而否定吗？"方程哪会安慰个人啊。他这简直就是驴唇不对马嘴，拍马屁偏冲马蹄子使劲。

"滚吧你，烦死我啦。让我一个人静一静。"方程的不得要领虽然没能讨得廖莎的欢心，但却成功终止了她的哭声。方程听到她骂人，就逐渐放下心来。对于廖莎来说，骂，并不可怕；哭，才让人担心。

按着廖莎的脾气，肯定不管不顾地一个电话就打到赵凯那儿去啦。不过这次，她异常冷静。整个晚上都沉默着好像在算计着什么。临到两个人都洗漱干净准备进被窝的时候，廖莎突然问方程："老公，你说我到底是个什么性格的人？"这一问可非同小可，接招不慎这晚上方程就不用睡觉啦。廖莎这个问题要搁在不疼不痒的平时，方程恐怕会用一些完全没有事实根据的表扬来哄一哄廖莎；或者像个智者一样跟自己老婆坐而论道分析一下她性格中的弱点。可是这两招现在都不能用，第一招显得不走心，第二招明显是找踹。那该怎么办呢？方程定定地看着廖莎的脸，然后轻轻地把她拥在自己怀里，用自己的下巴摩挲着廖莎的头顶。

"你是什么性格根本不重要。重要的是你是我老婆。我就知道这个就够啦。"方程明显能感觉到廖莎在自己怀里一沉，显然是非常受用。在廖莎跟方程谈恋爱的时候石姐就曾经对廖莎说过："方程他们这种做技术的人，脑子里都有一个程序。你现在就要把你需要的程序设定进去。这样结婚以后他就会按着这个双方都接受的程序运转起来啦。一般情况下不会有什么变化的。"按照石姐的指点，廖莎给方程设定的程序有：方程做饭、廖莎管钱、其他家务均摊。当然其中最关键的就是：我廖莎是你老婆，别管啥样都是你老婆。所以，廖莎在听到方程回答的时候就免不了为自己成功的程序输入而感到沾沾自喜。"喜"是在廖莎决定下一步动作之前给自己谋求的一点点自信。先确定了自己的大后方绝对安全，才可能勇往直前。

"老公，你可能觉得我是个挺冲动的人，其实不是。这回我一定得弄清楚他赵凯到底是怎么回事！"廖莎骨子里是个挺简单的人，从不愿意把自己搞复杂，也从不把别人想复杂。但这也不意味着她就是个傻子。方程拍了拍她的后背说："每次你真正想做什么事儿的时候都是现在这个表情。"

夫妻俩就这么温情地上了床。第二天一大早方程去上班，廖莎一个人躺在床上研究对策。首先，这事儿无论如何不能先跟赵凯发火。在不知对方用意的前提下一定要沉得住气。第二，这事儿恐怕必须得需要于小娜的帮忙才能理出头绪。关键就是怎么能让于小娜在不知情的前提下帮助廖莎获得她想要获得的情报。千头万绪，搭台子演戏，哪一个细节都得考虑清楚。这时候，廖莎的电话响了，拿起来一看居然是石姐。廖莎一个翻身从床上坐了起来，正需要主心骨的时候石姐就回来啦。这真是一个振奋人心的好消息。廖莎也没跟石姐寒暄，就告诉她在店里等自己，然后拾掇拾掇就出了门儿。

石姐这一趟海外行恐怕也没痛快哪儿去。整个人全然没有旅行之后的神采飞扬。也难怪，带着那么大的难堪逃也似的出了国，即使国外好山好水也难掩母女交恶带来的痛苦。石姐带了好多小礼物回来，什么护手霜啊、睫毛膏啊、小香水啊，整整一篮子。廖莎小女生似的一样样挑，乐呵呵地跟石姐唠嗑。其实，廖莎现在哪有这心境，不过，人家的好意总得领着，这样全情投入也算是对石姐的一种安慰。就这样腻歪了一会儿，石姐脸一撂，眼睛在店里环视了一周，眼眶就红啦。

"我在法国，听说面条儿把我这儿都快搬空了。回来一看，还真是。样样数数，好坏不计，这是跟我讨债呢！"石姐说着，眼泪就掉了下来。廖莎一时慌了神儿，只能握着石姐的手。

"这样也好，我也就不欠她的啦。母女做成这样，你说我这辈子造了什么孽。"

"你走之后有一天我在店里看见面条儿啦。她还让我带话说是想出国。看样子是想奔美国。要不就依了她，最起码是眼不见心不烦。"

"你知道这丫头为什么跟我拧着。就因为她想去美国，我想让她去日本。我就这么一个姑娘，想着去日本怎么也近些，想回来就回来一趟也方便。奔了美国，那可就成断了线的风筝，想再归拢她就难啦。谁成想当妈的心她一点不体谅，总惦着我怕给她花钱。我死了还不都是她的？就至于急成这样吗？"石姐越说越激动，廖莎也不知道该怎么接茬儿。

"她就死了这条心。出国？有本事就自己走，想再让我供她那是万万不可能。"廖莎第一次听见石姐在面条儿的事情上撂这种狠话。看来，这姑娘的所作所为实在是伤她太深。一对母女即使不亲密最起码也应该相敬如宾，谁成想这娘俩势同水火，万般不容。对石姐和面条儿来讲，这个世界上最大的过不去就是看着对方顺心。石姐倒了苦水之后，情绪明显好了许多。她不提那位画家，廖莎也不好问。看石姐渐渐平复了情绪，廖莎找了个话茬就把赵凯的事情原原本本一五一十地讲给石姐听。为了能得到客观而公正的指导，廖莎对于事情细节也没做任何评论。前前后后的经过说明白之后，石姐瞪着眼睛一拍桌子。

"你怎么这么傻呀？他不让你告诉于小娜你就不告诉呀？你跟他亲还是跟小娜亲？你也不想想他为什么那么怕于小娜知道这件事情？"听着石姐的话，廖莎一下就慌了神儿。

"我就想着赵凯有自己的计划，别坏了大事儿嘛。"

"你呀，看着又精又灵，实际一点心眼儿也没有。就算此事事关重大，在准备阶段不方便让总公司知道，你也总应该在答应他之前先探探小娜的口风吧。小娜在你们总公司行政部任职，每一次公司重大会议的会议纪要都留存在她们部门。所以，公司有什么重大安排她都会第一个知道。所以，你起码应该问问她公司最近有没有什么重大业务调整之类的安排吧。"

廖莎一听石姐这么说，真是醍醐灌顶，恨不能抽自己两个耳光。这么明显的道理，为什么当时自己就没想到呢？看着廖莎懊恼的样子，石姐也不忍心再打击她。

"你呀，整个人都是想着做事情。所以这个戒备心就少。人家利用的也就是你这一点，不给你点事儿在前面吊着你还不上当呢！"

"石姐，那你说我该怎么办啊？"

"怎么办？找小娜或者明说或者用点方法，看看公司最近的动态。

他赵凯不是说要跟总部汇报社区关系部的事情嘛,查查纪要看看他到底是真汇报了还是假汇报啦。"看着廖莎一筹莫展的样子,石姐忍不住想抢白她两句。

"这么大人啦,就知道拉车不知道看路。给你点儿小恩小惠你未必上当,给你点儿任务你顿时就来了精神。这不就是个操心没有够的命嘛。"石姐的抢白其实也是对自己小闺蜜的关爱,这一点她廖莎还分得清楚。

"我不就是一时糊涂嘛。"

"你哪是一时啊,你是时时。你知道我为什么这么喜欢你吗?"

"知道。"

"为啥?"

"因为我和你年轻时一样。"廖莎这一句话把石姐堵了个结结实实,两个人你看我来我看你,忍不住哈哈大笑起来。

"蹬鼻子上脸,你跟我年轻时候一样?美的你!"说完这句,这俩人又是一顿哄笑。别管是为了啥,看着石姐能笑出声来,廖莎也觉得算是没辜负了这位大姐姐的知遇之恩。

从石姐那儿出来廖莎就奔了总公司。思来想去,她还是决定不跟于小娜挑明。在廖莎心里总还有一丝希望。一旦"已读回执"事件被最终定性为误会呢?自己的鲁莽会不会真的坏了大事儿?廖莎和于小娜关系要好,这在公司也不是什么秘密。所以,她常来常往,也没人过多关注。于小娜今天也不知道为啥特别忙,放着廖莎自己在办公室无聊地等。这一等可就等出了闲话。总公司财务部有个叫张慧的会计,此人素来与廖莎交恶。其实,原因很简单,廖莎这个人马马虎虎总是在一些财务凭据上有些小毛病。廖莎觉得她挑剔,她觉得廖莎傲慢,一来二去就交恶啦。说来就是一个仔细人看不上一个马大哈的故事。于小娜总劝廖莎别得罪张慧。谁会傻呵呵地跟单位会计过不去呢?廖莎可不管那一套,我看不上你,我就要让全世界都知道。

这张慧看着廖莎在办公室等于小娜就说些敲边鼓的话："廖店长最近挺闲啊。"

"还成，张会计有什么指示？"

"夸夸你，最近报销的票据归拢得不错。看来你也不是不能一板一眼地做事呀！"廖莎心想可不是嘛，店里都换人啦。新上任的店长是自己一手提拔起来的，一个超级细心的人。

"张会计满意就成啊。您这财务大权在握是不是给我们拨点款啊，搞点儿活动什么的，财神爷？"廖莎知道张慧就是个管账的，所以拿这个气她。

"拨款？这事儿你就别想啦。公司业务不景气，一切需要总公司支援的业务拓展活动都取消啦。除非是带着任务指标的还可以。"张慧这一句不经意的话听到廖莎耳朵里那真是分量极重。总公司已经严格管控了活动拨款的出口，那社区关系部所需的资金的来源怎么解决？当初赵凯的意思是大区出一部分、总公司划拨一部分、赞助解决一部分。自己的方案也是按着这个路子来的。现在总公司这方面的口卡得这么死，资金的缺口就太大啦。而且，这种活动不可能核定任务指标的。你说我搞5场活动能卖出去10套房，这也不现实啊。这又不是那种房展会或者宣讲会之类的。张慧端着个咖啡杯转身就走啦，廖莎在心里盘算着自己的事情连于小娜走过来都没感觉到。

"愣什么神呢？走啊，我忙完啦。"廖莎原本还打算先套套于小娜的话，可听了张慧的观点之后，她立马改了主意。两个人也没走远，就在总公司旁边常去的一个西式简餐店坐了下来。刚一落座，廖莎就挑重点把自己的事情跟于小娜说了一遍。于小娜虽说只是个行政部的主管，但她为人情商特别高，又是总经理的前任秘书，所以公司大小事宜她都清楚。

"上次中层例会上，赵凯倒是提到了你们大区要设立社区关系部的事情。可只是说要推广公司品牌形象，务虚得很。根本就没涉及你说的开发优质房源、统一规划的事情。"

"张慧说总公司今年把活动拨款的口卡得特别死是真的吗？"

"是真的。老总发话啦。想搞活动没问题，要钱没有要人不给，就这政策。"

"这是人话啊？"

"你这人就是这样，人人都有自己的立场。他也有任务、有指标、有资金上限的。"于小娜由于做过总经理秘书，自然对个中苦楚知道得更清楚一些。

"她是你老公啊，你这么向着他？"廖莎瞪了于小娜一眼，于小娜狠狠地白了廖莎一下，算是不跟她这个没头脑一般见识。此时的廖莎心里十万火急，总公司不拨款，赵凯的上报还那么务虚，自己的社区关系部别到头来真成了一个社区关系部呀。

"我实话跟你说吧，我们大区社区关系部的负责人可能就是我。如果真像你说的，这不就是个养大爷的位置吗？"于小娜看着廖莎，眼珠子都要瞪出来啦。

"大姐，你脑子没问题吧？"

"关键是，当初赵凯跟我说的是以社区关系为由头开发优质房源，然后统一管理销售。我是冲着这个去的。"

"这种事情没有资金支持你能做吗？他赵凯有钱吗？这种事情他自己能定吗？他什么身份啊他就给你许愿？不是总经理找你谈话，这种事情能信？"于小娜一连串的问题直接就给廖莎问蒙啦。她从来没有从于小娜的角度来想过这件事情。事已至此，廖莎也就再没什么可顾虑的。她一五一十把"已读回执"事件讲给于小娜听。这一桩桩一件件听得于小娜是胆战心惊。

"廖莎呀，廖莎。你让赵凯给废啦。"廖莎也知道事情肯定是不妙啦，所以对于于小娜的判断也就没那么多惊奇啦。

"你之前想要这个大区经理位置的事情赵凯肯定是知道的。所以，你在他眼中就成为一个必须灭掉的对手。他先用社区关系部辉煌的前景诱惑你放弃了店长的位置。然后，资金短缺、方案不可行，一个拖字就能让你在这个公司根本待不下去啦。"

"他是想挤走我？"

"没错。社区关系部如果没有总公司的支持，或者说你的方案他就是通不过。那么你就没有任何实际价值。拖你个一年半载的你还不辞职吗？跟他耗着有意思吗？"听到这儿，廖莎后背一层白毛汗。这就解释了赵凯连邮件都懒得打开的原因。那个方案写得再好对他来讲也没有任何意义。那根本就是个永远也不会被通过的策划。现在，廖莎才知道为什么赵凯害怕廖莎跟于小娜提到此事。她才知道为什么对自己的职位调动赵凯只是在一个微信群里简单做了交代。原来他的目的根本就不是什么开发优质房源，他的目的就是废掉廖莎。

"我对他也没有什么威胁呀。他要的职位他都拿到了为什么还要挤对我？"

"他心虚呗。想用你又怕你出头，想压你又压不住。那就只能挤走你。"

"那我现在该怎么办？"听到廖莎的这句问话，于小娜沉默啦。怎么办？难办！去总公司告赵凯吗？有什么好告的呢？社区关系部是要组建的，负责人也是你廖莎，你告什么？你说现行计划和原计划不符？原计划在哪儿？口头的？傻不傻，挺大个人让个口头许愿糊弄成这样。

跟赵凯僵持着、耗着？没问题呀，来吧。总之消逝的是你廖莎的有效时间。人家赵凯大区经理当着，无所谓的。

从这个大区调走吗？一个萝卜一个坑，哪个区都缺业务员，但是哪个区都不缺店长。再说了，你廖莎明显是被人坑了，这得多铁的关系能收留你呀？明摆着跟赵凯过不去嘛！所以，最终留给廖莎的路恐怕也就剩下辞职啦。

于小娜狠了狠心劝廖莎："走吧。事已至此，留在这儿就剩下自取其辱啦。"廖莎看着眼前的水杯，脑子里空空的。整个人呈现出从未有过的迷茫。于小娜看着好友着了别人的道儿，也跟着着急，一心想着怎么能安慰她一下。

"要不，你婉转点儿跟赵凯谈谈，看看他到底是什么想法。"

"我还婉转点儿跟他谈谈，现在我不打他都是因为我有教养。"

"你打得着人家吗？人家怎么着你啦？说要成立的部门也成立啦，说要给你的职位也兑现啦。"

"可他说过的业务却没有啦。"

"一句计划没有变化快就把你打发了，大姐。不信你去试试，他肯定比你还可怜。"

接下来的午饭时间里，基本上于小娜就是把廖莎一顿数落。尤其是批评她不该在答应赵凯之前不和自己商量。廖莎也知道自己糊涂，不吭不响。吃过午饭，廖莎就给赵凯打了个电话，说是从同事那儿听说总公司将不再给任何活动以资金支持，那社区关系部这块会不会有影响。赵凯沉默了一下，约廖莎见面详谈。

赵凯看上去有些憔悴，见到廖莎掏出电话点开微信就递了过来。廖莎只好接着，低头一看原来是赵凯和公司总经理的对话。大意就是赵凯希望总经理在社区关系部的事情上按照实验性开拓的典范给予一些资金支持。而总经理认为这件事不能开口，口子一旦打开，堵都堵不上。各个区都有自己的实际情况，必须一刀切。廖莎看完把电话递给赵凯，一句话也没讲。赵凯点上一支烟，递给廖莎一支，廖莎态度坚决地拒绝啦。赵凯闷头抽了两口，狠狠地把那根无辜的香烟按倒在烟灰缸里。

"资金的事儿我再想办法，活人总不能让尿憋死。妈的，越是不景气的时候就越是短见识。一个个的都是这样。"廖莎低着头什么也没说，顿时气氛就尴尬起来。赵凯看上去真像于小娜所说一副比廖莎还着急比廖莎还过不去的样子。

"我在原先公司干得好好的，之所以过来就是考虑这里是全国性质

· 85 ·

的连锁企业，管理方面肯定能学到一些东西。另外，就是人员素质也不一样，很多想法能得到实现。没成想，这第一步棋就让人给断啦。咱俩也真够背的，怎么赶上这么个枪口。"赵凯话里话外把自己和廖莎归为一个阵营当中，言辞不是不恳切，态度不是不真诚。有那么一瞬间廖莎也恍惚了，觉得是总公司的政策有变才导致了现在这个结果。两个人都沉默了一会儿，廖莎自己点了支烟沉淀了一下自己的情绪。然后她云淡风轻地跟赵凯说："我改的方案你看了吗？"赵凯皱了皱眉头说："再调整调整，正好利用这段时间把咱们的方案打磨好。资金一到位咱就开干。"原本对赵凯还抱有的最后一丝幻想，在这一刻全盘破灭啦。廖莎二话没说，拎起包儿转头就走人，出门的时候双腿都是哆嗦的。等到从赵凯那儿回到家，刚把门关上，廖莎一屁股就坐在了地板上号啕大哭起来。这些年用在工作上的心思，自己吃的苦受的累，起的早贪的黑，林林总总前尘往事全都涌了上来。廖莎在工作上一向作风凌厉，敢打敢拼。这么多年也是发展得顺风顺水，原本没得到大区经理的位置已经被她定义为重大挫折。谁成想，坑，没有最大只有更大。跑得越快就越容易掉进去。

眼见着太阳下山，房间里越来越暗。廖莎哭也哭累啦，整个人疲惫得要死。她挣扎着爬到电脑桌前打开自己的邮箱，把曾经发给赵凯的方案翻出来又发了一遍，然后就拨通了赵凯的手机。

"喂，赵凯吗？你还在单位吗？"

"我还在呢！"

"我上次给你发的邮件给退了回来，可能我邮箱出了问题，我又给你发了一遍，你现在看一下收到没有？"

"你等一下啊。"电话那头传来一阵敲击键盘的声音。然后是赵凯的说话声，"放心吧，收到啦。"

"哦，你打开看一眼，看有没有什么问题。我这邮箱这几天犯毛病。"对面又是一阵琐碎，然后是一段诡异的寂静。

"看到啦?"

"看到啦。"

"看到了就行。"

廖莎知道,赵凯一定是发现了邮件的秘密。她嘴角牵动了一下,默默挂断了电话,算是用这种方式保存了自己作为一个失败者的尊严。

两个失意的女人

廖莎现在可是真的轻松啦。在她去找赵凯的第二天总公司就在内网上颁布了任命通知。廖莎为北部大区社区关系部的负责人。之前代替廖莎履行店长职责的新人被正式任命为店长。廖店长走马上任为廖负责人。正式任命之后,赵凯没有找廖莎谈过话,没有给她布置任何工作任务,廖莎手下也没有下属。周一例会,赵凯只是做了简单公布草草了事。对于社区关系部的工作内容和愿景没有做任何公开描述。廖莎知道,她自生自灭的日子已经开始啦。

例会完毕,廖莎出了大楼站在马路上,左看右看也不知道该何去何从。看看表才10点钟,这个时候自己全天的工作就已经宣布结束,那这一天该怎么度过呢?入秋啦风有点凉,一阵一阵地刮乱了头发。廖莎就那么一下一下地拢着,全然没头绪。这时候,方程打来了电话。

"老婆,开完例会了吗?"

"开完啦。"

"你现在有事吗?"

"我现在没事儿,今天没事儿,明天没事儿,这一周都没事儿。"

"你到我单位来一趟方便吗?"

"史无前例地方便,等着我吧。"

廖莎在工作上面临的重大变故,她还没有跟方程详细说明。方程只是知道她跟赵凯摊了牌,至于产生了什么样的后果他就不敢多问啦。看着廖莎每天脸阴得能拧出水来,方程也是只求自保,千万别惹祸上身。今天,方程大上午的找廖莎确实是有正事儿,这正事儿不是别人的,是他铁哥们董博宇的。

廖莎走进 IT 大厦的大堂吧,就看见方程和董博宇头对头地坐在角落。看见廖莎进来,两个人好像看到了救星。董博宇更是一手招呼廖莎,一手招呼服务员,亮着嗓门喊添水。廖莎都不用问就知道肯定是董博宇求自己去找顾晓楠。廖莎现在这心境也真是懒得跟董博宇扯闲篇儿,所以刚一落座就开门见山,直冲要害。

"我告诉你俩,别打我主意哈。我不去。"廖莎这话刚说完,董博宇招呼服务员的手就停在了半空。方程瞄着董博宇的表情,董博宇瞅着廖莎的眼睛,三个人全都愣在那里。董博宇缩了缩脖子,捣鼓着从口袋里掏出一张纸递给了廖莎。廖莎拿过来一看原来是顾晓楠草拟的离婚协议。一看是这么个东西,廖莎差点没笑出声来。

"哟,她把信用卡办下来了这是?"听廖莎这么说,方程忙在桌子底下踹了她一脚。廖莎立刻会意这是让她别乱讲话,也就没再调侃下去。

"我说廖店长,我是真没办法啦。打电话永远不接,我岳父岳母倒是接,但是说来说去也就一句'你们的事儿,我们不管'。昨天快递给我一张这个东西。我以为她回家待两天也就消停啦。谁知道这越来越大发啦。"董博宇越说越激动,看来是真着急啦。

"她这是挑你不去看她,不去接她。你把我打发去也没用啊。"

"我能不去接她吗。但是我现在去她肯定上来就跟我谈离婚。我是去求和不是去求散。"

"那我去就能求和啦?我算哪根葱啊?"

"方程都跟我说啦,我老婆还是比较相信你的。麻烦廖店长帮我打个前站,待夫妻破镜重圆之时,我董某一定肝脑涂地……"这董博宇也是个话痨,上来那股劲比说相声的还贫嘴。

"你可拉倒吧。好事不找我,这明显是瞅人家冷脸子的事儿你让我去。"

"晓楠虽说脾气拧,但是总体来讲还是个懂礼貌的人。跟你甩脸子她肯定不能够。"话都说到这份儿上啦,再端着的话廖莎就觉得实在有点驳董博宇的面子啦。虽说不愿意蹚这浑水,但廖莎还是勉强答应帮董博宇跑这一趟。反正现在的廖莎闲着也是闲着!

顾晓楠娘家所在的县城距离主城区也就一个多小时的高速路程。下了高速之后廖莎才给顾晓楠打了个电话。当然不能说是董博宇派自己来打前站的,廖莎只好撒了个谎说是来谈一个楼盘的销售代理项目。顾晓楠可能在家里也实在是待得难受,听说廖莎来了,约了中午的饭局。廖莎按着顾晓楠的指引,一路七拐八拐地到了饭店,远远地就看见顾晓楠顶风矗立在饭店门口。顾晓楠没有廖莎想象中的憔悴模样,一身休闲打扮略带慵懒。也可能是回了家乡身心放松的原因,口音上也带有一点方言的小尾音,整个人显得接地气了许多。大中午的饭店里也没什么人,就这么两个各怀心事的女人分外显眼。顾晓楠张罗着点了几个当地的特色菜,临了居然还要了四瓶啤酒。

"哟,四瓶啊?这怎么像是我的作风啊。"廖莎惊讶于顾晓楠的变化。

"嗨,这不是高兴嘛!能在我家乡请你吃顿饭也不容易啊。你多喝点,我少陪陪你,咱俩唠会嗑。"说话的工夫这菜也上齐啦,酒也斟满啦,两个女人大眼儿瞪小眼儿地看着彼此,一肚子话却不知道从哪儿说。这顾晓楠今天也是真让廖莎吃惊,只见她端起一杯啤酒一皱眉头就喝了个干净。眼看见底儿的时候,廖莎都忍不住要喝一声彩,心想着这无懈可击的人一旦松弛下来也是蛮可怕的。顾晓楠一抹嘴巴,眼泪吧嗒吧嗒就掉了下来,大幕拉开就看这戏要怎么唱啦。

"廖莎,今天我顾晓楠跟你交个实底儿,你知道我这辈子活到现在最害怕什么吗?"这话问得让廖莎也没法接下茬儿。

"我最怕的就是还得回那个该死的舞台去跳舞。怕得要命,怕得一晚上一晚上的都睡不着觉。"顾晓楠拿着啤酒瓶子又斟了一个满杯,一仰脖又喝了个干净。廖莎一看这哪能行,再这么下去话没等说这人就得醉。趁着顾晓楠不注意她悄悄嘱咐服务员退了两瓶。

"我从小学习不好,八岁那年爸妈送我去艺校学舞蹈。人家孩子都是为了培养个情操,只有我是为了奔个前程。天天爸妈看着就怕我吃多,好像这孩子一胖这家就没希望啦。所以,我每次上台听见掌声都觉得如释重负,没听见掌声就觉得自己这辈子就废啦。惶惶不可终日一直到认识我老公。"顾晓楠微醺的神情絮絮叨叨地说着这些心事,听得廖莎都跟着鼻子发酸。一个小门小户里被寄予了厚望的姑娘这辈子都不会有安全感。

"既然你这么依赖和董博宇的婚姻,你怎么还要离婚呢?"廖莎还不至于忘了自己的使命,在一个关键口上将了顾晓楠一军。

顾晓楠抽了两张面巾纸,势大力沉地擤了擤鼻子,然后说:"我这不是琢磨着置之死地而后生嘛。"听完这句,廖莎把一口刚进嘴的啤酒噗的一声就喷得满桌子都是。她完全无视顾晓楠的感受,乐得前仰后合、劈头盖脸。顾晓楠也觉得自己这用意、这措辞有些滑稽,借着酒劲也跟着哈哈大笑,这俩人真是笑得眼泪糊了满脸。临了,廖莎端起酒杯结结实实敬了顾晓楠一杯,不为别的,就冲她这份憨厚劲儿。

"顾晓楠,你这置之死地而后生我该怎么理解呀?难不成你是想把自己这后路彻底断啦,然后再世为人啊?"

"唉,我也说不清。就是觉得真憋屈,这口气咽不下去。想一想真就觉得一了百了得啦。但真一了百了之后就还得回去跳舞。往前没路走,往后不好走,我这架在中间是真难受。"

廖莎听出来这顾晓楠讲的都是掏心窝子的话,说的都绝对是最真实的想法。她现在是骑虎难下、左右为难再加心有不甘,怎么琢磨都是愁。但是,顾晓楠对自己的分析还没有廖莎深刻,廖莎知道顾晓楠这左右为难到底难的是什么。

"晓楠,其实你说你离也是难,不离也是难,这个难按我的理解也没难在别的地方上,就是难在一个钱字。"听廖莎这么摆开架势地分析,顾晓楠抹了抹眼泪,求知欲特别强烈地瞅着廖莎。

"你要是现在手里有钱你怕什么？他董博宇就是个打酱油的，姑奶奶有你是个伴儿，没你就是潇洒，有什么好怕？但是，手里没钱难免这心里就发慌，下巴挂在人家饭碗上，这头哪能抬起来？"

"那你说我该怎么办？"顾晓楠渴望地看着廖老师。

"董博宇，咱们先让他凉快一会儿，他是找小三找小四还是找达令咱统统不管。咱先把咱自己手头没钱，名下没产这事儿给忙活明白啦。等到你顾晓楠翻身那天，董博宇的问题也就不是问题啦。"

"我何尝不想赚钱，可我哪有赚钱的本事？"

"要想将来不遭罪，现在就得受点累。"

"咋受累？"

"跳舞。"

当顾晓楠从廖莎嘴里听到"跳舞"两个字，她整个人都晕啦。原本以为这一副神婆相的廖大师能给出个什么惊天地泣鬼神的方案，说来说去还是跳舞。

"我不就是不想再跳舞了嘛。"

"你就想，你这辈子最怕的就是跳舞，只要你能突破这个心理难关那还有什么能为难到你？最坏的打算也不过是跳舞，那你又何必等到最坏的那一天？我上班有个习惯，一大早先把这一天最不愿意干的活干啦，然后就越来越轻松，蹦高下班。你也一样，最怕跳舞，咱就明知山有虎偏向虎山行，这个心理阴影咱都不在话下啦，他小小一个董博宇还不是小菜一碟？"廖莎说得口若悬河，顾晓楠也听得津津有味。廖莎的这个主意她何尝没有想过，但是这第一步想迈出去总是很难。就好像已经宣布息影的明星再次复出，那都是形势所迫。顾晓楠对廖莎的建议不置可否，但是能看出来她已经深深地动心了。

"嗨，不说我啦，你最近怎么样？"顾晓楠说着给廖莎斟满了一杯酒。廖莎一听这句话立刻廖老师的架势就没啦，整个人一下子矮了不少。

"我呀？一言难尽啊。"廖莎也忘了自己是以谈项目的由头来找的顾晓楠，情绪一到就把自己在职场上的遭遇原原本本跟顾晓楠描述了一番。在廖莎看来，目前自己的境况跟顾晓楠也有得一拼，也是走不了、留不下、待不稳的好几难境地。顾晓楠听完廖莎的控诉，扑哧一声笑啦，这一笑不要紧啊，把个廖莎彻底给弄糊涂啦。

"我说你不对啊，你的问题我给你分析得头头是道，轮到我了你怎么还笑了呢？"

"我笑是因为我觉得你困惑得特别莫名其妙。"

"我怎么莫名其妙啦？"廖莎让顾晓楠这一句给弄得一头雾水。

"我问你啊，现在你被架空啦，没权力没任务没奖金。但是，如果你自己不辞职公司会辞退你吗？"

"那不至于，但是……"廖莎这一个但是还没接上下文就被顾晓楠一个手势给打住啦。

"你先别但是，好，公司不能辞退你，那也就是说必要的工资还是能保证的呗。"

"那倒是，但是……"廖莎的这个但是也被顾晓楠挡了回去。

"你先别但是，好，基本收入也有。不干活还有人给你发钱，我不明白你困惑个啥呢？"

"我就这么混吃等死啊？我的职业理想呢？我的奖金呢？不进则退呀，我的小美女。"

"我知道你有理想有抱负，还肩负着改善家庭生活的重任。但是，既然有了这么一个空当，你为什么不用这段时间去做点其他的事情呢？"

"其他的事情？比如……"

"比如……生个孩子。"顾晓楠说出这句话之后，廖莎好像进入了瞬间的休眠，整个人一动不动地杵在座位上，然后如梦方醒一般狠狠地拍了下大腿。

"对呀，我怎么没想到呢？此时不生更待何时呀？你赵凯想废我，我偏不废，我生孩子去。工资照拿，养胎生娃不耽误，我孩子一落地看我怎么收拾你。好主意。"没想到顾晓楠一下子就打开了廖莎的思路，哪里是走投无路，简直是豁然开朗。

两个人就这么瘸子帮瞎子互相扶持着喝了一顿酒，吐了一下午糟。各自都获得了新思路，重新燃起了对生活的希望。廖莎是彻底忘了自己来找顾晓楠时编造的那个借口，直接上了车一脚油就奔了高速。顾晓楠结完了账，起步回家时内心又生起了一股惆怅。这惆怅就来自于顾晓楠的父母。

她回娘家这一个多月，说实话过得也不舒服。家里对于董博宇这个女婿已经不能用满意来形容，那简直就恨不能把董博宇的照片镶个框挂墙上。顾妈妈和顾爸爸逢人便夸、遇人便讲，这董博宇简直就是拯救顾晓楠一家的大英雄。也难怪，一个县城里的工人家庭，多少辈人都没出过一个大学生，养了个如花似玉的姑娘不就盼着她能奔个高枝儿连带着把父母也拽上去嘛！现如今，顾晓楠和董博宇婚姻出现嫌隙，她回娘家的脚步是万分沉重的。开始的时候只说是想家回来住住，里里外外这一个月过去啦，女儿在家没着没落，女婿没见人影，这当父母的就难免起了疑心。顾晓楠先是说董博宇工作忙，再说他出了公差，总之是能想到的理由都想到啦。顾妈妈估计也是猜到了顾晓楠突然回家的原因，话里话外地提醒她千万别触犯了董博宇，日子好好过，能忍则忍。顾晓楠本想着爸妈能是自己有力的靠山，没成想，倒成了最不能指望的负担。

顾晓楠和廖莎话别之后就回了家，家里面正打着麻将，吵吵嚷嚷的都是些父母的老工友。顾晓楠原本打算打个招呼就闪人，没想到被母亲一把拽住强迫亮相。牌桌上的叔叔阿姨都是看着她长大的长辈，自然是夸赞有加。嬉笑间，李阿姨一把拽住她拉起家常。

"楠楠啊，听说你们家博宇很有本事的，阿姨家的东东今年就大学毕业啦，拜托博宇给找个工作好不好呀？太辛苦的不要啊，最好是外企呀，有前途的。"顾晓楠心想，我这跟董博宇还一脑门子官司的，就算是相敬如宾那会儿我也不会跟他开这个口的。正打算婉转地回绝，没成想母亲在一边上却开了腔。

"东东的工作包在博宇身上,实在不行就去他们公司呗,让博宇带一带很快东东就出息啦。"李阿姨这一听敢情是高兴,高帽子一顶一顶地戴到顾妈妈头上,老太太乐得就忘了形。

"博宇这孩子真是出息,要能力有能力,要水平有水平,最关键是要长相还有长相。我看着势头过不了 40 就能成大事儿的,到时候,你们这一个个的都能借上光。"老太太这么一说,这麻将局儿真是炸开了锅,老工友们更是把顾家两口子捧上了天。顾晓楠直觉得脸红心跳,恨不能有个地缝钻进去。众人乐乐呵呵地打完八圈收了牌局的时候已经差不多快到半夜 11 点。一家三口,刷牙洗脸准备睡觉啦。谁成想,这时候顾妈妈和顾晓楠的一段对话真是让她万念俱灰。顾妈妈常年和顾爸爸一人把守一个房间,两口子各睡一张双人床,宽敞得不要不要的。原本以为姑娘回来也就是小住,谁成想这一住下就没有个头儿的架势让两口子深觉生活受了影响。

"我原本就睡眠不好,和你爸各睡一间房挺好的,谁知道你个出嫁的姑娘偏要回来占一间房,搞得我还得夜夜听你爸的呼噜声。这受了半辈子的折磨,到老了也没能摆脱。"其实,这话跟自己女儿说就相当于当妈的撒娇,原本也不必太计较。但顾晓楠现时段正是非常时期,敏感得要命,老妈这一牢骚她这自尊心可就大大地受不了。顾妈妈也是个粗线条,女儿脸上挂了相她也没看出来,这话更是一句比一句没法听。

"你去告诉董博宇,你这一个大活人回来娘家,又是吃又是喝,这生活费他是不是应该掏一掏?难不成让我们这两个退休的替他养老婆?"顾妈妈一边刷着牙,嘴里还不忘言语不清地唠叨。自己亲妈这几句真把个顾晓楠听得生生哭了半宿,第二天一大早就奔银行打算取出点款子给妈妈以作家用。谁知道掏出一张卡就是张副卡,再掏出一张卡虽说是自己的工资卡,但她心里清楚这里面根本没有几个钱。刷刷董博宇的卡其实也没什么,但现在顾晓楠正较着这个劲,一个银行短信送到董博宇的手机上，顾晓楠就觉得自己算是全面投诚、不战自败。她站在自动取款机前是取也不是不取也不是，简直纠结得肝胆俱碎，最后一咬牙一跺脚跟自己的发小借了5000块钱回家递给了妈。顾妈妈一脸笑容接着这个钱，只说了一句"这还差不多"，从此，什么耽误睡眠啊之类的说辞再没提过。经此一役，顾晓楠觉醒了，胳膊袖子一撸就给自己艺校的同学挨个打电话，说白了就是横下一条心再上沙场，决心开班、带学生、收钱！

廖莎也同样下了决心，她把顾晓楠的建议说给方程听，方程乐得在床上蹦起了高。想要孩子的念头方程比廖莎迫切得多，只不过碍于廖莎一直不主动、不积极、不配合，所以方程也不敢太表达自己的意愿。没想到，顾晓楠把廖莎的职业低谷和生育计划如此巧妙地结合在了一起，这样一来真是帮了方程一个大忙。

"老婆，顾晓楠说得真是太对啦，此时不生更待何时。我都三十多啦，现在同学聚会，当大家都纷纷掏出手机秀孩子的时候，我只能秀秀我的花。我都落后啦。"

"出息，孩子谁不会生？秀孩子基本就是在秀本能，没什么大不了。以前老娘我是志不在此，才让他们抢了先机，你看我给你生一个，绝对大胖小子自带偶像光环。"

廖莎说得唾沫飞溅，方程暗暗在心里想："我这老婆呀，真是处处要强，这要真生个闺女，自己挺高兴，反倒是廖莎恐怕会过不去呢！"

自从下定决心利用这个赋闲时期生孩子，廖莎的心情也顺溜了许多。每天上班不上班也没人在意，开会不开会也没人追问，工作汇报不汇报也没人关心，一个人游游荡荡好不自在。连于小娜都掐着廖莎的脸蛋子恶狠狠地说："你这死鬼是跟赵凯串通好的吧你，你简直舒服死了你。"可这舒服一定要有忙碌陪衬着才显得珍贵，舒服一旦成为常态就显出了无聊的本质。尤其廖莎又是个严于律己、精于上进、劈头盖脸往前奔的主儿，这舒服的日子一长了她就觉得四肢僵硬，五脏六腑都暮气沉沉一大清早睁开眼睛望着天花板就开始打算怎么归置这一天的时间。逛街也逛够啦，何况廖莎本来也不是个爱溜达的人。也不能天天找石姐和于小娜扯闲篇儿，人家也有正事儿，这从早到晚地闲待着也不是个事儿。这中间廖莎还驱车又去找过顾晓楠，结果顾晓楠正兴致勃勃地准备迎接自己的事业第二春，这股子朝气蓬勃的劲头又让廖莎受了刺激，结果就连这个去处也不合适啦。廖莎真是天天照镜子看肚子，怎么还没有怀上呀？看来凡事不能绝对，这本能也不是想秀就能秀的。廖莎这心态一天天地发生着变化，而方程那边又出了一档子事儿让廖莎原本已经紧绷的神经几乎断裂。

方程家里的水电煤气一总的费用，平时都是方程去交，廖莎连个联合收费处的门都摸不着。这一段时间，方程那边忙得很，廖莎正好乐得用这些琐碎的事情来打发时间。所以，方程提醒她别忘了在网上缴各种费用，廖莎一口回绝："你别剥夺我参与社会活动的机会啊。我这就上你那儿去拿缴费卡，我挨个地方去跑，我就追求这种感觉。"方程哭笑不得，只好遂了她的心。廖莎乐颠颠摸进了方程的办公室，眼看着方程头不抬眼不睁地盯着电脑，在他身后站着一个好看的小姑娘，小姑娘手里还端着一杯水。方程跟廖莎说起过公司最近来了一些信息学院的实习生，廖莎琢磨着这小姑娘估计就是方程的小跟班吧。原本这也没什么，谁还不带个徒弟呀，但是，就在廖莎要敲门的时候小姑娘对着方程说了一段话可是让廖莎出了一身冷汗。只见小姑娘一脸关切地举着水杯对方程说："方老师，你病啦，你现在必须得吃药。不管工作有多忙你得注意你自己的身体，你知道不知道！"言辞之关切，态度之诚恳简直让旁边的人都脸红心跳。方程坐在那里倒是不动声色，头也不回伸手接过水杯拿过药一仰脖儿，然后接着对着电脑。这一个关键情节让廖莎看了个真切，她只觉得心里咯噔一下，说不上来的一阵紧张，好像自己撞破了什么东西的那种没由来的尴尬。廖莎站办公室门口暗自吸了几口气才敲门进去、拿卡走人。这事儿你要说它不是事儿它就不算个事儿，小实习生想学点东西讨好自己师傅呗,还能怎么着啦?但是,你要说它是事儿它就是个事儿,一个挺好看的姑娘对着自己的丈夫表露出如此关心,这难道不让人心里一阵阵起疑吗?

这几天,小姑娘皱着眉头端着杯的神情一直在廖莎脑海里,这事儿也不能跟方程直说,俩人要没事,廖莎这么一起疑多让方程笑话,俩人要是有事儿,那廖莎这一问也算是打草惊蛇了。廖莎思来想去,决定简单试探一下看看方程怎么说。这一天晚上,两口子正看电视中的真人秀节目,廖莎借了个话头毫无痕迹地就提到了方程的小徒弟。

"你徒弟那孩子瞅着不错,齐头整面的,家境应该挺好吧?"廖莎边嗑着瓜子边盯着电视,一副有一搭没一搭的感觉。

"不错?何止是不错呀,那是相当不错。开着奔驰小跑来上班的实习生你见过吗?"廖莎这一听,心里不由得"哎哟"一声,家境好的孩子多半任性,什么事都干得出来,反正人家也没什么成本。

"家里那么有钱跑你们那儿实习去?能干啥呀?"

"家境好的孩子也分两种,一种那真是眼珠子冲天能吃不会干。还有一种就像菲亚这种的,没有生活的压力,干什么都凭个兴趣,还有礼貌,交给什么工作都乐颠颠的。"

"嗯,我看小姑娘还挺会来事儿的。那天我去你们公司取缴费卡,看那小姑娘拿着感冒药给你吃,挺好个姑娘。"廖莎这虚虚实实地抛出话题观察方程的反应。那方程按东北话来讲就是个傻狍子,他哪有他媳妇那些个心眼儿。

"哎哟媳妇,那哪是会来事儿呀,那是相当殷勤。简直是贴身服务、全程跟踪,甭管你是工作内的工作外的,什么复印材料、冲泡咖啡、端茶送水你就来吧,绝对干啥像啥。"看来方程是真心觉得这个菲亚不错,措辞都狠叨叨地往死里表扬。廖莎听着心火一阵一阵的。

"哟,她对你这么好为啥呀?"

"为啥?嘿嘿,她对我有点崇拜。"方程嬉皮笑脸地挺自豪。

"崇拜？她崇拜你啥呀？"

"我可崇拜的地方多啦，技术过硬啊、生活有情趣啊、人品没有瑕疵啊，这不都是我的优点嘛。再说，20岁刚出头的小姑娘不是都喜欢大叔嘛！"这方程越说嘴上越没个把门儿的，欣喜之情溢于言表。廖莎听着真是一忍再忍、忍无可忍，一股脑地爆发出来。

"小姑娘几句好话你就找不着东南西北啦？人家一个富二代还真能看上你呀？要不是存着跟你学点东西的心，人家连眼皮都不夹你一下。还大叔呢，你也好意思！"廖莎这一爆发，方程再傻也知道老婆是吃醋了，不过，这醋吃得不仅有点没头没脑更重要的是吃得让方程有些寒心。

"老婆，你到我们公司跑了一趟就看着个小姑娘跟我献殷勤，你怎么不问问我感冒好没好？发烧不发烧？你不应该更关心我的健康吗？"

方程摊着手一脸懵懂地看着廖莎，廖莎顿时就蒙了。第一个蒙的是方程挑理挑在了点子上，方程到底感冒没感冒、严重不严重她廖莎确实连想都没想过。方程这一摊手，廖莎就好像做错事被人家堵个正着，好不尴尬。第二个蒙的是方程的态度。廖莎觉得自己眼珠子一瞪方程就应该跪地求饶，结果方程不卑不亢，还提出了自己的见解，这个结果可是廖莎没想到的。更让廖莎发蒙的还在后头，方程摇了摇头，撂下一脸惊慌的老婆，走进书房整晚都没出来。按照廖莎惯常的脾气，方程甩脸子躲起来那换来的只能是一顿狂风暴雨般的怒吼。廖莎一定得让方程缴械投降、狼狈逃窜、求生不得求死不能。但，这一晚上，廖莎起了身追到书房门口，刚打算推门而入自己又停下了脚步，内心里一下子转了好多个方向，那股子理直气壮的自信突然间就不翼而飞啦。这一夜廖莎辗转难眠，内心里五味杂陈一应俱全。

廖莎一直以来对方程是有着比较明显的心理优势的。这种优势首先来自于方程的性格。这个男人不爱做主，不愿意出头，凡事都需要有个主心骨，天生就是被领导的命。按于小娜的话说，方程长就一副好欺负的样子，别说碰上廖莎个厉害角色，就是遇见谁最终也都得是被欺压的人。其次这种优势来自于方程的宠爱。其实廖莎也不是跟谁都耍横的,但是既然你看着我的眼神中充满了宠溺,那就不能怨我跟你顽抗到底。谁爱谁多一点,自然付出就会多一点,对方自然也就骄纵一些。最后这种优势来自于廖莎的自信。廖莎毕业的院校比方程好,相貌比方程端正,比方程更有工作能力,收入也更高一些。这些元素都构成了廖莎自认为是家庭支柱的信心,凡事都以一家之主的姿态出现。尤其是工作能力强、收入高这两项对于廖莎的心理支撑极其强大。这也怨不得她,整个社会环境对人的基本判断标准就已经沦落到看能力、看人脉、看收入的档次,你让廖莎一个人免俗也不大可能。何况,她又身在势利的地产行业,难免受到侵染而飘飘然起来。但是要知道,任何需要支撑的东西其实都很脆弱。因此,一旦支撑坍塌那就是摧枯拉朽、颓势不可逆,廖莎就是这样。深夜的被窝里一想到自己在方程降职时的嫌弃和挤对,再想到眼下自己气势与收入的双低迷,廖莎耳边反复播放着小品中说的那句话:你不得像我欺负你似的欺负我呀。

廖莎是越想就越觉得方程当晚的表现就是在立威、就是家庭地位提升后的疯狂反扑。一想到自己恐怕要过上方程这几年过的日子,廖莎心里不免有些戚戚然的惶恐。那方程这几年过的是什么日子呢,无非是"脏活累活我全干、剩饭剩菜我全吃"。廖莎素来为人自觉,于是在彻夜长思之后她决定接过方程穿惯的围裙开始人生新阶段。

结婚这几年,廖莎下厨的次数屈指可数。工作忙只是一个方面,义正词严地摆谱才是她内心的真实想法。可这一下心理优势尽失,所以想做不想做也得进厨房啦。况且,自己现在确实是有时间,总不能一个大闲人还张嘴吃现成的。她一边在超市里转悠,一边两眼无光地直犯迷糊。这满当当的商品个顶个的人家认识她她不认识人家,买哪个不买哪个,吃什么不吃什么全然没有概念。稀里糊涂地对付了两天之后,方程渐渐对晚饭质量有了微词,按廖莎原来的脾气老娘肯做你就该偷着乐,居然嫌东嫌西简直找死。可现在,心里刚冒出的小火苗没等人家来浇自己就一口口水给灭啦。

廖莎哪里是个肯轻易认输的人,这几天除了一早去公司点卯,她就在全市各大菜市场转悠,拿出了跑楼盘的精神边跑边研究,哪个市场水产品新鲜、哪个市场蔬菜价格低廉,没几天工夫就让她摸索个七七八八。打通了原材料关她又开始琢磨烹调技法,什么无油的、少盐的、烘焙的、清蒸的,有成功的但更多是失败的,总之一副要杀向烹饪界的劲头。

方程就算再傻也看出了这里面的一点端倪,瞅着老婆日渐低眉顺眼,心里虽有受用也不免心疼。茶余饭后方程拉着董博宇讲起来廖莎近日的变化,董博宇用鼻子一哼一脸不屑的表情:"她回归家庭你就偷着乐就得了,还心疼,心疼得着吗?这些年你吃的苦、挨的累、受的抢白你都忘了?可算她还识时务,知道自己不比从前,你可倒好还心疼起来啦。"董博宇这套直男理论在方程那里是不大通用的。他不觉得夫妻之间经济地位的变化对日常家务安排有什么影响。虽说之前廖莎的颐指气使让他有些抬不起头的感觉,但他也从没觉得这跟廖莎彼时挣得多有什么必然联系。董博宇这么一说没有让他幡然悔悟反倒觉得自己老婆的心理建设过程一定异常艰辛,所以同情之心更迫切。看着方程闷头抽烟眉头紧锁的样子董博宇知道自己的话他是一个字也没听进去。两个人虽说关系要好,但是这种夫妻关系的问题也不能深说,董博宇一副哀其不幸怒其不争的表情,伸腿冲着方程屁股踢了一脚,恨恨地说道:"你他妈真是气死我啦。"方程拍了拍屁股上的土说:"干吗呀,脏了我老婆还得洗呢!"董博宇听得目瞪口呆,夸张地跺了一下脚从嗓子眼儿里憋出俩字:活该!

这天,方程下班回家里里外外没寻着人影儿,听见阳台里隐约有动静,一开门方程就怒啦。原来,廖莎把方程的几盆花都抠了出来正在那儿吭哧吭哧地换盆儿。要知道,这给花换盆儿绝对是件大事儿,选在什么季节、什么天气、什么时间都是有讲究的。廖莎哪知道这些,瞅着心情好寻了两个花盆就开始折腾。别的事情方程不在意,花的问题可是他的头等心思,所以一看到这幅场景怒喝一声:"住手。"廖莎原本心无旁骛就没发现有人进来,这一下子出了个恶狠狠的动静吓得一屁股就坐在了地上。方程也是急火攻心没在意廖莎那边眼神都直了。他瞅都没瞅廖莎一眼,冲过去捧过自己的花就开始怒吼:"你折腾它们干什么?招你惹你了啦?换盆你不跟我说一声?盆底孔多余的边儿你敲了吗?盆底用塑料纱窗垫底了吗?老根儿你得用花铲削一削,你都弄了吗?"方程在一片狼藉中扒拉来扒拉去地叫嚣着,廖莎还坐在地上瞅着方程发愣。结婚这么多年,这是她第一次看见方程发这么大火。方程撸胳膊卷袖子打算抢救残局,这时候才发现工具不凑手,于是竖着眉毛冲着廖莎喊道:"还愣着干什么,把我工具箱拿来。"廖莎好像没听到方程的话,照旧坐在地上,然后蹬着腿号啕大哭。廖莎那个脾气哪能伺候得了花呀,她不过是想做点什么讨方程的欢心。知道自家老公爱花如命,想到自己这些年在方程这个业余爱好上也没有什么投入,就打算从此开始出点力、上点心。这心是好心,仔细想一想这动机也蛮让人心疼,可方程哪里能一下子反应出这么多,他的一颗心都在那些被不公平对待的花木上,也就忽略了廖莎的一片好心。廖莎的哭也是委屈的,这一段时间自己调整心态调整过猛,一时之间总有些压抑,今天这也算寻了个由头就把这些日子累积的压力一下子都释放出来啦。方程也不笨,老婆一哭他立刻就意识到了问题的根本,这个时候可就顾不上花木不花木啦,赶紧擦擦手拉起廖莎小心安慰。廖莎找了个台阶自己也就下来啦,哭哭啼啼地在方程怀里诉说自己的不容易。

"干吗呀,我不就是换个花盆儿嘛,看你一直想给这几盆花换盆也没有时间,我就想帮你一把,干吗呀这是。"这种语态对于廖莎来讲已经算是低声下气啦,方程当然也听出来啦,哄人向来是他的拿手绝活,何况体察到老婆的这份用心就更是不遗余力。

"这种粗活都不用你干,你就天天看着它们,它们就长得都像你那么漂亮啦。你还亲自给它们换盆,那它们不得激动得都不敢喝水了呀。"方程嘴甜,说起来这些哄人的瞎话那真是张嘴就来,廖莎听了这些年也不厌倦,于是扑哧一声笑啦。

这件事之后,廖莎更加小心翼翼,方程的受用少了一半,担心却肆意生长起来。他不知道应该用什么样的方法打消廖莎心里的惶恐。他也不知道怎么样才能让自己的爱人明白,你做家务应该是因为你有时间或者你喜欢,而不是因为你挣得少就应该多承担。

方程想了好几天,最后他决定向自己的母亲请教。方程的母亲可不是个一般角色,廖莎这个儿媳妇就是她亲自选的。虽然廖莎的脾气不大受亲戚朋友的待见,但是这个婆婆却一直挺她。有人说三道四她就一句话:"你们看人看事儿的眼光差远啦。"时间一长,说闲话的人也就少了。这回方程遇到婚姻生涯中重大难题,思来想去还得问问自己妈。老太太端着电话就嗯、嗯地听着方程的叙述,临了就说了一句:"周末回来吃饭吧。"方程听着像是老太太胸有成竹的感觉,心里就踏实了许多。

周末一大早,两口子收拾停当就往父母家奔。在附近的菜市场好顿采购,鸡鸭鱼肉应有尽有,方程也不敢多言语,心想以前都是给钱,这回却变成买东西,廖莎这是闹哪样呀?廖莎也没想闹哪样,就是想回婆婆家表现表现而已。自己这工作也赋闲啦,再扯着嗓子说累然后坐等现成的就不大合适啦,所以,周末回家她打算给老两口做点复杂的。再者,方程好说,但自己那个婆婆是个厉害角色,现在自己风光不再难免她对儿子会进行洗脑教育,自己这样也算先发制人吧。

公公不在家,老爷子是门球场上的绝对明星,打出了水平更打出了知名度。在本城老年门球界提起方胜利谁人不知谁人不晓,廖莎觉得方程那股子养花的劲头就特像他爸。婆婆也没什么异常,无非是看看电视,老太太生活的精彩程度赶不上老爷子,老太太爱剪报,搜集了一大堆养生小常识。廖莎一反常态地赔着笑脸钻进厨房,方程看着她妈妈的眼神好像在说:"你看,是不是我说的那样?"老太太冲着儿子使了个眼神让他少安毋躁。临近中午的时候老爷子也回来了,看见儿媳妇在厨房忙前忙后也非常诧异,随后就是一家人围坐在一起吃吃喝喝,廖莎表现得很踊跃,一会儿给这个夹菜一会儿给那个添饭,搞得大家都很扭捏,一顿饭下来,方程觉得比上一天班还累。吃完了饭廖莎又抢着洗碗,老爷子都坐不住了,心想着儿媳妇这是怎么啦?老太太却异常淡定频频提醒两位男士少安毋躁。

转眼都下午两点多了,公公在卧室里睡午觉,方程在给家里的花木剪枝,老太太和廖莎在看电视里重播的电视剧。电视剧翻来覆去也不知道演些什么事情,婆婆捡着个话头就软性进入啦。

"人这一辈子,都不能一帆风顺过到老,谁在年轻的时候不遇着点沟沟坎坎啊。等到了我们这个岁数再回头看其实都不算什么。"廖莎就知道这一趟回来婆婆不会轻易放过自己的,于是就随弯就弯地聊着。

"是啊,哪能说都那么顺利啊。"廖莎像个捧哏一样打着哈哈。

"你看我和你爸现在过得也算不错的,你们俩也都出息,但年轻的时候也是遭过难的。"婆婆这一说可把廖莎说傻了,他俩年轻时候遭过难?这可是头一次听说。

"遭过难?遭过什么难啊?"

"方程没跟你说起过吗?"婆婆貌似惊讶地问道,廖莎迷惑地摇了摇头。

"我就像你这么大的时候,在食品公司当会计,我们那个经理仗着自己老丈人是二轻局的一把手就在账面上做文章,几年里划拉了不少钱。他丈人前脚退休,后脚人家就来查他的账。我是会计呀,怎么着也脱不了干系。上头的人心里明镜似的,公开告诉我'不用保他,知道没你的事',可我这个人是个死心眼儿,总想着无论如何自己也逃不掉啦,何苦再拽下来一个,所以就一直顶着没说。结果,保住了他坑了我,结结实实蹲了三年大狱。"婆婆再说起这些事就好像在讲别人的故事,可廖莎听得却是心潮翻涌。一是这件事方程确实一点口风都没透过,二是没想到婆婆居然还有这么一段经历。

"妈,你犯不上保着他呀。"

"我是会计,就算抖出他来也不能把我择干净啦,何苦呢?"

"那后来呢?"

"后来,你爸带着程程过了几年苦日子,又当爹又当妈还得忙工作不容易啊。三年后我出来了工作肯定是没啦。在家待了好多年啊。"

"啊?那家里是不是挺困难的啊。"

"那能不困难嘛,一个人挣钱三个人花,还得顾着农村的老人,那些年的日子就别提啦。可你爸,一句埋怨我的话也没有。出了这么大的变故他一句多余的话不说,我在家没工作他从来不催我出去找点活干,一句也没有。我那时候心气儿高啊,觉得丢人不愿意出门,你爸不管到哪儿都带着我,从来没觉得老婆蹲过大狱是件挺丢人的事儿。我想吃什么,想买什么从来没一个'不'字。按说我都不挣钱了,老爷们让你少花点还不正常吗?你爸不,有钱就可着我先花。"没想到总让廖莎觉得有点窝囊的公公居然干出过这么爷们的事情。难怪这么些年婆婆对待公公百依百顺,原来谁对谁的好都不是白来的,都是将心比心换来的。

"妈,那后来呢?方程说你不是在一个挺大的公司当会计最后退休的吗?那么大的案底背在身上谁敢用你啊?"

"谁敢用我,除了我替他背黑锅的人还有谁敢用我?那家伙也算有良心,公司后来承包了他就把我叫回去接着当会计,自然是感激我。后来,公司改制他也给了我股份也算还有良心。"廖莎知道婆婆是一个公司的总会计师,没想到经历却如此曲折。

"所以说,夫妻俩都是你扶着我,我帮着你,哪能说一个出了点事儿另一个立马就给颜色,一般的朋友都不能这么做,何况得过一辈子日子的夫妻。两口子之间没有谁占了上风谁贪了便宜,只要人家俩人高兴谁也说不出个'不'字来。"话说到这儿,任廖莎再怎么迟钝也该明白了婆婆的意思。她只觉得一股子热浪直冲自己脑门子,眼泪忍不住地就想往下掉，除了猛个劲儿地点头简直不知道还得怎么样才能表达自己的感动。

"怎么还哭上啦，别，妈跟你说这些没别的意思，就是给你安个心，咱家不是那样的家庭，你尽管放心。好啦，我当你是女儿养，不好啦，回家来你还是妈的媳妇儿，我既不会高看你一眼，也不会低看你一分。"廖莎这时候已经哭得有进气没出声，怕方程和公公听见，憋得满脸通红，躲在卫生间抽泣了很长时间才调整过来。

傍晚的时候两口子往家走，方程可算逮着机会跟老婆单独相处，刨根问底地打听到底自己妈跟媳妇都说了啥，廖莎还没能从巨大的情感震惊中抽离出来，只是淡淡地敷衍。快到家的时候廖莎好像是痛定思痛地神情异常认真地问了方程一个问题。

"老公，你说我为人又直、又凶，你怎么能喜欢上这么一个人呢？"廖莎这语气呀，听起来简直是生无可恋、死无可依，有点临终遗言的感觉。方程知道她是在用一个提问的方式来进行自我反省，所以自己的回答非常重要必须起到帮忙不添乱的作用。

"人啊，不怕厉害，只要讲理就行。"

"可我有时候就是不太讲理啊。"是啊，廖莎跟方程不讲理的时候比讲理的时候多多了，方程这么忍让到底为了点什么呢？咱不说一个人喜欢另一个人是图点啥，但你总得是看重点啥吧，廖莎就是一直不明白方程看重了自己什么。她以前觉得方程喜欢自己有能力、有主意，方程自己乐得悠闲，但现在看来也不尽然。这就让廖莎迷惑啦，那在这之外方程到底看重的是什么呢？

"老婆，你记不记得咱俩恋爱之后有一次我大姨来看病的事儿？"

"记得啊，老太太不是怀疑甲状腺癌嘛，还是我给找的医生做的诊断呢！"

"对，就是那次。我大姨家的哥哥不争气，老妈得了重病唯唯诺诺也拿不了个主意，心里揣着小心眼儿还怕多花钱。我记得当时你跑到我家把人家里里外外一顿数落,临了还跟我说要是那家人都不掏钱给老太太看病,我必须把钱掏出来,给老人看病的事儿没有什么讨价还价的余地。"廖莎盯着方程听他讲这些旧事就有些狐疑,这都哪儿跟哪儿啊,说这些跟主题相关吗?方程看出了廖莎的心思,握起她的手。

"当时我就想,这姑娘是真善良。别看她成天到晚恶形恶状,但是在涉及人品实质的重大考验面前她表现出的那份担当和善良真是都让人心疼。要生活一辈子的人,没有这点儿笃定就永远安不了心。平时谁谦让谁都是举手之劳,我这种性格的人反正落谁手里都是挨欺负的命。"说到最后,廖莎闪烁的泪眼也不由得露出了笑容。她知道方程就是爱到了她觉得自己最值得爱的那个地方。

两口子回家躺在床上看电视,转眼都快午夜了,廖莎一下子把睡眼蒙眬的方程推醒,方程迷迷瞪瞪的以为出了什么事儿。

"嗯,嗯?怎么了老婆?"

"不对呀,你说你们全家都看中了我善良,但我当初卖房子给咱妈的时候我还下套了呢,这又怎么讲啊?"方程被弄得哭笑不得,只能一把把老婆拽进被窝翻身一跃两只手上下求索。

"我看你是精神头儿太足有点没地方使啦,咱俩就干点正事儿吧,好不好?"方程说完就用一个湿吻堵住了廖莎的嘴,一切猝不及防,廖莎再也没有多余的精力去思考那些终极问题。

成就感和成就是两回事

廖莎的心结终于得以解开，方程的脸上也就有了笑容，但是董博宇的生活却并没有因为项目的最终得手而云开雾散。董博宇跟付晓芬兜兜转转、斗智斗勇了大半年，项目的事情终于落了地，董博宇团队大获全胜拿到了这一单生意。应该说付晓芬在这里面确实起到了极大的作用。

由于项目跟的时间长，渐渐地，董博宇和项目公司的很多人都有了些许私交，从内部传出来的消息看，付晓芬在高层会议上是以撒泼打滚的方式替董博宇争取到了全额订单而不是之前大家预想的几家公司分食蛋糕。据说，付晓芬手腕上的玉镯子由于拍桌子太过猛烈都给震碎啦。这位大姐的父辈是创建这家国企的老领导，目前的顶层基本上都是付晓芬的爸爸一手提拔起来的。付晓芬又是个厉害人，谁招她不高兴她就把人家当年上她家送礼的事儿抖搂抖搂，搞得大家都拿她很没办法。现如今付晓芬的哥哥们又都是主管这个行业的各级政府领导，简直是如虎添翼。好在她没什么大志向，多年来无非就是要个在企业里谁都不敢招惹的虚名，所以这次她搏尽力气地为董博宇争取着实让很多人都大感意外。国企滋生出点八卦、流言什么的实在不算稀奇，何况这次看上去不寻常之处简直太多。所以，董博宇赢了生意却输了名誉，在付晓芬公司里出出进进人人对待他的客气和礼遇里都透着一股子"伺候个老女人，你小子真不容易"的潜台词。比如董博宇去跟工程部的人碰施工方案，工程部的人都会善意地提醒他先去付总办公室打个招呼，然后每个人脸上都流露着邪恶的笑意。又比如作为合作方参与公司年会，董博宇抱着不醉不归的心态打算再攻克几位关键执行人物，不想人人都夺他的酒杯，因为年会后他还得开车送付总回家。一来二去搞得董博宇好不闹心。项目还没有真正开始实施，可谓前路漫漫、荆棘丛丛，所以他还得让大家充满着他与付晓芬绯闻的遐想而处处开点绿灯。但是，这绯闻现在看来大有被目击群众坐实的趋势，这又让董博宇陷入"用男色换项目"的名誉危机之中，总之是烫手山芋接也不是扔也不能。

付晓芬又根本不避嫌，她乐得让所有人都觉得她和董博宇有点不同寻常的关系。每次众人话里话外地拿他俩开心，她都乐呵呵地接着，不解释、不辩驳，搞得董博宇有心澄清都不行。董博宇也看出来啦，她这也是利用舆论逼自己就范。事儿，我已经给你办啦，影响我也造出去了，你再怎么扑腾，在别人眼里你也已经是我的人，所以，还不如干脆就坐实了得啦。董博宇现在每天在项目上操的心都赶不上在这件事上操的心多。思来想去，他觉得只有顾晓楠能拯救自己于水火之中。他当务之急是必须把老婆接回来，然后带着在人前露几面，好用不好用先不说，至少能给自己压压惊。所以，趁着一个周末，董博宇就奔了顾晓楠的娘家，打算不惜一切代价把老婆接回家。

顾晓楠的父母见了董博宇自然是欢喜得不得了。姑娘这一回娘家，再蠢钝的父母也知道事情不妙，不过是怕招惹孩子心烦所以一直不敢问。这住的时间越长，父母这心里就越焦躁，想给女婿打电话问问实情又怕惹人家烦躁，总之是急得兜兜转转，就好像尿急的时候遇不到厕所一样心焦。这下好了，董博宇来了，前情不问，只要能把人接走就算大功告成。可董博宇来得也不是时候，顾晓楠没在家。这段时间她也是经常不在家，天天各个场子跑去上课忙得脚打后脑勺，尤其周末就更是繁忙。董博宇在岳母那儿得知自己媳妇正在教小朋友跳舞，心里一惊，暗叫一声"大事不好"啊。

董博宇二话没说，问了个地址就赶了过去。到了地方一看，是一所规模特别大的少儿才艺中心，一堆形形色色的家长坐在走廊里等着孩子上课。超大的落地玻璃后面是一间超大的练功房，密密麻麻的孩子中间正在做着示范动作的就是自己老婆顾晓楠。这段日子没见,心里自然是滋长了很多思念,之前一直憋着一口气不去想,这一下子见了面就思绪决堤,把董博宇也冲刷得几乎都站不稳啦。老婆是真好看啊,亭亭玉立自不必说,眉眼间那股子舞蹈演员自带的傲慢都那么让人心醉。两个人自从结婚之后顾晓楠就没什么演出的机会,所以这一身练功装扮董博宇也很少看到,如今这一身打扮站在孩子中间更是自带母性光环。董博宇就站在玻璃墙外,顾晓楠一回身就看见了自己老公。她先是一愣,然后自顾自转身又开始如常教学。顾晓楠的镇定给董博宇的心理冲击很剧烈,因为在他想象,顾晓楠应该扔下一切、奔出教室、投入自己的怀抱才是正常。可她只是愣了一愣,前后都不到5秒钟,这让董博宇心里早有的那股子不祥的预感更加笃定。

好不容易挨到一堂课结束,孩子们鱼贯而出各自奔向父母,教室里只剩下顾晓楠一个人。董博宇敲了敲教室的门,自顾自走了进去,顾晓楠瞅了他一眼,相别这么多时日她对董博宇说的第一句话居然是:"把鞋脱了再进来。"董博宇慌忙脱鞋,一下子气场就散啦。

"你怎么来啦?"顾晓楠一边收拾瑜伽垫一边问着。

"我还能总也不来呀,这都晚啦。"董博宇是人精中的人精,各种分寸和火候都掌握得恰到好处。只是顾晓楠的反应还是超出了他的预料,淡然得都有点默然的感觉啦。顾晓楠自顾自收拾着东西,董博宇撸胳膊挽袖子帮着忙活,话没说上两句呼啦啦又一大屋子孩子就涌了进来,董博宇只能穿上鞋再出去,一等就等到了下午一点多。说实话,等是等啊,董博宇一点没生气却是很心疼。自己老婆那是养在家里大门不出二门不迈,人生最主要的任务就是让周围的人赏心悦目。可现如今带着呼啦啦一屋子孩子跳舞,累得也是香汗淋漓,董博宇心想,要不是真的伤了心,她绝不会迈出这一步。

下午两点多,顾晓楠一天的课程结束,董博宇开着车拉着媳妇往丈母娘家奔。前尘旧事俩人谁也不提,一路上顾晓楠接了好几个电话都是约课的，董博宇一句话没插上，这两个来月的时间里在顾晓楠身上发生的天翻地覆的变化让董博宇深深地吃惊。回到丈母娘家中，门口摆着大包小包一整排，原来顾妈妈已经把姑娘的东西收拾利索就等着告别送人啦。顾晓楠一进家门看到自己妈闹的这一出就挂了脸色，二话没说就把东西又都归置了回去。董博宇看在眼里惊在心中，他了解自己老婆那绝对是10头牛都拉不回头的死硬派。顾妈妈看到顾晓楠把东西又都拎了回来自然是心里着急，只能赔着笑脸讲些无关紧要的笑话，一家子人尴尬得要死。董博宇见这架势知道再不挑明了说恐怕真要无功而返了，只能硬着头皮试探着顾晓楠的态度。

"走啊，一会儿天黑了高速开车不安全。"下午三点不到，拢共40分钟高速车程，董博宇这瞎话都扯不圆啦。顾晓楠也不管那些，只是闷头摆布自己的东西，连正眼都不看董博宇一下。

"你先回去吧，最近妈有点咳嗽，等妈好啦我再回去。"顾晓楠明摆着的好借口放着不用，偏要去扯母亲咳嗽的闲篇儿，这里头就是不想往正道儿上说、不打算就教孩子跳舞的事儿跟董博宇交流。顾妈妈躺着中枪，着急想要反驳恨不得亮一嗓子证明自己没病，但又怕为难了女儿，坐也不是站也不是地急得团团转。

"跟我回去吧，别给老人添堵，有什么话咱俩回家再说。"董博宇双手扶在顾晓楠肩头，在媳妇耳边念叨了这么一句，论态度够诚恳、论形式够亲密。这一扶，顾晓楠心里的委屈其实也散了一半，不过她目前确实不大想回去，因为这场突变几乎改变了她对于未来生活的全部预判。

"我不是跟你置气，我在这边还有点事儿放不下，等理出头绪来再说。"顾晓楠这话在董博宇听起来大意就是"我还得教学生，等我学会了怎么教学生我就回去啦"。董博宇心想，听这意思气是消了些，事已至此也就只能这样啦。无法，他只好先让顾晓楠学会教学生然后再说。董博宇临走从手包里掏出个信封放在门口的鞋柜上，顾妈妈老两口自然知道那里面装的是啥，看到女婿这样的态度，两口子算是放下心思，安心让闺女在家里住着。

这边顾晓楠的舞蹈教学事业开始起步,可廖莎的负责人生涯却一路下坡。每天目送着方程上班然后去公司打卡,打完卡之后就万事大吉可以想干点啥就干点啥。于是,问题就来了,想干点啥就可以干点啥的情况下,廖莎到底想干点啥呢?

"老婆你想想,如果你现在衣食无忧了,就让你按照你的喜好去做事你想做点什么?"方程提出的这个问题让廖莎一时无语,因为她确实不知道如果不是为了工作而工作的话,她廖莎还有什么事情是想做的。

"我真的……没有!那你呢?如果不必工作你想干点什么?"廖莎问出这一句其实就已经后悔了,那还用说吗,方程自然是想天天住在花房里。

"老婆,你就没点啥业余爱好?"

"我……好像……真的……没有。"廖莎的回答让方程很吃惊,他一直以为廖莎在工作上积极进取是本着好胜心的驱使以及责任感的召唤。他没想到除去工作以外廖莎居然连个像样的业余爱好都没有。

"老婆,你知道吗?在这个世界上我不能陪你一辈子,将来咱们的孩子更不可能陪你一辈子,真的能跟你同生共老的就是你的爱好。你将来要靠着它平复自己的内心、靠着它消磨时间、靠着它寻找你的成就感。"

"都没有什么成就哪来的成就感?"廖莎深不以为然。

"成就与成就感根本就是两回事。有成就的人未必能有成就感,可是没有成就的人也可以活出自己的成就感。"方程撂下这句话就去看球了,剩下廖莎一个人儿反复琢磨着这成就与成就感到底是个什么样的互生关系。她看着全神贯注盯着屏幕的方程,这个男人按说是没什么成就的,但是,他能每天认认真真给花记录生长周期;他能为了不错过花开的瞬间而彻夜守候;他能找人定制工具就为了方便松土和换花盆。谁能说他活得没有成就感,这种喜悦和求仁得仁的舒畅和那些商人赚了大钱之后的满足又有什么两样?廖莎似乎明白了一些其中的道理。

这一夜无话，第二天一早方程一睁开眼就看着廖莎梳洗打扮描眉画眼，一副要出门见客的样子。还没等方程说出心中的疑惑，廖莎率先开了口。

"我想明白了，赵凯不是封我个社区关系部负责人嘛，那我就要把这个负责人干好。不就是联络社区感情哄着老头老太太开心嘛，不管是什么工作只要你认真对待，就都是你自己的成就感。"

"媳妇啊，不枉我稀罕你一回，就是有智慧。"

"那是，我廖莎是个糊涂人吗？日子是过给自己的，社区关系维护终究比侍弄花花草草能有点现实意义。"临了，廖莎也不忘抢白方程一句，不过，这些都不重要了。看到廖莎又趾高气昂像只骄傲的小母鸡儿，方程就打心眼儿里高兴。

廖莎确实不是个糊涂人，她只是刚上来那一阵有点儿无措。不过，只要是她把事情掰开揉碎想明白了，那就是执行力超级强悍的永动机。既然成就与成就感没有必然联系，那社区关系部也就没有那么不堪，人得自己瞧得起自己。廖莎一路昂首挺胸进了公司的大门直奔行政部。最近一段时间廖莎溜边儿做人，一下子又恢复了精神面貌大家也是觉得奇怪。在一众诧异的注视中，廖莎将一个字条递给了行政部的小文员，小姑娘一头雾水地接过。

"按这个职位给我制作十盒名片，急用，谢谢。"说完廖莎一个转身就走了，小姑娘将字条展开，上面写着"××不动产公司 北部大区社区关系部负责人 廖莎"。小姑娘拿着字条找到行政部经理于小娜，于小娜一看这字条都气乐啦，嘱咐小姑娘出去，随手就抄起了电话。

"你印那么多名片干吗？"

"开展业务啊！"

"你开展什么业务，社区关系部能有什么业务？我跟你说别整事儿啊，避两天风头再说！"

"避风头？我有什么风头好避，新战场、新形式、新思路，我要工作你总不能说我有病吧。"

"你还知道有病这个词儿啊？你怎么了，受刺激啦？"

"少废话，你到底给不给印吧。"

"印啊，我的姑奶奶，你打算怎么开展工作啊？"

"搞好社区关系呗，这有什么难的！"说完，廖莎就扣死了电话。回到车里，廖莎脱下8寸高跟鞋换上运动鞋，抄起副驾驶上的一摞子事先打印好的表格，拿着手机里的高德地图就在琢磨从哪儿开始。北部大区的主要责任区域集中在城市北部的一大片新兴住宅区，北到与外县市的区划地界，南到疏港路。东西两界以东北快速路和华北路合围。说实话，这个区域的房屋成交价格也就是个全市平均水平，高档楼盘不多、优质资源不多。廖莎心一横，去她奶奶的就挨个走访吧，死马当活马医，全当入户调查啦。

廖莎拿出当年扫楼的劲头儿，挨个小区走访。先是到社区做自我推荐了解社区的基本状况、然后记下每个社区的特点、小区楼体数量、楼盘价位品质等相关问题。社区工作人员虽说不上热情但也不拒绝，反正就是唠闲嗑呗，反正闲着也是闲着。就这么着转悠了一个星期，廖莎心里觉得不大对劲儿。

"你说，我怎么总觉得我这工作开展得不大对劲儿呢？就感觉好像少点什么东西。"大晚上两口子在被窝里忙活完正经事儿，廖莎把昏昏欲睡的方程扒拉过来说出自己的疑惑。

"老婆，你现在这个工作就有点像上人家去串门，你说对不对？"

"嗯，有点道理。我就是代表公司到各个社区去串串门儿混个脸儿熟。"

"这个目标明确了之后就倒推方法呗，怎么能做到把脸混熟呢？"说完这句，方程头一歪呼噜就打上啦。廖莎猫在被窝里就想，串门儿、脸儿熟，怎么能串过门儿之后保证脸儿熟？对呀，当然是串门的时候给人家送礼才能保证被人家记住呀。想通了这一点，廖莎翻身捧着方程的脸就咂了一口。

廖莎开始研究着给社区送点什么礼，顾晓楠在研究着怎么能把舞蹈教好。舞蹈这个东西你自己能跳好跟你能教别人跳好是截然不同的两件事儿。顾晓楠开始觉得，自己一腔热情、两袖清风，做一个把毕生所学倾囊相授的严师总归没有错。不成想，班里一个小姑娘就是不肯压腿，每次都要死要活、哭天抹泪。孩子在教室里哭，孩子姥姥在大玻璃外面哭，场面那叫一个惨烈。后来，顾晓楠勒令家长一律不准在教室外面观战，统一到一楼等候区看监控视频。这么一来，孩子的舞蹈教学是有了秩序可是家长不干啦。几名家长联合起来弹劾顾晓楠，说她隔离孩子与家长是为了在教学过程中"滥用私刑"。私刑都冒出来了，这是怎样的气愤以及脑补出了怎样的画面。几位家长甚至在孩子身上找到了所谓的针眼儿，说是严重怀疑顾晓楠在教学中用了非法手段。才艺学校的校长是顾晓楠在艺校时的学姐，当然知道这基本就是家长们的肆意抹黑，但是为了息事宁人还是当着家长的面儿把顾晓楠训斥了一通。事后，学姐提醒顾晓楠说："我知道你是一片好心，觉得不让孩子看见家长有利于教学秩序，但是今时不同往日，这些孩子学舞蹈有几个是想吃这碗饭？又有几个孩子的素质真能吃上这碗饭？他们不过是为了能有个好体形、有个好气质，你这么当真人家家长不高兴。"

顾晓楠这辈子遭受的委屈加起来都没有这段时间严重，以前那些站不了前排、拿不着奖项的苦恼在现在看来根本就是毛毛雨。还有天理吗？太认真也不对。学舞蹈不压腿，你练瑜伽呢？顾晓楠在洗浴中心的莲蓬头下面把身体冲刷得通红，好像是为了洗掉自己作为一名舞蹈教学老师所受的羞辱。眼泪也顺着热水在脸上狂飙，如果自己连舞蹈教学这条道儿也走不通，可怎么办才好？从洗浴中心出来，身上是热的、风是冷的，人不由得一哆嗦，心里一遍遍想自己这一趟出走真是一点成就感也没有。

没有成就感的还有董博宇，在顾晓楠那里吃瘪回城之后，董博宇的生活就陷入了完全的混乱。首先是工作上的麻烦，也不知道哪张嘴没封紧，顾晓楠回娘家的事情竟然不胫而走。付晓芬疯狂盯人的气势让董博宇苦不堪言。大姐早问候、午撩闲、晚上安排茶点，几乎有要接管董博宇全部私生活的打算。董博宇东躲西藏、声东击西，总感觉自己是如来佛手中的孙猴子。最后，不得已只好说自己在外考察，一段时间不在本市。可不在本市就不能出现在任何场景中，于是，董博宇在家办公手机遥控，指挥着方程等杂人与客户之间来往商务。这在家办公说实话一是躲付晓芬，再者就是被顾晓楠弃管之后生活已经完全混乱啦。首先，自己这衣服连扒拉带挑拣已经穿了两轮，达到了必须要洗再不洗就馊的地步。看着卫生间里那满当当的一大盆，董博宇就打心眼里腻烦，老爷们居然需要自己洗衣服这简直就是对他钢铁意志的摧残、对他人格的侮辱。那得混得多惨的男人才需要自己洗衣服啊。好在现在是非常时期，就权当安慰自己吧。董博宇洗衣服也不过就是挑出浅色的扔进洗衣机洗一拨、挑出深色的再扔进洗衣机洗一拨。对于自己还知道深浅分开，老董同学还沾沾自喜呢！忙忙叨叨忙活了一晚上，总算是把家里挂得跟染坊似的。可是，第二天他就觉得不对劲，这些衣服怎么就没有顾晓楠洗出来的那么舒展呢？怎么皱皱巴巴的一个个跟鞋垫似的。他拍了张照片随手发给廖莎，很快微信就有了回信。

"你是机洗的？"

"对呀。"

"你还好意思说对。行，去逛商场吧。"

"为啥？"

"因为这些被你机洗过的衣服基本报废啦，目测这回你的损失应该在两万元上下。"

"啥？两万块洗没啦？"

"不，是四万块，因为你还得再去置办一轮。"

董博宇发了个吐血的图标之后就在家里看着这万国旗似的衣服发呆。果然，他把这些衣服的洗涤说明翻出来，个顶个都是"手洗"或者"干洗",居然还有一件是不能手洗、不能干洗也不能机洗。董博宇怒火中烧心中充满了对顾晓楠的责难,"干什么这是,买些什么玩意儿"。不过自己这纯属于邪火,他董博宇心里也很清楚,把这些衣服划拉划拉两大口袋就扔给了小区外的干洗店。

"你看着弄吧,能挽救的挽救、不能挽救的试着挽救。"

"死马当活马医?"

董博宇深深地点了点头。洗衣店的小姑娘怯怯地追问了一句:"你太太呢?就那位舞蹈演员。"

"你怎么知道她是我太太?"

"这些衣服看着眼熟,平时都是她送来洗。"

没等小姑娘说完,董博宇就气急败坏地甩门而去。可这事儿还没完呀,从洗衣店回到家董博宇愣了,这怎么还停电啦?走到窗边一看,家家户户都亮堂堂的,怎么就自己家没电了呢?借着手机电筒的光亮看到自家电表停得那叫一个稳当。董博宇这个恨啊,这怎么还真停电啊,提前都不言语一声吗?他气愤地在信箱里一抓,抓上来一把催缴单。

董博宇把信箱摔得震天响,但是也无法扭转已经停电的局面,于是他又打电话给廖莎。

"怎么交电费?"

"微信扫码就行。啊……过期电费需要到联合收费处缴纳。"

"什么?还需要我去呀?"

"那怎么,还等着人家来接呀?"

董博宇哪知道联合收费处的门儿冲哪儿开呀?当天他就住进了酒店,满身上下只有一套运动服。在酒店里逃避了两天,自己也知道不是长久之计,于是软磨硬泡求廖莎帮他缴纳了电费,这才准备回家。

"家,不是那么好回的,别说我没提醒你。"廖莎把电卡拍董博宇手里撂下这么一句狠话。董博宇还蒙了,怎么家还不好回啦?不过等他推开家门那一瞬间他就懂啦。这个臭啊,直顶脑门。董博宇东瞅西看这是怎了，发现厨房的地上一大摊脏水这才恍然大悟，冰箱里的东西化啦。什么叫万念俱灰、什么叫生不如死，董博宇连搬到付晓芬家去住的想法都有啦。他跑到走廊当中再不肯进家门一步，掏出手机就拨给了方程。

"方程，不管你在干什么，我恳求你和廖莎到我家里来一趟行不？哥们我给你作揖磕头行不？"

一听董博宇这口气方程蒙啦！赶紧一口答应下来拉着廖莎就往董博宇家里跑。等到方程两口子赶到，董博宇已经在走廊里坐了半天。廖莎一看他这个样子，顺嘴就溜达出来一句。

"这是……净身出户啦？"

董博宇瞪她一眼说："就你最坏，你肯定知道我家冰箱能出事儿。"廖莎差点没笑背过气去。

"我特别想知道你进屋时享受到那芬芳的气味，第一个想法是什么。"

"姑奶奶，赶紧帮我收拾收拾。要不冰箱我不要了，扔了吧。"

扔冰箱的想法起心动念，董博宇就觉得这东西真是不能留啦，心理阴影太重。于是，在损失了近两万块的衣物之后，他又扔了一个近两万的冰箱。三个人累成了狗把这冰箱挪蹭到楼下垃圾站。看到董博宇那副嫌弃的表情，廖莎就想笑。冰箱矗立在一些垃圾口袋当中像个落魄的贵族，廖莎随手拍了一张图就发给了顾晓楠。

"你家董老爷真行啊，冰箱里的东西臭了连带着冰箱一起扔。"过了差不多一刻钟，顾晓楠把电话拨了过来。

"廖莎你还在我家吗？"

"在呀，那俩人在阳台上抽烟呢。"

"我说，你就听着就行哈。我把我结婚的钻戒藏到冰箱冷冻层里面啦。"

"什么？"廖莎一下子就从沙发上蹦了起来。

"家里之前有个打扫卫生的阿姨手脚不干净，所以换了阿姨之后我就把钻戒藏冰箱啦。"

"你可真能找地方。"

"哎呀,赶紧帮我把钻戒拿回来好不?六七万呢!"廖莎看着董博宇和方程正在阳台上聊得热乎,一个箭步就冲到了楼下。正好看见一大爷正在冰箱旁边,手里拿着个保鲜袋,保险袋里是个通红通红的首饰盒。廖莎一看急了,也不知道是从哪儿来的那股子狠劲儿,她拔下自己高跟鞋就举过头顶。

"你给我放下。"这一声振聋发聩,大爷吓得一下就把保鲜袋掉在了地上。廖莎一手指着大爷另一只手举着鞋,气场八丈高。

"我告诉你,你现在拿走就算偷,你敢捡我马上报警。"大爷吓得屁滚尿流,廖莎赶紧穿上鞋捡起了首饰盒。

"找回来啦。"

"谢天谢地,吓死我啦。千万千万别告诉董博宇。"

"知道,放心吧。你赶紧回来吧。你是不知道,这样下去我怕你家董老爷把自己过死啦。"

顾晓楠默不作声,廖莎知道她动摇啦!

回归

廖莎把首饰盒扔掉,单把个钻戒放在口袋里。上楼的时候方程和董博宇正从阳台回到客厅,全然不知刚才价值六七万的细软被廖莎抢救回来。廖莎手里捏着钻戒心里就有气,不自觉地开始数落董博宇。

"你说你啊,人家顾晓楠前脚一走你看看你这日子过的。衣服不能只知道换,你还得知道洗。晓楠要维持你的体面、要维护这个家的正常运转,那都是功夫。"

这几天的罪遭下来,董博宇其实也已经明白了这个道理。以前觉得顾晓楠是个赏心悦目的摆设,严重点说还是情投意合的爱人。可现在董博宇才明白,顾晓楠是这个家的总经理,是自己在外披荆斩棘勇往直前的大后方。有了顾晓楠,大家看到的都是董博宇的能干;可没有顾晓楠,董博宇的能量就会减半、精力就会被分散。正是因为顾晓楠承包了那些琐碎而繁复的日常,才让董博宇的生活变得简约而充满了力量。廖莎和方程走了之后,董博宇一个人在阳台上坐着,默默地掏出手机给顾晓楠发微信:老婆,我想你啦。

解决完董博宇的生存危机,廖莎又开始琢磨给社区送礼的事情。得做点什么活动才能让社区感觉到自己是带着诚意并且有解决实际问题的能力呢?廖莎对着电脑、眼睛瞅着房梁、手里捧着一杯热茶就在盘算。这时电话响了,是石姐。

石姐在画展蒙羞、母女失和之后就跟那位画家去欧洲度假,两个人在欧洲友好分手。石姐为了疗情伤外加躲女儿就去重庆自己姐姐家住了一阵儿。这会儿回到本城,联络老友叙旧,知道廖莎赋闲就喊她出来喝茶。

一见面，石姐夸赞廖莎脸色不错。廖莎脸色是不错，天天吃饱就睡，然后在社区里走访唠闲嗑，没有了考核的人生都是天堂。可石姐就不怎么样，整个人瘦了很多，没有及时运动导致皮肤都是松的，又化了浓妆，特别显老。

石姐找廖莎是为了做一个PPT。直到今天廖莎才知道石姐在咖啡馆之外还有一个巨大的产业就是粮油贸易。原来，石姐的家族都是农垦系统的，自己的父亲就是中国早年最早一批注册会计师。这么多年几个大客户的固定采购就已经让她赚得盆满钵满。不过，财务自由之后石姐又想在电商平台上再做点动作，想法有了之后就找廖莎来帮她做个项目策划书。

"姐，你们这粮油贸易和电商平台都超出我认知范围了，这项目策划书我不会弄啊。"

"我不是让你帮我做策划，我是让你帮我做PPT。我是不会弄这个东西。"

"啊，这么回事啊，好说。"

两个人没白天带黑夜地弄了好几天，终于把个项目策划做齐整啦，石姐从身后的博古架上拿出一套瓷器送给了廖莎。

"送你的，忙活好几天辛苦啦。"石姐这一弄，搞得廖莎非常不好意思。

"这算个什么事儿啊，之前我是没时间，现在我有时间了帮你做个PPT有什么的呀。你要是这样不是跟我见外嘛。"

"我要是跟你见外我就不张这个嘴了，但我当你是好妹妹也不能让你白忙，我是尊重你的付出。"廖莎看石姐这么说也不好再推辞只好收下。项目策划书做完了也算去了石姐一块心病，再加上这一段不顺心，石姐就攀着廖莎开始诉苦。

"我当年是个什么人物，农垦系统会计技能比赛，他们只能争第二。我爸就是做财务的，谁能跟我比呀？"农垦系统一枝花匹配农垦第一笔杆子，看似美满的婚姻也只是维持了短短 8 年。前夫哥说好听点是个细致人儿，说不好听点就是颇有些"家庭妇男"的倾向。喜欢美食、酷爱下厨，对老婆实行严防死守的盯人战术。可石姐偏偏是个闲不住的主儿，借着经济形势好，上下活动拿优质粮油的资源、批紧俏的配额，粮油贸易做得风生水起。一来二去就和南方一个商人产生了不可描述的情感，夫妻难逃七年之痒。其实，任何婚姻的破裂都是先从内部的腐朽开始的。石姐之所以能走上婚外情的道路也是由于内心有一大块空缺前夫哥无法弥补。于是，两个人离婚，面条儿从小跟爸爸长大，对生母当年的出走恨之入骨。而石姐和那位南方商人的感情也仅仅维持了 3 个月，这个人也不过是给了她一个走出婚姻的借口。

"当时就觉得面条儿他爸真窝囊，天天就围着锅台转，觉得自己了不起、能赚钱。现在想想自己有多傻，我能赚他会花，我出去赚钱他伺候孩子照顾家，多和谐呀。不过就是女主外男主内呗，有什么不行的呢？就看不上人家，觉得人家喘气儿都是臭的。结果可好，现在面条儿一举手一投足跟她爸一个印子出来的，你跟她爸能离，你跟自己女儿还能断绝关系吗？所以，还是得受着。"

石姐说着眼圈就红了，廖莎是见识过面条儿对待亲妈那个样子的，有这么个女儿这辈子都不再需要敌人。石姐对面条儿的感情也很复杂，一方面单亲家庭对孩子有伤害，自己又没能把她从小带在身边，所以愧疚补偿的想法自然是有的；另一方面，面条儿从小跟奶奶长大，前夫哥或许还能在女儿面前保持着对石姐起码的尊重，但奶奶可就未必了。面条儿对这个抛夫弃子的妈从小就没啥好感。最后，石姐对面条儿也有些排斥。主要是因为面条儿太像她爸爸，石姐自己说那爷俩就连走路的姿势都一模一样。看不上前夫哥的那些点滴居然在自己女儿身上也能看到，内心充满了挣扎。

"所以说，绝大部分婚姻问题都无法通过离婚解决。我只要一看到面条儿就觉得她时时刻刻在提醒着我，自己曾经做过一件多么傻的事儿，对她，我真是又爱又恨。"廖莎此时明白了面条儿对生母的恨意也不是白来的。她也知道母亲不喜欢自己，或者说母亲由于不喜欢自己的父亲所以连带着看不上自己。被母亲嫌弃是一种怎样的痛，廖莎想象不出来。

"关键是我到现在才发现，我这种性格的人只有跟面条儿他爸那种人才能过得好。特别互补，只要彼此不觉得对方是个傻逼，这种搭配就是最合拍的。你看看我这前半生，跟最适合自己的男人离婚、跟最深爱的男人无法相处、跟原本应该最贴心的女儿交恶，廖莎呀，我收拾收拾去世得啦。"

这一段时间石姐也是压抑得太狠，此刻眼泪决堤痛不欲生。石姐早前都已经是一副金盆洗手享受人生的状态，此刻又要奋战电商恐怕也是人生没有寄托只能寄情于事业。石姐情绪稳定之后，又想起一件事拉着廖莎询问。

"对了，店里徐经理说面条儿在什么抖音上挺火，什么叫抖音你给我讲讲。"廖莎把短视频网站、网红、网红经济这些内容讲给石姐听，又在她手机里下载了抖音APP。两个人关注了面条儿，只见这姑娘在一个超市中购物，突然就开始了热舞，点击率很高。

"就这样就能赚到钱啦？"

"是啊，现在有些网红的产值比一家工厂都厉害。"石姐万分不解地摇着头，一副管不了也不想管的表情。

"她爱怎么着就怎么着吧，反正我也看了，她不气死我是不会善罢甘休的。"

从石姐的咖啡店往家走的路上廖莎心里一直不平静，一是感慨石姐的不容易，风风火火这一生却发现永远得不到那个自己最想得到的、摆脱不了自己最想摆脱的。再一个不平静，就是廖莎终于想明白给社区送什么礼啦。连石姐这种量级的人都弄不明白现在这些网络新气象，那社区里那些大爷大妈就更不用说啦。他们恐怕连智能手机该怎么用都不知道。如果自己能做出一个简单易学的课件教大家如何使用智能手机、如何利用智能手机加强和晚辈的沟通，一定会特别受欢迎。想出了这个主意，廖莎原本阴郁的心情瞬间清朗起来，想到就要做到，第二天廖莎就开始在家里做课件，琢磨着怎么能直观、简洁地把这些"网络小白"全部教会。一想到从现在开始，自己就有了明确的目标和可执行的方案廖莎心里特别高兴，看着镜子里的自己自言自语："廖莎，欢迎你回来！"

廖莎重新奔赴战场，顾晓楠也终于回到城里的家中。打开家门那一瞬，顾晓楠觉得阳光普照、温暖如春；但同时心如刀绞、步履沉重。这么好的家，原本应该是最踏实的所在，可此刻却像是一个待遇优厚却有要求严格的公司。顾晓楠就觉得自己是能力一般却又心想上进的员工，贪恋公司的福利却又诚惶诚恐怕被老板辞退。收拾好东西，顾晓楠就开始打扫卫生，原本之前都是叫保洁上门，现在也觉得自己干似乎更能凸显价值。傍晚的时候打算做饭，一打开崭新的冰箱发现确实是崭新的，里面连封条都没拆下来。没办法只好叫了董博宇喜欢吃的外卖，就这样董博宇就下班啦。

董博宇是不知道老婆今天回来的，奈何岳父岳母早早通风报信，所以他急忙往家里赶，推开门，觉得到处都妥帖，似乎房间里空气都清新啦。饭菜一看就是打包回来的，但个个都是自己喜欢吃的，可见用了心思。董博宇五脏百骸都瞬间归位，感觉自己原本令人羡慕的生活终于回到了更让人羡慕的原始轨道上。顾晓楠一张脸平静得看不出任何表情，只是在吃饭的时候开始絮絮叨叨地讲一些家务事。

"所有缴费的单据都在壁橱的文件袋中，每个文件袋都标注了里面的内容，很好找。咱家惯用的保洁大姐都是在天鹅到家上找的，预约不上的话可以给大姐打电话……"

顾晓楠刚起了个头儿，董博宇就一个手势打住。

"老婆，这些事儿我可弄不明白。你是咱家大总管哈，以后还是你管吧，我负责赚钱养家你负责貌美如花，咱俩不都说好的嘛。"

顾晓楠知道这是董博宇在给自己吃定心丸，内心也非常领情。只是经此一役，顾晓楠对自己的未来人生以及对董博宇的家庭定位都发生了变化，这又不是一句话两句话能说清的。

"就算你能负责赚钱养家，我也未必总能貌美如花啊。再说，除了貌美如花我就不能有点别的用途？"顾晓楠心里还有个想法那就是"你是能赚钱，可你赚来的钱给谁花都行，这可是我控制不住的"。

夫妻二人吃过晚饭，早早就上了床。小别胜过新婚，只不过，顾晓楠总觉得董博宇这山呼海啸的激情当中带着表演的成分。不由得就想到了董博宇送付晓芬回家的那一晚。在董博宇的生命中有一个小时的时间是他交代不清楚的，那就是送付晓芬回家，在楼上那一个小时两个人到底做了什么。顾晓楠总忘不了那一个小时，所以在董博宇奋力驰骋的时候她总是出戏。心里总想着"这么个喜欢滚床单的人应该管不住自己吧，我这不迎合、不出声的态度恐怕他会不满意吧，那一个小时在那个女人身上他也如此卖力吗？我这么想很贱吧"。顾晓楠知道，她回到这个家就需要从那一个小时的谜团中抽身出来，不想不问不纠结。这一篇儿翻过去，必须要翻过去，想到此顾晓楠一个转身翻到董博宇身上，"想玩点儿难度大的还能为难着一个舞蹈演员吗？就不信了，我还伺候不明白自己老公？"

这一夜自然是酣畅淋漓，第二天董博宇上班后顾晓楠就开始收拾家。人是回来啦，但是她知道日子变啦，收拾停当，自己胡乱吃了一口饭就直奔歌舞团打算找自己开培训班的同学汪冰谈一谈。

汪冰看到顾晓楠来了自然是好茶招待着，嘻嘻哈哈赔着说笑。顾晓楠兜兜转转不大好意思说出自己的实际目的。只不过在娘家这一段也在上课，身段上自然又比从前挺拔，那汪冰把顾晓楠从椅子上拉起来，摆弄看了半天，然后狠狠地在屁股上拍了一把。

"这董博宇什么福气，娶个老婆漂亮成这样。"汪冰素来口无遮拦，顾晓楠也习惯啦。

"你也不差。"

"我？我是为了教学生没办法。对了，你怎么就不能出来带学生啊，放着这好身材就给你老公一个人看啊？"

"怎么我要是带学生了，这身材还给大家伙看吗？"

"我的意思是，这压箱底的宝贝咱得变现，有这好身材咱可以拿来教学生。没有这身材当然也可以教学生，但是有这活招牌更好啊。"汪冰横竖就是二，在一起跳舞的时候就是公认的"大嘴巴"，听她讲话就得忍受她每时每地的胡言乱语。但是，就这么个人凭着胸口的一个"虎"字，也把事业经营得风生水起。之前顾晓楠不愿意搭理她嫌她虎，现在又愿意找她也是因为她虎。看着汪冰，顾晓楠就觉得这么个傻大姐都是"校长"了，自己又有啥怕的？再者，自己这些年身材没变、业务还在，只不过生活如意懒散惯了，要真是收拾心情再战江湖，汪冰的舞蹈功底又哪里是顾晓楠的对手。

"我可信你的哈，我现在闲着没事儿也玩够了，要不我就到你这儿来玩玩票。"

"你终于想开啦？大姑娘要饭死心眼儿，早就该走这一步。"这汪冰把好好个卖艺说得像卖身。

"你这张臭嘴，真讨厌。我教是可以，但是哪有学生啊？"

"我自己带的学生教不过来，你帮我分担一些我也轻松点儿，要不真干不过来，晚上回家累得迈不开腿。"

"我还以为你没那个心思了呢！"

"那哪行，不喂饱了他不得出去找野食儿！"

汪冰给顾晓楠的待遇不错，一是有老同学的面子在，二也确实是顾晓楠条件好特别打眼儿。顾晓楠为了兼顾家庭没有挑选周末的时间，也是考虑一点点来，一下子忙得飞起来怕董博宇有意见。汪冰这最后关于"找野食儿"的论断倒是提醒了顾晓楠，自己结婚这些年不说清心寡欲也是端着一直放不开，所以，这可能也是给了别人可乘之机。原来，自己可待提高的地方还真是不少。这一件事情落了地，顾晓楠心里轻松了许多，想找廖莎出来说说话。

"廖莎，我回来了。"

"回来啦？太好了，你那个大钻戒还在我这儿呢！"

"先放你那儿吧，不着急。"

"那可不成，那么贵的东西回头再让我给弄丢啦。这样，我下午在新华社区搞活动你没事就过来找我好不好。"顾晓楠一听，正中下怀，也就同意啦。

顾晓楠以为廖莎要搞什么地产活动，没想到一到社区整个社区活动室挤得里三层外三层，廖莎拿着做好的一张张图卡在给大爷大妈讲解怎么使用智能手机。

"大妈，你那个手机呀，下面不是有个圆溜溜的按钮嘛，你把右手拇指放在上面就解锁啦。什么，怎么跟孙子视频啊？好好好，我马上就讲哈。"

顾晓楠看蒙了，这是干什么，怎么讲解这个东西呢？看廖莎被团团围住，顾晓楠也只好掏出手机给临近的几位老人讲解了一些智能手机的基本功能。老人们如饥似渴地学习着，可这个菜单那个目录的对他们来讲就跟天书差不多，教一遍一会儿工夫忘了；再教一遍一会儿工夫又忘了。没想到廖莎居然拿出了一摞子稿纸，每一张稿纸上面都是简笔画，按照不同的功能利用简笔画来告诉老人该怎么操作。比如，第一：想给孙子发红包怎么办。在这个标题下有三张简笔画，看着画能非常清楚地发红包。第二：三个老工友想一起在微信上聊天怎么办。又是几张简笔画告诉老人怎么建立微信群。顾晓楠都看傻了，董博宇经常说廖莎办事认真，可没想到她能认真到这个程度。任何人取得的一点点成就都不是偶然的，顾晓楠觉得自从重新规划了人生，她能从廖莎身上学习到的东西就越来越多。两个人原本约好两点从社区出发，没想到活动太火爆、大爷大妈太热情，整整到3点两个人才从社区走出来。

"你这是干什么，教老人使用智能手机，你是跳槽了吗？"

127

"咳，有人整我让我专门负责社区关系，我呢将计就计干脆就搞点纯公益。"

"可这跟房子也不搭边儿啊。"

"现在看是不搭边儿，但是每一次上课我都会让大家填一个关于自己房产状况的表格，然后把那些优质房源拉到一个群里，平时我就自己维护着，天天发点养生小偏方，教他们怎么抵御电信诈骗什么的。我爸妈不在身边，就权当做一份公益尽点社会义务吧。"

"你们公司要求的？"

"公司谁要求我啊，巴不得我自生自灭赶紧滚蛋。"

"那你费这个力气干吗呀？"

"没想过，我就没打算过一种省劲儿的人生。"

顾晓楠听廖莎这么说，就觉得人和人是真不一样，她廖莎就没打算过一种省劲儿的人生而顾晓楠却总想让自己的生活处于一种"省电模式"。一个在本可以放空的情况下拼命给自己做加法，一个在迫不得已的情形下重拾自己的职业生涯。

两个人在顾晓楠的指引下去桑拿、汗蒸、按摩、美甲。边做着这些事情，边聊着各种家长里短、明星八卦。以前廖莎对这种事情是非常抵触的，就因为抵触这些也连带着抵触顾晓楠，就觉得为着一个肉身费这么多心力，那到这世界走一遭的意义又在哪里？不过现在，经过了赵凯这一番算计，廖莎也渐渐明白生命可能原本就没什么意义，那些之前自己一直坚持的有意义的事情也不过如此。既然维护社区关系这种虚无廖莎都接受了，那又何况是美甲，都是虚无也不见得谁比谁就高尚、谁比谁就庸俗。这么想了之后就觉得顾晓楠的人生也许就不过是另一个选择而已，哪有什么对错之分。

"我呀，这一段不忙了还真是想了很多之前不会想也想不明白的问题。比如，这要是在之前让我做这种社区活动，我才不会来，浪费生命啊。可现在每天就做这么一件无用功，也觉得心里特别充实。"

"我跟你正相反,这一段一忙起来乱七八糟的事情真是没有闲工夫想。比如,我老公到底跟那个女人有没有什么关系。这要是以前让我去教孩子跳舞,我才不会,操那份闲心去,但现在心也操了、罪也受了,我这不也还是好好的没怎么样嘛!"

两个人你看看我、我看看你相视大笑,以前这一对不一样的丽人彼此嫌弃、现在还是一对不一样的丽人却彼此惺惺相惜。

"对了,我还有一个巨大的收获。"顾晓楠兴冲冲地说。

"什么收获?"

"我不是说其实我艺术感觉并不好,跳舞只凭勤学苦练嘛。现在我发现我变了,一支曲子响起好像我马上就能进入一种情境,一种也许跟这支曲子无关但是我却很了解的情境。在那种情境中我有我要表达的、我要宣泄的,这么多年都没能开的窍,一下子全通啦。"顾晓楠人生阅历极其简单,从小受制于家庭环境也没得到什么艺术启蒙,所以跳舞没感觉也在所难免。但是,经历了婚姻危机内心的感受立刻丰富了好几个层次,悲喜都被放大、情绪的触角也愈发敏感。要不怎么说做艺术的人就不能有幸福生活,幸福和安逸会让人迟钝。

两个人分手后已经将近晚上 7 点,廖莎想回家但还是一转头奔了公司。赵凯是个工作狂,此刻还在办公室里组织各个门店的店长开会。廖莎的到来让大家都有些不明所以,整个会议室里的人都死死地盯着她,表情严肃。

"都看着我干吗,我是回来述职的。"

廖莎这一句换来在场所有人的左顾右盼,大家都不明白一个社区关系部有什么职好述呢?廖莎拿出了一个文件夹,放在赵凯面前。

"经理,这是我上周走访社区的情况汇总,一共进行了 3 场社区落地活动,参与人数能在 150 人左右。其中优质房源我都登记在册。以后我会在每个周一提交我的述职报告。"

廖莎眼看着赵凯的脸绷成一张扑克,气得手都直哆嗦,好像自己的行为是一种最无理的挑衅。不过,很快赵凯就调整了情绪,带着一种莫衷一是的笑容看着廖莎。他当着这么多店长的面儿把廖莎递给他的文件夹一把就塞进了身后的杂物箱里,像嫌脏一样拍了拍手,廖莎以为接下来会是一段他对自己的嘲讽,没成想,赵凯对大家说:"你看看,你们谁有廖莎这种主动进取的劲头儿,谁能有她主动想办法、找出路的这种执行力。凡事有着落、处处有交代,值得大家学习。"众人看傻了也听傻了,只好打着哈哈不敢表态。廖莎微微一笑转身出门。

今时今日的廖莎已经明白了赵凯的虚伪,再不会上他的当啦。一个人说什么不重要,做什么才是重中之重。

廖莎与顾晓楠,一个忙着怎么抵抗虚无、一个忙着怎么迎接充实,两个人两种使命却同样认真。

别人的眼光

方程和董博宇投入到新项目的汪洋大海中,千头万绪。与国企的合作哪里有道理可讲,沟通成本极高。每个处室都有自己的利益,也都有错综复杂的圈层关系,一个不小心就容易得罪一片人。这两个男人被工作所累也没有更多的精力去关心那两个女人的动向。

廖莎的社区活动做得不错,所谓的不错就是每次都会来很多人,每次大家都对"智能手机应用普及"这个主题非常感兴趣。廖莎也会做,自己还举办了一个"智能手机应用大赛",组织不同社区的老人派出代表互相比赛。老人们有的是闲工夫,这一下就上纲上线上升到社区荣誉和当今社会老年人积极学习新生事物的层面,每个人都精心准备、积极备战。到最后,居然有手机厂商主动找上门来要提供奖品赞助,声势火热。廖莎还是坚持每周都将周报上交给赵凯,虽然知道他不会看,但也执拗地坚持着。

"智能手机应用大赛"决赛这一天,场地就定在一家商场的门前广场,是社区利用自己属地管理优势帮廖莎争取来的。场地布置是由手机厂商提供的。方程说:"没想到,赵凯当初这社区减免一些、外围企业赞助一些的不着调想法居然被你实现啦。"廖莎这才惊觉:"对呀,这不就是我之前方案中的设想嘛。"

决赛的问题由廖莎一个人设计、流程由廖莎一个人准备,甚至连主持人都是廖莎兼任的。从社区里搬来简易的音响设施,这热热闹闹的比赛就开始啦。没想到,这边在布置比赛现场,那边廖莎的同事却要在商场楼上的酒店中搞大规模宣讲。这个活动廖莎是知道的,一般都是集中高端优质客户，邀请全国著名的财经专家来解读经济形势、提点投资方向，正是高端客户需要的内容。活动一般也以酒会的形式呈现，这种活动一般房地产甲方搞得多，只有那些特别具备实力的地产中介才会做这种高端活动。

廖莎在商场门前撅着屁股摆椅子，就感觉自己身后有人。一转身发现是南部大区的一个店长名叫魏琳琳。魏琳琳相貌突出，经常在公司年会中担任主持人的角色。她的业绩也很好，曾经和廖莎并称为南魏北廖，两个人既无交情也无交恶，实在是两两相忘的普通同事关系。此刻，魏琳琳一手提着裙摆，一看这穿戴妆容就知道又是要主持大活动的架势。廖莎一看就心里明白，公司肯定有大活动在附近举行。

"廖莎，以前我还敬你是个能人，可现在明明都已经失势成这个样子还赖在这里真不知道你是怎么想的。"魏琳琳一副高高在上的模样，出言极其刻薄。之前于小娜就跟廖莎说过："魏琳琳这个人见高拜见低踩，业绩也是一路睡出来的。"当时廖莎只是觉得于小娜可能是对于貌美女人的成功怀着几分恶意，没想到今天真是见识着啦。

"魏琳琳，我廖莎得罪过你吗？"

"我说这些话也是为你好。你被赵凯摆了一道这件事在业界圈子里已经成了路人皆知的笑话，那赵凯未免心急而你也就是太蠢。要知道，职场上笨一点倒还无妨，这一个蠢字是真挺要命。"魏琳琳继续表演着自己的表达能力，廖莎也继续头不抬眼不睁地摆自己的椅子。

"我要是你，早就辞职回家避人耳目面壁反省去啦。亏得你心真大，给你个漏盆你也接着。"魏琳琳说得高兴也没注意廖莎手上的动作，廖莎手拿着一把椅子猛一转身迅速往地上一放，不偏不倚放在了魏琳琳的裙摆上，咔嚓就是一个大口子。魏琳琳猛然低头一看，好好的礼服裙瞬间开了个口子，自己的两个膝盖顿时就露了出来。廖莎佯装惊醒把椅子挪开。

"哎呀，我这一个心思摆椅子也没注意到裙摆，怎么还豁了个口子。

还得主持酒会吧,这可怎么是好。"

魏琳琳此时已经气得目瞪口呆:"廖莎,活动还有 20 分钟就开始了,你把我礼服弄成这样,我怎么主持啊?"

"还有 20 分钟就开始了,你不赶紧上楼背稿,在我这儿瞎嚷嚷什么?"

"你……你赔我裙子!"

"19 分钟……"

"廖莎,我跟你没完。"

"18 分半……"魏琳琳也知道时间紧迫只好提溜个破裙子转身上了楼。人一走,廖莎端着的架子就散了,整个人筛糠似的站在原地,眼泪哗哗地流。自己不过是在职场上落入了别人的陷阱就招来了如此嘲笑。那个挖坑的人没人指责,自己这受害者反倒遭人讥讽。廖莎硬挺着把决赛主持完毕,活动当然还是很圆满,大爷大妈们拿着奖品欢天喜地。同时,他们也知道廖莎的辛苦,纷纷邀请廖莎去家里做客。

"往后咱就当亲戚处哈,我觉得你个小媳妇心眼儿真好。现在这个社会谁还惦记我们老年人,就这么个手机,儿女就知道给买不知道教我们用,没想到你给我们操了这个心啊。"

有的老人还拿来自己腌的咸菜、做的小蛋糕送给廖莎,都是真心实意。廖莎在这一刻突然就明白了方程说的成就感是怎么回事。人心和情谊是这个世界上最高贵的成就感。

活动结束后,廖莎收拾东西,没想到正赶上楼上公司酒会也宣告结束,众多相熟的不相熟的同事鱼贯而过。少数几个热情招呼主动帮廖莎打扫残局,绝大多数点头走过也算尽到了"礼貌"二字。当然了,还有一些人冷嘲热讽,落井下石。

"哟,廖店,活动规模挺大呀!"

"你这是身兼策划、执行、统筹、主持,一人多栖,这要是日后找工作履历更漂亮啦。"

"廖负责人走马上任,头把火就把魏琳琳的裙子点着了,挺牛啊。"

阴阳怪气说什么的都有,廖莎从刚才魏琳琳事件就已经做好了心理建设,知道这些人也不过是内心卑微的小人物,借着嘲讽别人来增添自己的底气。廖莎看着众人,只说了一句:"年销售额能卖过 8000 万的都有谁?"几个人你看看我我看看你,没人出声。

"哼,连我做业务员时的业绩都赶不上的人有什么资格跑到这儿来吃五喝六。签合同谈判时也没见口才这么利索。"

几个人被廖莎这么一抢白,蔫头耷脑地走啦。众人散去,廖莎看到穿着私服的魏琳琳一脸严肃地站在后面。廖莎仰着头看着她,她也瞪着廖莎心里不知在想着什么。

"廖莎,以前我是真敬你是条女汉子,头脑清楚、做事干脆,不像有些人拖泥带水。可能我刚才说的话不太中听,但是我并没有什么恶意。"看表情魏琳琳确实不太像装的,廖莎不知她葫芦里卖的什么药,一时间愣在原地没做任何反应。

"我和刚才那些人不一样,他们是看你笑话我是替你惋惜。你用自己的职业前途跟赵凯置什么气呢?你是个金牌中介,你是这个圈子里的大神,你要在这儿陪着这些低质人群浪费生命吗?还有,我真没想到你怎么能被赵凯骗成这样,这么多年在社会上混,你一个又精又灵的人怎么能连这么一点阴谋都看不透,你太让我失望啦。"魏琳琳说着说着,眼光中似乎有泪影,这一刻她好像面对的是一个人设坍塌的偶像,而自己正在倾诉自己爱豆不上进给粉丝带来的伤害,以及粉转黑身不由己的无奈。

廖莎没想到自己的幻灭居然给别人带来了如此恶劣的影响,内心不由得哭笑不得。但她理解魏琳琳的心情,就好像当年带自己入行的师傅有一天宣布要跟一名富商结婚自己也痛苦了好几天,就是不明白一个那样强悍的女人为什么也走上了一条俗人的道路。不过,廖莎知道她安慰不了这个小粉丝,有些成长就是必须由幻灭开始。

"小魏，对不起我让你失望啦。你可能觉得我应该跟赵凯对打或者体面隐退，但是我不想。其实我挺感谢赵凯的，如果不是他的算计，我还不知道人生还有另一种可能。我在一条轨道上跑得太快、太远了，我需要换一条轨道去体验一种不同的活法。至于你，感谢你对我的关注，我不是为了让别人满意而活，这也是我刚刚领悟到的。对不起，我要收拾活动现场恕不奉陪啦。"

说完廖莎就转身开始干活，不用回头她都能想象魏琳琳失望落寞的神情。廖莎是她的目标，是她奋斗的动力，现在目标轰然倒塌，连带着自己的人生意义也变得模糊起来。而魏琳琳的出现却更加坚定了廖莎转换跑道的决心。因为她从魏琳琳的眼睛中看到了曾经的自己，曾经那个戾气十足、欲望不满、对周遭的美好漠不关心，一心一意只顾着往前奔的自己。那个自己原来面目可憎、原来只会用出口伤人来表达关切、原来内心脆弱到需要一个虚无的偶像来维持自己生存的意义。

和魏琳琳的这次交锋让廖莎疲惫不已，想起来顾晓楠给自己介绍的中医还没有去体验过，廖莎就约了下午去把脉调理一下身体。自从赋闲之后廖莎就一直在备孕，可是丝毫不见动静，廖莎嘴上不说，心里也渐渐有些着急。收拾好情绪廖莎就奔了中医馆，医生蛮年轻的，戴着眼镜斯斯文文的样子。给廖莎把着脉谈着心倒有几分心理医生的架势。

"看你这脉象必是个风风火火的性格，凡事太要强了对身体有损伤。性格急躁肝火旺、饮食蛋白质居多肺热、脾胃弱、肾气不足、身体的根本不牢靠，宫寒不易受孕，上面的火截在带脉又下不来，这种体质到更年期就得疯。"医生这说是号脉简直就像是算命，听得廖莎一愣一愣的。

"医生，你看我还有救吗？"

"身体即性格，性格能改病就能医。可江山易改本性难移，谈何容易，一点点调理吧。"

"照你这么说我就得无欲无求、慢慢悠悠、混吃等死身体才能好吗？我要是这样了，基本就没饭吃啦，那不用病死我就饿死啦。"廖莎大为不解。

"顺应身体的节奏、别强迫它、多听听身体的声音，难道你想有命挣钱没命花吗？就你这种体质和性格，我一天调理不下10个，现在这女同志啊要强不要命啊。"医生怒其不争地摇摇头，开始写药方。

廖莎心里不服嘴上也不敢多说，毕竟这"更年期会疯"的预判实在太吓人啦。药煎好了，一大包，廖莎看着就想吐，不过没办法，为了身体也得吃啊。医生看出她畏难情绪，又是摇了摇头。

"总不会比干活更辛苦，怎么让你们对自己好一点就这么难呢？这个世界上除了身体是你自己的还有啥是真属于你的？一个个聪明得很，怎么这么点道理想不通。"廖莎不敢造次，连忙拿着自己的药逃也似的出了医馆。

家里的车给了方程日常代步，廖莎打车回家，这一路拥堵异常，廖莎也在反复思量医生的话。自己对生活有要求、有要求就需要努力和付出，另一半要是个给力的，那么两个人对家庭指导权的争夺就会惨绝人寰。另一半要是个云淡风轻的，那么自己肩上的压力就会异常沉重。左会肝郁、右会宫寒，这个局还真是没法破。

回到家，方程正在做饭，看到廖莎捧回来这么多中药也是吓了一跳。廖莎把中医的论断学给方程听，方程回了一句："扯淡。"对于方程的态度廖莎有些意外，她以为方程也会跟中医一个鼻孔出气儿。

"老婆我跟你说，你每天啊在小区里慢跑，别太快，就微微出一层薄汗那种，身体循环开了就好了，哪有那么些毛病。"方程说完就钻进了厨房，廖莎就感慨这怎么什么事儿到了方程那儿都不是个事儿呢？这种瞬间把什么都能消解开的能力到底是后天培养的还是天生的？真是不知道应该痛恨还是应该羡慕。

"老公，我问你你是不是就不知道什么叫犯愁？你有过特别没办法的时候吗？"吃饭的时候廖莎忍不住问方程。

"嗯？犯愁……没有吧。犯愁也没有用啊！"

"那你一个项目的技术攻克不下来你不着急吗?"

"着急也攻克不下来。哎呀,车到山前必有路,到时候再说吧。要不我怎么不愿意当什么技术总监,多挣那点钱还不够我买补药的呢!你也是,凡事往宽处想,别总逼自己。"

方程这段话要是搁在几个月前势必又会招来廖莎一顿痛骂,可这会儿廖莎虽说还是不能理解这随遇而安怎么才能换取财务自由,但毕竟已经不那么排斥方程的随性啦。她只是在心里暗想:"天底下哪有那么多车到山前必有路,那路还不是一些先人开出来的。方程你不过是好命有人替你顶着罢啦。家里有人满面红光就自然会有人气血两亏。"

医生的话到底还是起了些作用,这些日子廖莎一到下午就到小区里的躺椅上去晒太阳,社区走动也不是那么频繁啦。谁成想,这大爷大妈们倒惦记起廖莎的状况,微信群里此起彼伏的问候让廖莎感觉异常温暖。

"小廖,你怎么不来啦?"

"阿姨包了包子你来拿几个好不好?"

"天冷了,你赶紧把秋裤穿上。"

廖莎的娘家远在东北腹地,在本城没有亲人。看到这些暖心的言论一时间又觉得不能辜负了这些社区老人的信任。一想到这里她自己也不由得感慨:"就是架不住给几句好话,掏心掏肺地报答。要不是这个秉性也不至于被赵凯陷害至此。"正在思虑着,董博宇居然来电,都不用接听廖莎就知道他所为何事。

"廖店儿,我家楠楠最近早出晚归的是跟你混迹在一起吗?"

"听听这措辞,哪里是对待一个把你老婆劝回来的恩人。"

"错了,错了,我这不是心里着急嘛。"

"你着什么急啊,她一个大活人还能跑了不成?"

"那不好说呀,我娶个媳妇不容易,让别人拐跑了怎么办?不得时时关注点行踪吗?"

"拉倒吧,就顾晓楠那大门不出二门不迈的个性还用看啊?"

· 137 ·

"变了，变啦。现在是神龙见首不见尾，要不我怎么担心呢！"

"你少来套我话，她在干什么你会真不知道？"

"我……详情，透露点详情。"

"哪有什么详情啊，就是教孩子跳舞嘛，那当然是早出晚归啦。难得她有点事儿干你就别干涉啦。"

"那不能，我这不是怕她累着嘛。"

"滚蛋，你是怕她耽误了照顾你吧。"董博宇被说中心事，嘿嘿地笑着不作答。这个董博宇呀，说到最后还是关注自己的感受。

董博宇最近是不太舒服，这不舒服一是来自于工作，最近付晓芬有点恼羞成怒，处处给项目设坎儿，董博宇有一天急了在付晓芬办公室大发雷霆拍着桌子质问："你到底想怎么着？北边儿那几个分站的头头儿都是你的心腹，怎么现在还就他们几个不好合作呢？软件上马一共三个阶段，每个阶段在合同上都严格标明了进度日期，一个时间跟不上就会影响我回款。我说大姐，你弟弟我到底哪儿得罪你啦？"

其实说完这话董博宇自己都被恶心着啦，这场面多像小情侣吵架。没成想，接下来发生的事情就更矫情，付晓芬居然哭啦，梨花带雨、默不作声，不发一言。董博宇最拿捏不好的就是女人的眼泪，一时就乱了方寸。

"别哭啊，你看我也没说啥。"这段日子相处，董博宇也是恃宠逞凶，跟付晓芬越来越没大没小。

"快别哭啦，让别人看见以为我把你咋地了呢！"董博宇不说还好，这么一说付晓芬更是难过。

"小董你摸着良心说我对你怎么样？哪样该做的没做到，哪样该考虑的没考虑到？我付晓芬对不起你吗？"话都说到了这个份儿上，董博宇也是无言。对于付晓芬他确实感谢到无以为报，确实是无以为报。如果董博宇下作一些本可以顺水推舟或者假戏真做，如果董博宇再高尚一点他也可以大义凛然换个项目经理来做。但是，人就是这样，永远两难。

董博宇双手扣在膝前，脑袋深深地耷拉着，他长这么大都没这么难堪过。

"姐，你是我亲姐，你就当我是个混蛋，就算我董博宇今天负了你。"一阵死寂，这话题再无法继续。付晓芬也是个走心的人，这事儿也就难在两个都是走心的人。付晓芬将头靠在董博宇肩膀上，明显感觉对方身体一僵，开始哆嗦。付晓芬含着眼泪露出笑容："说到底你还是个爷们，无论如何不肯在女人身上讨便宜。"人啊，承认对方道德高尚比承认自己魅力不够要简单许多。

项目进程受阻以及付晓芬的纠缠让董博宇心力交瘁，而顾晓楠突然的忙碌却让这份心力交瘁又多了一分无奈。这要是以前，他可以勒令顾晓楠以家庭为主不要分心。可现在由于总觉着有点亏欠顾晓楠所以这话总说不出口。

顾晓楠是颇有几分毅力的，只要这事定下来要做那就是一条道跑到黑的劲头。她上课从来不惜力，动作示范讲解一板一眼，与家长打交道的门道儿也渐渐摸到了一些，所以在汪冰的工作室中声望渐起。可谁成想人算不如天算，这汪冰的工作室却由于资质不全出了问题。原来，培训学校的资质审核是相当严格的，对营业面积的要求就是一个硬性条件，很多市面上的机构都达不到。培训乱象在市里开两会的时候被吐槽得太厉害。教育主管部门集中整治，这汪冰打着教育咨询资质的所谓学校就被"下课"啦。

"妈的，欺负到老娘头上来，这全市各种培训机构没有一千也有几百，真正有学校资质能有几家？还不都是挂着羊头卖着狗肉。凭什么拿老娘开刀？把我惹急了就去找教育局局长，到时候看谁还敢动我。"

汪冰又急又气却也没有什么好办法。这个时候就算是疏通关系也没人敢应承，正是风声紧的时候。顾晓楠这渐入佳境的老师生涯就这样断裂啦。汪冰还非常不好意思，好像有什么短处被老同事抓在了手中，顾晓楠还得反过来安慰她，一再表示"不可抗力"，没有办法。

这顾晓楠的问题跟廖莎不一样，廖莎是开疆拓土打打杀杀，顾晓楠是认真钻研雷打不动，汪冰这儿不成了就找别的地儿。主意一旦打定顾晓楠就天天给各位老同事、老同学打电话，伸出橄榄枝的确实不少，但是有的是位置实在偏僻、有的是草台班子，总之都不是那么让人满意。这一下顾晓楠就上起火来，整个人都没了精神。董博宇发现前一阶段还忙碌异常的老婆突然赋闲在家，心里一阵高兴，这高兴也不敢表露得太着痕迹，只是加码了生活上的需求，用一些琐事填充顾晓楠的时间，让她无暇再去想什么培训的事情。董博宇的想法很简单，顾晓楠你按我的要求来我肯定让你衣食无忧，不要成天想着那些不着边际的事情，家里不能两个人都在外奋斗。可董博宇不知道，顾晓楠内心的不安全感逐渐升腾，已经快要失控了。

廖莎这段时间清闲得很，智能手机培训活动在方程的建议下停办了，取而代之是更加佛系的"花卉会诊"。每到周末夫妻俩就抽一个下午的时间到社区去给老人讲讲栽培花木的小常识。社区居民家里有一些养得半死不活的花也会捧来让方程看看。经方程点拨，总能起死回生。就这么半休闲半公益半商业的活动夫妻俩权当是约会，也是乐在其中。

一旦闲下来，时间过得很快，一转眼都是深冬啦。廖莎一天无事想着有一段时间没有去总公司走动，也应该去看看于小娜，打探一下公司最近有什么风声。由于是自家闺蜜，廖莎这趟也是临时起意，所以也没有告诉小娜。到了总公司一看，于小娜的包和电话都在座位上，人却不在，估计是去了茶水间或者洗手间。廖莎也没拿自己当外人一屁股坐在她的座位上，翻着办公桌上面的各种报表看。这时，小娜电话显示有微信，听到有微信提示音，廖莎下意识一偏头就看到了内容。微信名：斯蒂文，内容：干吗呢？廖莎不由得咧嘴笑了起来，这微信上啊，最暧昧的一句话就是"干吗呢？"关切中又夹杂着一丝调戏。廖莎正笑着，于小娜就进来啦，看到廖莎略有惊讶。

"你怎么来啦？不打鸣不下蛋的。"

"打鸣下蛋还能看到有人在微信上调戏你？"于小娜一听廖莎这么

说就顺手抄起自己手机,看也不看就塞进了包里。廖莎原本没在意,就是想调侃她一下,没想到于小娜这个看似云淡风轻的举动反而引起了廖莎的注意。

"哟,不是你的路子啊。手机怎么还塞起来了,不得赶紧看看是谁?"

"不搭理你。"

"哎哟,还跟我扮娇羞,问题有点严重啊。"廖莎说着就把手伸进于小娜的包里想要把手机掏出来,"我倒要看看是谁,闲来无事关心你在干吗!"廖莎伸手拿手机,于小娜伸手按住,两个人乐呵呵地耍花腔秀友情。

"别闹了你,我哪有什么桃花。"

"不对,微信名叫斯蒂文一看就是男的,还问你在干吗,一看就是撩闲。"

"问一句干吗就是撩闲啊?"

"那当然了,都是老司机,这是想拉你去昆明啊。"

一对好姐妹有日子没见,扯着一件是事儿不是事儿地逗着玩。就在这个时候,于小娜的办公室门突然被打开,一个男声传进来:"怎么不回我微信?"廖莎和于小娜同时回头,只见赵凯推着门站在办公室门口。廖莎见是赵凯,忙把手从于小娜包里抽出来,佯装翻着桌上的报表看,她不想跟这个人打招呼。赵凯也尴尬,好像撞破了什么奸情。

"廖莎在这儿,于经理,我们大区固定资产盘查的汇总表我微信发你行吗?"

"最好还是邮件吧,抄送给刘副总。"赵凯点了点头就关门出去啦,于小娜低着头手上收拾着办公桌上杂七杂八的物件,眼睛也不看廖莎。

"中午去哪儿吃饭?"于小娜问廖莎。廖莎看着手里的不知道什么报表,好像真的在想中午要去哪儿吃饭,眉头蹙着。

"斯蒂文……斯蒂文"廖莎反复着这个人名,然后转头看着于小娜,眼珠子转了转,呵呵笑着拿起包挽着于小娜的胳膊往外走。

"行啊,不想他啦,中午去吃大肉肉。"话是这么说着,廖莎得了个去洗手间的空就给赵凯发了条微信:"中午和我们一起啊?"很快,赵凯的微信就过来了:"你俩去吃吧,金钟广场小乔日料我是金卡会员,去了签我单。"看完微信,当那个可能的结果终被印证是事实,廖莎的内心居然异常平静。她知道赵凯还当她是个傻子,根本就没想到廖莎也会耍个小手腕儿。

于小娜开车,廖莎坐在副驾内心就思量在旁边这个女人心中自己到底是个什么地位。于小娜情海浮沉多年能入她法眼的人不多,而赵凯,据说离异不久,前妻带着孩子出了国,正是百无禁忌开创情感新天地的好时机。单身生活确实寂寞,但是不是就一定要找敌人的闺蜜来排解,廖莎不懂。于小娜不知情,一路上乐乐呵呵讲着公司里的八卦。廖莎冷着脸,目视前方,看不出心思。也不知道是心有灵犀还是暗中通气儿,于小娜果然将车开到了金钟,拉着廖莎直奔小乔日料。廖莎一颗心沉到湖底,连最后一丝希望都破灭啦。二人在卡座中坐定,于小娜在忙着点餐,廖莎看似随意地问服务员。

"你们这儿的金卡会员需要预存多少钱?"

"金卡是预存一万二,普通会员是五千。"

"看来这赵凯是知道你喜欢吃日料,这么一家店里,一万二且得吃一阵呢!"廖莎说得云淡风轻,于小娜手里热切翻动菜牌的动作却停了下来,尴尬无所遁形。一对好友就这么对视着,似乎都希望对方能给自己一个解释。

"小娜你当我廖莎是朋友吗?对于任何人的私生活我都无意指摘,你情我愿冷暖自知,但是,于小娜你选人的时候就算不顾及我这个朋友的感受,你能不能想想自己的处境?那赵凯一个离了婚的男人,前妻带着孩子远走北美,你觉得他会为了你这一棵树放弃整片森林吗?"廖莎越说越激动、于小娜越听越沉默,美食摆满了一桌子,两个人却都没有心思开动。

"说话呀！"

廖莎脾气上来伸手猛拍桌子，隔壁卡座的人都被吓了一跳。

"廖莎，你和我的情谊不会变。你和我以及我和他是两码事，我不想失去你这个朋友，但如果你心里就是过不去，我能接受你的任何决定。"于小娜这番话绝对不是临时起意，她也一定在很多个日夜辗转反侧，终于还是做出了艰难的权衡。

"我怎样都无所谓，关键你是脑子进水了吗？那个事无巨细面面俱到的行政经理、那个察言观色的人精儿哪儿去了？赵凯他就是个腹黑小人，玩手段胜过做业务。"

"莎莎你别这么说，赵凯他也很能干，北部大区业绩上升迅速……"

"你给我闭嘴，我从来不知道你居然价值观混乱到如此地步。成王败寇，一个人的成功能抹杀任何人品的瑕疵，原来你是这样认为的？再者，刚从婚姻中解放出来的男人，还有个不在身边的孩子，你觉得他是带着步入婚姻的想法跟你交往的吗？你们会有结果吗？你跟他拖得起吗？"

廖莎抓起包起身就走，临转身还不忘踢了椅子一脚。一场闺蜜聚会闹得鸡飞狗跳、人仰马翻，出了金钟冷风灌了一脖子，廖莎抓紧领角，泪水终于决堤。

廖莎走了，于小娜一个人面对一桌子美味，心里却很沉重。自从与赵凯走动，她就知道这一天或早或晚，今日悬在头顶的那只靴子终于落了下来，反倒有一种解脱的快感。其实，廖莎最后恶形恶状问出的那几个问题，于小娜都曾经多次问过自己。她也反复试图确定，自己到底是喜欢赵凯这个人，还是喜欢恋爱本身，说实话直到今天这一刻都没有答案。

这时候，赵凯的微信传来："吃得如何，没想到你居然跟廖莎坦白。"看着手机，于小娜这才知道是廖莎使了计策。她不想在这个时候卖弄自己的委屈，因为成年人就是要为自己的每一个决定负责。

"吃得不错，忙你的吧。"于小娜回了这一句之后就打电话回公司请了假，关掉手机，一个人开车回家。她不能告诉廖莎的是，其实在赵凯这件事情上是她自己主动的。

于小娜是水瓶座，从小自视甚高。但是，优秀永远都是相对的。参照物也许是周围的同龄人、也许是市面上的同行，当然还有一种可能就是自我感觉与客观事实。于小娜的自我感觉与客观事实之间就产生了一些认知上的偏差与错位，这种错位让她在婚恋这件事情上永远有些高不成低不就。而她从小接受的家庭教育也是"人要慕强"，你说她这么多年与廖莎姐妹情深是不是也有一部分靠近强者的意味，其实这是不可避免的。于小娜对于成功人士无条件的崇拜、对于跻身上一个阶层的渴望也是她与石姐为友的原动力。

廖莎在与赵凯的博弈中失势，多少让于小娜看清了廖莎"假女强人"的本质，内心的情谊原本已淡了几分，她只是想与公司里最当时得令的人为友，至于这个人是谁无所谓。反倒是赵凯精于权术、喜怒不形于色的个性让于小娜产生了一种"这个男人不简单"的想法。那赵凯确实工作能力强悍、极富条理性，杀伐决断善于决策，一时间在公司内部同情廖莎的人渐少、佩服赵凯的人渐多。但，赵凯不是目前于小娜谈情说爱的好人选，这个事实她比任何人都清楚。一个离异男人，还有一个不在身边的孩子，你说他还需要婚姻吗？他可能需要爱情、需要激情、需要一段亲密关系的滋养，但他一定不需要婚姻。婚姻能带给他的东西，他都已经拿到了。而于小娜，她可能不大需要激情，甚至也并不在乎两个人之间是否存在那么纯粹的爱情，但她需要被一个优秀的男人从人群中以婚姻的形式圈定，这种圈定既是一种最高等级的认可也是两个人所有资源的捆绑。显而易见，赵凯和于小娜，情感上的需求完全不匹配。

既然不匹配，那对于时不我待的于小娜来说为什么还会和赵凯开始一段感情呢？因为赵凯这个人的所有条件几乎就是卡着于小娜的喜好来的。那句话怎么说的来着，"满足了我对一个男人的全部想象"。

两个人有实质性的接触还得从北部大区装修门店开始。由于业务拓展需要,北部大区同一个月份一下子开出三家门店,于小娜这个行政经理自然要插手新店面的装修事宜。装修供应商都是用惯的,但就是不能达到赵凯的要求,一来二去,供应商就告到了于小娜那里。于小娜也难办,职务上她与赵凯不相上下,但一家公司的行政部门从来地位尴尬这是不争的事实,再怎样也是伺候人的。所以,难题摆在面前,于小娜真是颇为踌躇了一阵儿。

"赵总监,这装修公司的老马已经为咱们公司服务了8年,这8年来虽不能说每一件都让人满意,但是像你们大区这样把人家折磨至死的情况还真是第一次发生。你是不知道,给咱们公司干活利润有多低、账期有多长,有实力先行垫付的供应商有多难找。这种情况下咱们的甲方优势就不那么明显啦,请赵总监体谅我们部门的苦衷,高抬贵手吧。"于小娜的情商全公司都出名,是以柔克刚的一把好手,这么多年来鲜有她伺候不了的人。

"于经理,不是我要求高,是这些人干活不动脑。所有镶嵌在墙面上的电源插口距离地面的距离和我的办公家具都不配套。插口都在办公桌挡板的后面,特别别扭。我要他动动脑,又不是追加他成本,怎么能算刁难?"赵凯言之凿凿。

"赵总监,找个会动脑的工人那就是要追加成本的呀。市面上的公司我们也合作过不少,但凡长点儿脑的都贵得离谱。那个老马,我已经把他上上下下骂了一遍,以他那个素质,给您提供服务确实牵强,但事已至此,总不能拆了重来,我也很难办。"

"凡事纵容,最后麻烦的都是自己。"

于小娜嘴上劝赵凯高抬贵手,其实她知道赵凯都挑在了点子上。干这种走量活儿的装修公司大都萝卜快了不洗泥,要他动脑子比要他命还难。按说门店装修应该由总公司行政部出具统一的标准和草图,严格规划,降低成本与误差。但是于小娜总不能跟赵凯说她已经跟公司提了无数次,但装修事宜水深、手多,她这个行政经理可发挥的余地其实不大"。由此,赵凯做事专业、认真的好感分又加了许多。

再难,装修这件事也得解决,因为赵凯拖着不肯在验收报告上签字,装修公司天天缠着于小娜要说法。无法,于小娜只好选了一天晚上请赵凯吃饭,打打情感牌。不想,当天下午大姨妈添乱,疼得腰都直不起来。但是时间已定,总不能以生理周期为由改期。

两个人第一次约饭就是在小乔日料,可当日于小娜身体有变,这生冷的东西就有些为难,席间频繁地添热茶、添热水,脸色苍白、反应迟钝。两个人说着装修的善后事宜,于小娜就是转着弯示弱、卖苦,希望赵凯放行。赵凯也没见声色有变,两个人刚刚吃了一小会儿,赵凯就伸手结账,搞得于小娜一愣。

"咱们换个地方。"二话不说,伸手打车就到了城中一家著名火锅店,二人进店就被招呼进了包间,待遇不要太好。

"我同学开的,不然这个时间哪里还有小包间。"

也没见赵凯点菜,样样数数就已经端了上来,可见都是提前安排好的。一杯姜茶递到于小娜手边,顺理成章特别自然。于小娜是做行政的,专业就是伺候人,到现在她才知道这赵凯为什么难缠,心细如发、体贴入微又知进退,懂得凡事别说破留一分,这样的人哪里是老马能伺候得了的。席间赵凯话不多,只是在闲聊中知道于小娜至今单身略显吃惊。

"赵总监,我们行政部专门为你们业务部门作保障,这天天伺候销售大神自己就矜贵不起来呀,所以没人疼没人爱的,你就别再欺负我。"于小娜是卖惨界的高手,扮猪吃老虎信手拈来,没想到这一招异常好用,第二天一大早老马就打来电话,说是赵凯把字签啦。于小娜自然是高兴,知道自己这一贯的"楚楚可怜组合拳"换取了赵凯的同情。感谢的电话自然是马上打过去,领情需趁早啊。

"谢谢你赵总监,知道你为难啦。"

"别客气,一个人拼搏不容易。"赵凯随意这一句话竟招来了于小娜的一顿感慨，也觉得自己凭一己之力为一个装修公司擦屁股，委屈得很。至此，于小娜对赵凯颇有好感，觉得此人能成大事，而且外形好，一看就是常年锻炼，有自律精神。当下她就巧妙打听了一下赵凯的个人情况，不打听还好，这一打听就在心里暗暗叫苦。这人要是个有主儿的，也就不做他想，可偏偏又是个自由之身；但你说他是个好的婚姻对象，那又大大地不可能。她听说他身边走动的美女比较多、换得比较勤，但一个个似乎连个女朋友的身份都没捞着，总之就是海王中的高手。这可真是让于小娜头疼，有心招惹又怕白白进了鱼塘惹得一身腥；不招惹，又觉得这一表人才真是上上选，横竖都是矛盾。

也不知道是于小娜多心还是赵凯确实有意为之，从那次装修开始赵凯来总公司走动得就比较频繁，报销、签字、报表等拉杂事务居然也是他出现。同事也发现端倪，但只说赵凯控制欲强刷存在感，于小娜心中隐约觉得有别的原因，但又怕自己多心。之后，公司迎来新一轮融资，入资之前要做固定资产盘点，行政部和财务部忙得不眠不休。一个大区一个大区走下来，最后就到了北大区。行政部和财务部五朵金花叽叽喳喳，赵凯但笑不语天天陪伴。早点、午饭都安排在公司，茶水间零食、咖啡一应俱全，大家凑在一起就说这赵凯真会来事儿，对这些钦差大臣照顾得真是周到。只是她们不知道，每天中午之前赵凯都给于小娜发一个微信"问问大家都想吃什么"，于小娜觉得这殷勤似有所指，但一下子就脸红心跳不做他想。可是却也不会把赵凯发来微信的事儿真的在人前宣布征求大家意见，似乎是有意保持自己和赵凯之间的一点私密感。固定资产的统计特别繁杂，很多事情当事人早已离职，无法对证，所以大家常常加班。别的大区自然是你加你的，我散我的，了不起指派一个文员跟着差遣。只是在北部大区，赵凯天天陪着，搞得大家受宠若惊。

"赵总监，我们怎么好意思让你一个大总监天天陪着我们加班，这要是耽误了你和美女的约会我们可担待不起。"财务部的张慧调侃赵凯。

"美女不就在眼前，再说在我地盘上我得尽心尽力为各位服好务。"

赵凯又调侃回来，大家哈哈一笑也就过去了。只有于小娜觉得赵凯眼光流转就盯在自己身上，非常不自在。于小娜也想，可能单身久了心态难免发生变化，自己这千年不坏之身也开始犯花痴。不过，接下来发生的事让她认定不是自己的错觉。

新股东加入，公司自然是召集中层以上职员吃吃喝喝，将关系庸俗化一些以待日后好相处。总经理明确指示：必须喝醉，没有例外。于小娜这个职位就更是身先士卒做出表率，拿出公司欢迎新资本介入的热忱。于小娜提前好几天就开始头疼，可也知道这一仗必须打好，硬着头皮也得上。自己酒量不错，小心拿捏也未必真就不行。席开五桌，赵凯是所有大区总监中最风光的，手里拿着酒瓶站在新股东身后伴着领导一桌一桌给大家敬酒，于小娜作为行政部经理自然也是随行，一位一位给新股东做介绍。一来二去就有人调侃他俩都是单身，站在一起颇为般配，顺着这个话题脑洞就开到了两个人今晚的状态像婚礼敬酒的新郎新娘，然后话锋一路下滑，更有尺度大的干脆起哄让他俩当夜洞房。于小娜心里既高兴众人觉得他俩般配又生气这帮销售惯用的酒桌手段毫无下限。正在她思量着如何对付的时候，赵凯倒开了腔。

"你们就可着我算计，什么招数我都认，可人家于经理脸皮薄，开不得这种玩笑。"酒场上开不得这种玩笑那还叫行政部经理吗？

"得了吧，你是看不上我着急撇清，我看出来了，我离你远点儿。"于小娜接这种话茬向来游刃有余，大家哈哈大笑前仰后合。一大屋子人闹到了几近午夜，于小娜强打精神陪着，眼见已经到了两两捉对互捧臭脚的阶段，突然有人把自己从椅子上拽起来，回头一看是赵凯。只见赵凯手里拿着自己的外套和提包，拽着自己胳膊拉到了门外。

"他们都差不多啦，你赶紧回家吧，到家了给我发个微信。"

"这种场合我哪里走得开。"

"哪有走不开的场合？一个大姑娘什么玩笑都接着，赶紧回家。"说着，赵凯把大衣给于小娜披上还特意竖起了领子遮挡风寒。

"那……里面你帮我照应着,告诉酒店我明天来签单。"

"这些事不用你嘱咐。"

于小娜感激地笑了笑,转身要走。

"还说我看不上你,你怎么知道我看不上你?"

于小娜原本要走,听到这一句心里一惊,转身再看时赵凯已走,只剩下一个笔直的背影。这男人应是无情却又处处有情,哪一句是真哪一句是假扑朔迷离。

一路上于小娜就觉得头疼,心里也堵得慌。一下子觉得赵凯一定是喝多了,一下子又觉得他那样的人素来没有一句话会是废话。这时候赵凯的微信就传了过来:"到家没?"于小娜暂且没回复,打算到家之后再报个平安,前后不过一分钟电话就打了过来。

"到家了?"

"还没,微信看到了,原本打算到家给你回。"

"别放下电话,咱俩聊会天儿,这个时间一个女孩子打车太危险,有人跟你说着话他不敢造次。"赵凯的语气听不出情绪,只觉得做这些事特别自然丝毫不做作也不刻意。

"那……聊点什么?"

"你不是很会聊天嘛,什么玩笑都接得住。"

于小娜诧异于对于酒桌的那一个玩笑他居然如此介意。

"哎呀,做行政的怎么办呢?总不能板着一张脸让人家下不来台。"

"我告诉你,男人没一个好东西,我也不例外,所以保护好自己。到了吗?"

什么叫"我也不例外",就是说他本人也不是什么好东西的意思呗。海王向来都是给自己立一个"负面标签",就好像一纸情感上的"免责声明"。

"再转一个弯就到啦,挂了吧。"于小娜也不是小女生了,一听这话音就知道对方的路数,免不了心里又是一沉。

"不行，一直讲到你下车。"赵凯语气坚决，不容商量可又透露着不可救药的关切。

"旁边的人知道你在跟我讲电话吗？"

"我在卫生间，抽烟。"

"你抽烟吗？"

"平常不抽。"

"哦，那是因为今天喝了酒？"

"不，是因为今天的心情。"

于小娜再不敢追问，怕自己一不小心当真，就这样，到了家挂了电话，辗转到凌晨才入眠。

这件事之后好长时间于小娜再没见过赵凯的面，一个总公司的行政和一个大区的总监，不是特殊时期的话想见面也不是那么容易。那一晚的对话，于小娜就把它当做是对方的一次试探，她一遍又一遍地复盘，无比确定自己没有给赵凯任何机会。

生活照常日升日落，谁会为了这一点点似有似无的情愫就大动干戈！这期间于小娜的高中同学到访，她带着同学去吃了和赵凯吃过的那家火锅店。两个人聊得正欢，赵凯居然发来微信："踹了他，配不上你。"于小娜先是一阵蒙逼，然后恍然大悟，下意识抬头环顾四周也没见赵凯的人影。

"你也在？哈哈，同学啦，不是在相亲。"

"什么同学呀，歪瓜裂枣，配不上你。"

"你也太抬举我了。"

这一句之后，电话安静下来，于小娜专心陪同学聊天，最后再一路把老同学送回酒店。等到她回到家，时间已经不早，洗漱过后钻进被窝，开始睡觉前的手机时间，这时候才发现五分钟前赵凯发来微信："我绝对无意恭维。"于小娜躺在自己无比舒适的小床上轻轻叹气，这男人滑得像一条泥鳅。可即便他油滑又谨慎，于小娜还是万分肯定赵凯就是在展示诱惑隐藏重点。要是换做别人，跟她于小娜来这一手她倒不怕，你情我愿的事情在她来讲也不是第一遭，彼此抱团取暖，与人无尤谁能说什么？但这一次不同，这一次是赵凯呀，这男人各项条件都长在自己的择偶标准上，要素质有素质、要担当有担当，就连他给廖莎挖坑的那一丝狡黠都让于小娜觉得这人的能力特别全面，关键的关键是他还相貌周正、体面。大好的夫婿人选近在眼前，奈何看上去他对再次步入婚姻全然没有兴趣，这就让于小娜像是一只笨拙的山猪，当它面对着蜷缩在一起的刺猬时，眼馋又下不得口、转身又舍不得走！

赵凯也不见行动，只是有意无意撩拨得人心猿意马，一看就是对于男欢女爱的底层逻辑掌握得炉火纯青。比如总监联席会上，于小娜做会务安排，他趁其不备揪于小娜头发梢，于小娜回身瞪他，他居然佯装无事满脸坏笑。再比如，回总公司述职，敲开于小娜办公室门招呼她出来，笑眯眯伸出一只手紧紧地攥成拳头，看到于小娜疑惑的表情再突然伸开手，手里躺着一块巧克力。都是些让人哭笑不得的少年举动，成熟男人肯对着一个女人做少年举动是最撩人的，这些傻事撩拨得于小娜无处可逃，天天都在自我斗争。

"睡了吧，不行；睡了吧，不行。"她清楚得很，一旦在这个阶段让那男人得手，那他俩的终极关系就会被死死地定义为"炮友"。

可总这么被撩拨着心里渐渐地有了委屈，那委屈就来自于不能被认真对待的埋怨。终究累积到了这么一天，走廊里赵凯跟于小娜开玩笑伸出一只脚绊她，谁知这于小娜能躲过去也不躲，结结实实让自己被绊倒，摔得四脚朝天。赵凯一看也慌了，忙把人扶起来。

"你怎么不躲着点，摔坏没？"

于小娜低着头不吭声，眼泪竟然噼里啪啦就掉下来。

"赵凯，你到底想怎样？"

"我开玩笑的，看你走路两眼直视前方逗你嘛，摔疼了吧！"

"你知道我说的什么意思。"

"……"

"你是不是觉得我一个单身大龄女青年需要人慰藉,正好你赵总监有心有力?"

"……"

"好,看来是说中啦。"

"你说中什么呀,看看脚怎么样是正经。"

于小娜感觉被深深地羞辱,挣扎着起来大步流星向前走,奈何脚腕子不给力,"哎哟"一声又差点摔下去。赵凯连忙来扶,于小娜下意识推开他。再走,这一回知道要小心翼翼,扶着墙缓慢前行,赵凯再不敢轻易冒犯,伸手虚掩着跟着于小娜向前。走廊里,也不是只有他俩在,总有路人驻足询问事由,一看这一男一女不尴不尬肯定是有事发生。于小娜也怕被人看出端倪,只好站在原地,迅速抹干眼泪。

"你走吧,我自己能行。"

赵凯像做错事的少年,耷拉着头,双手插在西裤的口袋里,然后又悠悠然抬起头,眼睛里竟然有些许笑意。这笑意从何而来呀,于小娜看得心里有气。

"赵大总监,你走吧,别站在这儿笑了,好吗?"

谁成想,赵凯眼里的笑意更甚,像是早早已经看出了于小娜的表演痕迹又刻意不说破的样子。

"你笑什么?还嫌我不够狼狈嘛!"

赵凯又低下头,再抬起的时候又换了一副极为深情的眼神,盯着于小娜叹了一口气。

"我下午还有会,不解释啦,不是你想的那样,改天找你详细说。"

于小娜在心里默念"大事不好,实在是高手",这一个改天可就难为死个人,这几天可怎么过才好。说是改天也不过就是当晚,八点多的样子,赵凯来敲于小娜的家门,隔着猫眼一看,于小娜心里一惊:"这家伙怎么找来的?"

"你怎么找到我家的?"

"想找还有找不到的?"赵凯笑着挤进来,一身休闲便装更添随意,于小娜心里想:"这皮囊好一些就是占便宜,换个别人看我不把他踢出去。"

赵凯进得房间,认认真真环顾四周,似乎对这窗明几净、温馨惬意的环境颇为赞赏。

"小娜你是个干净利索人啊,我妹妹那房间我从来不进去,乱得无处下脚。"

"你还有妹妹?"

"堂妹,我们俩从小一起长大,关系亲厚。"

"哦!"

两个人东扯西拉竟然聊起了闲篇儿,于小娜一个警觉,强行转换话题问了一句:"你大晚上跑到我家来到底有什么事?"

赵凯双手的手肘支撑在膝盖上,整个人像是为难到了极点的样子,然后又侧头看着于小娜露出百般欣赏的笑意,再然后竟然自己动手从茶几上顺了个橘子开始认认真真地剥皮。

"好,进入正题。我说着,你听着,别着急打断我,别评价、别反驳,最后告诉我同意不同意即可。"

于小娜也觉得有趣,嘴角一扯露出一丝冷笑。

"你是来交代家史的?"

"差不多吧。"

于小娜给两个人各倒了一杯水,没想到赵凯同学洋洋洒洒讲了二十多分钟。总结起来大意如下:赵凯与前妻是大学同学,毕业成婚、生子感情基础牢靠,但是,这几年据赵凯讲两个人的人生观开始产生分歧。妻子一心想移民,向往无忧、简单的生活,而赵凯志向高远、打算创业,在中国这种热闹的社会生活中如鱼得水。赵凯希望妻子能成为他生活上的依靠、事业上的伙伴、人生征途上的搭档,显然这不是他前妻对未来生活的想象，于是，两个人的婚姻解体。

"离婚对于我来讲是一种人生的松绑，我回到北港准备带着自己北漂的经验，在我的事业版图上进行一场酣畅淋漓的降维打击。"

"好啊，你在公司的几位总监中确实能力超群，前途不可限量，然后呢，你跟我说这些干吗呢？"

赵凯往自己的嘴里扔了一瓣橘子，笑了笑说："小娜你别跟我耍花枪。"

"我跟你耍花枪？你说反了吧。"

看到于小娜要急，赵凯连忙举起双手做投降状说："好好好，我说反了。我真的没有多余的精力分配给男女之情，我想我也过了那个阶段，我只想做一点事情出一点成绩，别辜负了这个时代。"

于小娜在心里翻着白眼儿，心想："没有精力分配给男女之情，那身边的大长腿们又是怎么回事！"

赵凯像是看穿了她的心思，紧接着说："你不能把所有男女关系都理解为男女之情。甚至不能把所有情感关系都叫做谈恋爱，当然了，婚姻也并不一定就是恋爱的最终归宿，它即使是恋爱的归宿我想对于我来说它也不是最好的那一个。"

于小娜算是真的见识了赵凯的口才，他其实什么也没说，但实际他又什么都说了。

"赵总监，我认为你有你的感情逻辑，我也有我的人生诉求。这不是一个随意妄行的时代，凡事都讲匹配。你一定能找到愿意配合你的人，我会给你加油！"说到这里，于小娜甚至做了一个加油的手势，来增强表达效果。

果不其然，赵凯笑了，然后看上去无比真诚地看着于小娜的眼睛说："我真的很喜欢你。"

于小娜也盯着赵凯的眼睛，无比真诚地回答："谢谢！"

气氛瞬间降到了冰点，似乎已经没有任何再说下去的必要和可能。

但即使在这样恶劣的气氛下,赵凯还是笑着说:"我尊重你的任何决定,但你也不能阻止我去追求一位我喜欢的女人。"

于小娜听得乐出声来:"你是告诉我说你准备耍流氓了吗?"

赵凯在沙发上一侧步就坐到了于小娜身侧,于小娜惊讶之下一转头,两个人的面孔之间似乎只有一张纸的距离。

"那就要看你怎么定义流氓啦。"

说完,赵凯起身,于小娜恍惚着也起身,男人人高马大,女人身材娇小,两个人在局促的空间中站着,倒有几分彼此依偎的暧昧气息。

"也不知道是不是从小营养不良,居然这么矮。"说完,他把于小娜转过来,两个人面对面站着,赵凯看着于小娜的眼睛,然后吻了下去。这一吻,这一段时间的拉锯、试探、猜测就都见了底,赵凯扶着于小娜的后脑,将嘴唇凑到她耳边轻声说:"这仅仅是个开始。"说完,长腿迈开抄起茶几上的车钥匙人就往外走,于小娜还在愣着神,赵凯突然又转身说:"对了,今天真摔着了?还疼不疼?"于小娜愣愣地摇了摇头,赵凯宠溺地捏了一下于小娜脸蛋,出门。

女人的决心

于小娜这边情海翻波的时候，廖莎正忙着应对自己的虚无，所以她对这位闺蜜的动向真是毫不知情。现在骤然知道这位陪伴了自己从学生到人妻整个人生历程的密友居然跟自己的死敌有一腿，心理建设的任务实在过于繁重。廖莎心里充满了被辜负的悲哀、被隐瞒的挫败、被算计的愤怒。

和于小娜分手后，廖莎想都没想就直接去了石姐的店里，气势汹汹、满脸戾气，搞得石姐也非常措手不及。

"于小娜和赵凯的事儿你知不知道？"廖莎开门见山，迫切地想确定自己是不是唯一不知情的那一个。石姐眼光流转明显在思量应该如何应对，没有惊讶那就说明知情。廖莎脚一跺转身就往外走，临到门口又转回来。

"于小娜猪油蒙了心也就罢了，你怎么也跟着她犯糊涂？里外里就我一个人是傻子！"廖莎气得胸腔起伏，声音都发抖啦。石姐叹了口气，拽了把椅子示意廖莎先坐下。

"你看你，就算告诉你你也是这个脾气，属炮仗的。"

"我能不生气吗？她要玩或者她要嫁找谁不行？这个世界上两条腿的蛤蟆不好找，两条腿的男人遍地都是，怎么就非得赵凯呢？我的好姐妹呀，跟我的敌人混在一起，我的脸往哪儿放？"

"两条腿的男人确实不少，可找了这么多年小娜不是也没找到一个可心的？"

"那除了赵凯没男人啦？那是个好人选吗？"

于婚姻来讲，赵凯恐怕不是个上佳人选，这一点于小娜和石姐都清楚，所以当于小娜将事情的来龙去脉讲给石姐听，两个女人都沉默了半天。赵凯让于小娜好好考虑，于小娜就来到石姐这儿寻找外援。两个人先是忌惮廖莎，知道这事儿一旦让她知道那就势必是一场浩劫。但，石姐毕竟风浪经得多，分析事情也更切中要害。

"如果仅凭他坑了莎莎就说这人有多缺德我觉得也失之偏颇。职场上尔虞我诈，谁又是白纸一张啦。不过，这个人做事风格确实凌厉了些，心肠硬，不好把握。"

"是啊，我觉得我玩不过他。"

"这事儿其实也不难，如果你走心那么绝对不要碰这种人，如果你干柴烈火的可以过过瘾，不过你要是走脑的话……此事却又大有可为。"

石姐给于小娜分析了一下她当前的状况。32岁了，再选良人也就不过如此，赵凯的条件未必最好毕竟有婚史还有孩子，可要找更好的也确实困难。所以，对于小娜来说赵凯这条件也就真真是可以啦！再者，赵凯对于小娜有意，这个已经毋庸置疑。在石姐看来，赵凯对于小娜还不是一般的喜欢，这个喜欢可能都已经超出了赵凯自己能意识到的程度。最后，赵凯不想再婚，他对目前的生活状态简直不要太满意，婚姻再不能带给他一丝一毫的利益，而他又偏偏是个看重利益的人。赵凯又知道于小娜渴望婚姻，他不仅知道他还忌惮，他接下来要做的就是要用强大的攻势让于小娜就范。

"姐，你分析得特别有道理，他就是只想恋爱不想结婚。我要还是个小姑娘倒还好说，可如今我这个年纪再没有余地陪着他胡闹。"

"所以啊，你跟他耗不起也没必要跟他耗。"

"可……可这个人……"

"可这个人实在是合心意对不对？"

于小娜略带羞涩地低下头，沉默代表认可。

"小娜，你要是信得过姐，姐给你支个招，你只要按此实施，这事儿未必不成。"

"姐,我今天找你就是求教啊。"

"这样,切记不可以让他轻而易举就登堂入室,男人都一样,到手的东西就不再稀奇。再者,跟他就得凡事多动脑、少动情,你该干吗干吗,不必把这事放在心上,但又必须把这事儿放在脑子里。记住,你的目的不是跟他恋爱是跟他结婚,你那么聪明,一定能体会姐的意思。"

于小娜愣愣地看着石姐,仿佛整个世界都颠覆啦。为着一个赵凯有必要钻营成这样吗?但是,于小娜心里也清楚,赵凯带给她的除了一个体面的伴侣还有可能是未来携手奋进而带来的更多的可能。与这个人相比,那种可能才是最让于小娜动心的。

廖莎知道这件事儿的时候,正是赵凯百般示好,于小娜以不变应万变思量着怎么走脑的当口。廖莎也许对于整个事态还能起到个推进作用。

廖莎就是对于小娜跟自己的仇人有瓜葛这件事愤愤不平,所以听完石姐的事件回述就更加替于小娜不值。她的观点就一个:赵凯人品有问题。

"莎莎你别太主观,放下你和赵凯的恩怨才能真正帮到小娜。"

廖莎"哼"了一声转身就出了店门,原本就不忿的心情此时就更加郁闷。没成想接下来发生的一件意外更让她哭笑不得。从咖啡馆出来,只见一名中年妇人站在店门前似乎在等人,直勾勾地盯着廖莎看。廖莎也觉得这位眼熟,似乎在哪儿见过。

"你是廖莎吧。"那位妇人先开了腔,廖莎见是相识就站住了脚步。

"您是?"

"这才两年你就不认得我啦?"廖莎仔细辨认,只觉得眼熟但确实说不出身份。

"哟,对不住啦,看着面熟,但是……"

"我在你手里买的房子呀!"那妇人这么一说,廖莎想起来了,这位确实两年前在自己手里买了一套房子。

"啊，想起来啦。您还能认得我。"

"我怎么不认得你啊，打你进去我就看见了，就一直站这儿等。"

"啊？您有事儿？"

"我买的顶楼啊，每次外面下大雨我家里下小雨的时候我都想起你呀。好不容易看见你啦，怎么能不打声招呼。"廖莎一听这口风就收起了笑容。

"啊？不至于吧，我记得那房子一点漏雨的痕迹都没有啊。"

"是啊，谁卖房子的时候能不收拾一下啊。漏雨的痕迹摆在那儿谁还买呀？你看你装得还挺像，要不人家说房屋中介一手托两家，坑了买家坑卖家。"

廖莎此时站也不是、走也不是，尴尬得要命。那房子漏雨廖莎确实不知情，不过就算知情她也无能为力。

"大姐，我确实不知道那房子有问题。你找过原房主吗？"

"这话让你说的，找人家有用啊？我也知道这亏我是吃定了，只不过今天偶然看见你，提醒你一下，年纪轻轻少干点缺德事儿给自己下一代积点德。"那妇人说完这句话就走了，她看廖莎的眼神就像看着街边的一团垃圾，鄙视再加厌恶。廖莎多傲的人啊，看着这眼神心里哪过得去。廖莎连忙追上去解释："大姐，我真不知道那房子有毛病，你相信我。"大姐转回身看着廖莎一脸轻蔑："那我问你，如果你知情你会怎么办？劝他不要卖？不做他生意？你能吗？"这一下就把廖莎问愣了，因为她知道她不能。大姐冷笑一声就走啦，廖莎杵在街边心里堵得一点缝儿都没有。她一直觉得自己不说有多高尚但至少在人品上没有瑕疵，可大姐刚才的一番话让自己的这个信念轰然倒塌。没错，她卖过有问题的房子，甚至自己目前住的"冷宫"也是自己种的苦果。她还用过信号屏蔽器阻止买家与外界的信息交流、雇佣群众演员扰乱局面，原来自己是这样一个人。在这个世界上有被她曾经有意或者无意伤害到的人，她们视廖莎如人渣，甚至当街嘲讽。"原来，我竟然是这样一个廖莎"，冬天的寒风中,思绪就这样都凝结啦。最关键的是当她在尽情指摘别人人品有问题时,原来自己也没好到哪里去。如果自己觉得好委屈,那别人是不是也会觉得被恨得毫无道理?世界的复杂性在这几个月的时间里潮水般地涌向廖莎,她觉得自己原有的思维模式不够用啦。

廖莎看看表,已经快三点了。最近这几天,婆婆让廖莎下午没事儿就去跟她一起画画国画,老太太瘾头大得很,廖莎也觉得权当修身养性吧。可今天这心情属实不佳,跟婆婆一起描描画画也是黑色一张脸。老太太心细,看出这媳妇心里有事儿。

"怎么啦,莎莎?这朱砂都调错啦。"婆婆这么一说,廖莎才回过神,眼见着朱砂都调成了红水儿,稀汤寡水的失去了用途,索性笔墨一扔整个人趴在桌子上。

"我今天才知道,一个闺蜜居然跟陷害我的那个上司好上了。"婆婆一听,也放下笔做出"请详细分解"的倾听状。

"我的好姐妹呀,居然跟我的敌人搞在一起。"婆婆拿着手帕擦了擦手,但笑不语。

"你说的敌人是哪一个?"

"就是抢我职位,害我失势的赵凯呀,还有谁?"

"抢你职位谈不上吧。人家不也是正常应聘来的?"

"挤对我总是事实吧。"婆婆随手倒了杯茶推到廖莎手中,静怡的下午,淡淡的茶香把廖莎翻腾的心事也冲淡了许多。

"凡事辩证着看,没有这个人的出现、没有他使的那些手段,你哪能跟我这个老婆子整个下午地画国画。反正,我是挺感谢他的。"婆婆这么说,廖莎也直起了身,似有所悟。

"可他毁了我的前程。"

"我也没觉得你之前坚持的那些就是个好前程。有这么个机缘让你停下来想清楚、休息一下未尝不是件好事,所以到底是敌人还是贵人也不一定呢!"

"可是他耍手段啊。"

"你呀,你没耍手段吗?不过是没耍过人家而已吧。"廖莎一听泄了气,想起自己刚刚被人抢白的经历。

"别总把自己想成受害者,我一个蹲过大狱的都没觉得多委屈,你不过是停下来歇一歇,何苦搞得天塌了一样。"

廖莎觉得这方程母子真是性格上特别相像,方程那股子"天塌了自然有高个儿顶着"的自在和婆婆"凡事都有它的好处"的论调简直如出一辙,总之就是随弯就弯,命运给我什么都乐呵呵地接着。

晚上,方程下班也回到婆婆家,一家四口人难得出门吃饭。方老爷子爱吃烤鸭,一家人就奔了本城著名烤鸭店。这家店生意特别火爆,所以服务员爱答不理、非常傲娇。廖莎就是那种吃一顿饭要叫 800 遍服务员的人,叫到第三遍的时候对方就已经连拎带甩的没有好气啦。

"这家店好吃是好吃,就是这个服务……"方老爷子一边用薄饼卷鸭肉,一边连连摇头。

"爸,你等着看我收拾她。"廖莎拿起湿巾擦了擦手,伸手高声喊道,"服务员,来四瓶啤酒。"一家人诧异得不得了。

"老婆,你叫四瓶啤酒谁喝呀?"

"你不用管,不喝我倒了。"

说话的工夫,服务员就把四瓶酒送了过来,廖莎安排全部起开。服务员眼疾手快,一下子四瓶酒全都敞了口。

"小哥,酒全起开了,瓶盖儿呢?"廖莎这一问全家人都愣住了,这酒瓶盖儿要它作甚?没想到,服务员一下子也愣住啦。

"姐,咱喝酒你要这瓶盖儿有啥用?"服务员小哥明显气焰已经没有那么嚣张。

"我买酒是带着瓶盖买的,你管我干啥用,该是我的你就给我。"廖莎看也不看服务员,自己优哉游哉地说着。

"别呀,姐,这瓶盖……我们有用。"

· 161 ·

"你有用跟我有什么关系,我买的东西你拿去用这合适吗?"

"姐,别为难我。你看你这桌还缺点什么。这样,这个鸭架汤凉了不好喝,我拿去给咱热热。空调我给你调高点好不?你还有啥要求,姐?"一家人都看愣了,这一下子态度发生了180度的大转弯,让人受宠若惊啊。只见服务员小哥忙里忙外,把这一桌子当做重点服务对象,热情得一塌糊涂。

"老婆,这四个瓶盖儿就有这么大作用?"

"切,你知道什么。这啤酒公司针对服务员都有高额回扣,这都是他们收入的一部分。每个瓶盖儿回收给厂家都能换钱的。"一家人恍然大悟。

"我估计这种档次的啤酒,一个瓶盖儿能换一块五。他们都是把瓶盖收上去之后由店长统一给厂家,再把回扣拿回来按人头分配。他的那份酒卖了,瓶盖拿不回去,其他人不恨死他啦。"廖莎就是利用了饭店的这个机制,把这个服务员调理得服服帖帖。

"我一家老小在这儿吃饭,我能让他欺负着吗?"廖莎趾高气昂,不可一世的样子特别欠扁。婆婆看着她也一下子笑出声来:"你们看看她那个厉害样儿,得罪她真是倒霉啦。"

"妈,我不收拾他他欺负咱们啊,要杯热水半天端不上来。"

"所以啊,你也不是个好招惹的。就知道你这辈子不肯吃亏,像程子这样的性格就得找你这样的媳妇。"

廖莎一下子就明白了婆婆的所指,谁又是个面瓜呢?不过是一时大意让人家利用性格上的弱点得了手罢了。这一下子,廖莎胸中郁结的委屈真的就散了大半。一高兴,廖莎就把四瓶啤酒全喝啦,小脸红扑扑地回了家。

借着酒劲儿睡了个好觉,第二天日上三竿被一通电话生生吵醒。廖莎眯着眼一看已经10点半,这一觉是真睡得好久。再拿起手机,一看董博宇生生打了三个电话。这家伙这是要干什么?

"啥事啊，疯了似的打电话？"

"廖莎，你能不能马上到希尔顿酒店来一趟？"董博宇声音发颤，听得人心里莫名地紧张。

"我才睁眼，昨晚喝多了。你什么着急事啊，有事你跟方程说吧。"廖莎正懒着，不愿意出门。谁成想那边董博宇半天没出声，只听到一阵阵急促的呼吸。

"喂？"

"是这样，我一早约了个客户在希尔顿大堂吧谈点事儿，谁成想远远看见我家楠楠打扮漂亮儿地进来啦。这都一个多小时了还不见人出来，她跑五星级酒店干吗来了？"

听董博宇这么一说，廖莎一下子就精神啦。这顾晓楠不会也有情况了吧，一大早跑酒店去幽会？不过，跟董博宇廖莎还得佯装镇定。

"做美容吧！"

董博宇深深叹了口气说："但愿吧。我这会儿心脏都要跳出来啦。这事儿我不能麻烦别人，你赶紧过来一趟，帮我上楼找找。"

"我上哪儿找去呀？"

"你先过来，过来再说。"

廖莎急匆匆刷了个牙就出了门，好在早高峰已过，不到20分钟就赶到了希尔顿。一下车就看见董博宇跟个门童似的在酒店门口焦躁地等着，看到廖莎下车好像见到了亲人一般。

"一个小时四十分钟了，还没下来呢！她到底在干什么？"董博宇的心情廖莎能理解，但是，他的焦虑中带着的不信任也有点太明显啦。

"她还能干什么，你觉得她能干什么？"廖莎有一句话没能说出口，那就是"别觉得人人都跟你一样"。对于廖莎的态度董博宇也感受到了，一个做销售的察言观色还是有一套的。董博宇也不跟廖莎争执，只是带着一种万念俱灰、心急如焚又不知如何是好的神情盯着廖莎。

"哎呀，行了行了，别整得可怜巴巴的。好，我上楼转一圈，真要

· 163 ·

是有奸情还能让我在走廊上抓着是怎么的？"谁知，廖莎这一句怨言却大大地触动了董博宇脆弱的情绪临界点。

"你看，你也觉得有奸情是不是？你也这么觉得对不对？我就说不对劲，打扮那么漂亮来酒店，一下子一个多小时能有什么好事？"廖莎都听傻了，这都哪儿跟哪儿呀？

"谁说有奸情了，你别乱扣帽子。你等着，我看一圈再说。"

就这样，廖莎按了电梯准备上楼，眼神一瞥看到有一个培训学校的公开讲座在四楼多功能大厅举行。廖莎隐约觉得说不定顾晓楠是来参加这个讲座的。于是，廖莎按了四楼直奔大厅。果然，顾晓楠腰板拔得直直地坐在人群中，一手拿笔、一手拿本边听边记。廖莎一颗心放了下来，先给董博宇发了微信："我找到她了，在听一个讲座，详情回头说。"然后悄悄走到她身后拍了一下她的肩膀。顾晓楠一回头看到是廖莎很是惊讶，两个人悄悄走出会场。

"你怎么来啦？"廖莎当然不能说你老公让我来捉奸，只能胡扯。

"我……来找我一个同学，一偏头就看见你啦。你来干吗？"

"今天讲课的是一个全国知名才艺培训学校的校长，我来听听关于才艺学校经营管理的知识。"廖莎不仅佩服顾晓楠，当太太的时候像个太太样，现在要做事也是有个做事的样儿，干啥像啥。

"你可真认真。"

"一个跳舞的，一个学体育的都这样。没点儿这个劲头根本学不出来。对了，你这几天忙不忙跟我去看几家学校啊？"

"看学校？看什么学校？"

"嗯……我想自己办一家才艺学校，不想在别人学校上课啦。"

"什么？"廖莎这一惊也不小。当个舞蹈老师和做个学校校长可大不一样，需要下的功夫以及知识结构差太多啦。再说，一家有资质的学校起步就得300个平方，只是房租这一项压力就好大。

"你可别幼稚，一间学校不是那么容易的。不是教个学生那么简单。"

"我知道啊，所以我在学习啊。"

"钱呢？办学校的钱从哪儿来？你家老董能给你呀？"

"我要用他的钱那还有什么意思？我爸妈在县城还有一套小房子在出租，不行，我就让他们卖啦。"顾晓楠一看就是已经经过深思熟虑，这个女人一旦下了决心真是八匹马都拉不回来。

"卖房子啊？你可想好，这事儿不那么简单。"

"所以啊，我找了几个正在卖的学校，还有空置的房子都去看看。你有空没？帮我把把关。"廖莎在脑海中迅速盘算该怎么稳住她，没想到这个顾晓楠如此执着。

"不急不急，咱俩先扮作孩子家长到各个培训学校去套套话，掌握一手资料之后再合算，你看好不好？"顾晓楠一对大眼睛都亮了："好啊，好啊，廖莎你主意真多。"廖莎和顾晓楠说了会儿话就谎称自己要去找同学先行离开，顾晓楠也带着一张认真脸再回会场。已经收到消息的董博宇此刻坐在大堂吧悠闲地喝着咖啡，好像刚才发生的一切都不存在。

"她在听什么讲座呀？"

"如何经营好一家才艺培训学校。"董博宇是多精的人啊，一听就懂啦。

"我靠，她不是要开所学校吧？"廖莎认真地点了点头。

"你们两夫妇也真是有意思，怎么对彼此的生活好像都一点不了解似的。"

董博宇也微微点头，表示赞同。"是我最近事儿太多，疏忽啦。"

廖莎起身，伸了个懒腰说："任务完成，警报解除。剩下的事儿你是当不知道啊，还是火冒三丈啊你自己决定吧。"廖莎说完就走了，正值中午满街都是冬日暖阳，廖莎站在街头，仰着头接受着阳光的抚慰，忽然就觉得心情真好。这几乎是近一个阶段她心情最好的一天，有一种幸福得想哭的冲动。这时候，她掏出手机拨通了一个号码。"出来中午请我吃饭。"

对面的于小娜简直感激涕零。

"好好好，你是大爷，你想吃什么？"

"什么贵吃什么。"

"真惹不起你，咱公司对面那家你看行不行？"

"这一顿不算，还得吃一顿。"

"行啊，姑奶奶我怕了你啦。"

廖莎挂上电话就觉得终于放过了自己，不恨的感觉真好。

一对闺蜜约在公司对面的一间粤菜小馆，清茶一壶先泡上，两个人互望着微笑。廖莎有点拉不下脸儿，刻意瞪了廖莎一眼，嗔怪地说："小贱人。"于小娜只是赔笑，知道廖莎这口气应该是顺了，也就不计较。

"挑来挑去选个离婚的，早知今日何必当初。"

"别这么说，我跟赵凯之间是清清白白的，他追我，我没同意啊。"

"没同意你用人家的金卡去吃饭？"

"你哪只眼睛看着我用他的卡结账啦？别乱讲话啊。"

于小娜这一反驳，廖莎也一时语塞。这个人今天这话风突变大有文章啊。

"睡了吗？"

"没有。"

"亲了没？"

于小娜想都没想，直接就说："没有。"

"奇怪，你居然能忍住？看来……你是放的长线啊。"

于小娜一双眼意味深长地看着窗外，一副踌躇满志的样子。

"我跟他没有任何超出同事范围的关系，他在追求我是不假，但是我还没打算给他机会，至于以后，以后再说以后的。"

于小娜说这段话挺让廖莎吃惊的，凭她对闺蜜的了解知道于小娜对于感情还是挺炽热的一个人,以往也有过要死要活的日子,廖莎也陪过她、劝过她。这一回,眼见着赵凯那是相当能入于姑娘的法眼,可这态度却暧昧起来,葫芦里到底卖的什么药?就在这个时候,饭店门口一阵嘈杂,两个人一回头就只见赵凯和公司的其他几位少壮派大区总监呼啦啦地走了进来,张罗着要包间、点菜,好不热闹。这一群人自然也看见了于小娜和廖莎这一桌,点头示意而已,只是赵凯频频往这边看过来,廖莎见了就忍不住想笑。

"看赵凯这个样儿,我倒还真相信你俩现阶段还相对比较清白。真要是得手了,才不会这副放不下的样子。"

"所以啊,男人都一样。我做好我自己,他想怎么样我也管不了,或者他知难而退,或者他决定认真开始一段崭新的人生旅程,总之不能稀里糊涂地让他得逞。"

廖莎头一次见到于小娜在感情问题上分析得如此头头是道,以往一头栽进去的时候廖莎觉得没什么,反倒这心智清醒的样子却让人感觉到她心里一股子势在必得、下定决心跟这个男人死磕一把的决心。女人有了决心就会冷静,只有在心思飘忽的时候才会感性。

于小娜连正眼都没看赵凯,远处的那一位终于憋不住了款款走过来。

"这么巧,两位美女也在这儿,要不要跟我们一起?"赵凯双手撑在桌子上,笑意浅浅。廖莎刚想开口怼他,于小娜就抢了先。

"不用了,赵总监你们一行封疆大吏谈正事儿,我们两位女眷唠点八卦。"赵凯盯着于小娜似有什么话想讲,显然他对眼前这一位的态度也有些意外。

"他家的鲜虾粥特别好,配点鱼露,别吃生冷的啦。"赵凯盯着于小娜的眼睛满脸关切,听得廖莎脸红心跳。反倒是于小娜一张淡定脸。

"是吗?好,一会儿试试。"不咸不淡、不远不近、不阴不阳。赵凯伸手想拍拍于小娜肩膀,终究还是停在半空又缩了回去,廖莎看他吃瘪的样子简直不要太爽。一顿饭,两位闺蜜还真就点了鲜虾粥,热热乎乎喝得好开心。临结束的时候,于小娜举过手机给廖莎看,只见上面是赵凯刚刚发来的微信"生气啦?"廖莎一撇嘴满脸不齿。于小娜笑笑就发了一段语音:"天地良心,我生的哪门子气啊。再说……我也生不着你的气呀。"说完,于小娜嗤笑一声把手机就扔进了包里。廖莎在内心狂笑:不是不报时候未到,赵凯你倒霉啦,看我闺蜜收拾你。

两个人分手后,于小娜也没回公司,不想给赵凯见到自己的机会。这几天她反复掂量石姐的话,觉得非常有道理。跟赵凯要是想玩一玩,其实没多大意思。要是想跟他走下去,那就必须心思清、头脑明,一路步步为营。所以,她打算全面回撤,做好外围工作,只等着某人寝食难安自做决定。一颗心就横在自己胸中,于小娜知道这决心下得不容易但下得很坚决,与其说选了一个男人,不如说选了一种生活,从此,兵来将挡水来土掩。

新使命

顾晓楠真的拉着廖莎开始了培训市场的全面调研。说起来廖莎都有点害怕,这位董太太拉出了长长的优质培训机构的名单,各家的优质课程、机构特点都详细做了表格,就等着挨家去转转,实地考察一下。这段时间,顾晓楠不断颠覆廖莎对她的既有印象,从一个娇滴滴的家庭主妇到一个态度认真的创业者,一时间这两个形象还真的很难重叠在一起。跑了一整天,两个人累得瘫在车里,不过确实收获颇丰。晚上回到家,廖莎思前想后还是拉着方程打算让他劝劝董博宇。

"你跟老董说说,顾晓楠想开一所培训学校,这不是闹着玩的。我以前比较支持她带学生,但是现在我比较担心她一头扎进去会血本无归。"

"要说你去说,劝人家出山是你、劝人家收手又是你。"方程边给花施肥边回复着廖莎,廖莎这暴脾气一下子就孳了毛。

"你最近怎么回事,看来我是对你有点疏于管理了是吧?你去劝老董有些话能说开,我去劝一下子说僵了怎么办?"方程瘪着嘴,再不敢言语。

第二天中午,方程就表达了廖莎的想法,董博宇在公司茶水间端着一杯咖啡皱着眉头也不知道在想什么。其实,董博宇那天在酒店一直等到顾晓楠出来。远远地,看着自己媳妇怀里捧着各种资料样的东西,一不小心掉了一地,顾晓楠像是极为宝贝这些东西,连忙弯腰一张张仔细地捡起来规整好,详细检查有没有什么东西缺失了,神情极度认真。董博宇突然发现他就从来没有见过顾晓楠这种神情。两个人认识的时候,顾晓楠就是一副对这个世界漠不关心的样子，疏离、清冷、神秘、迷人。热恋的时候，也是董博宇说得多顾晓楠听得多，走到哪儿都挽着董博宇的胳膊。有一次，两个人去日本旅行，在东京的人流中走散，远远地董博宇看见顾晓楠像个被遗弃的孤儿般那么无辜地站在街角左顾右盼，特别出挑又特别让人心疼。那时候，董博宇就下定决心要给这个女人安全感。可生活的千篇一律慢慢就让人懈怠、让人把一切都习以为常，如花似玉的娇妻也不过就是日常三餐无甚特别。甚至有时候还会感慨这美人躺在床上也不过尔尔、乏善可陈。顾晓楠又是极依赖的，这种依赖也慢慢显露出依附的本质，男人抓住了这一点也就开始轻狂。不过，这之后的一系列变故让董博宇重新开始对这段婚姻重视，重新审视自己的妻子。董博宇发现顾晓楠性格的底色其实是一种执拗和倔强。只不过她的沸点比较高，轻易不会触动。他知道自己有些对不住顾晓楠，那么傲娇的一个人，温室中一朵兰花，现如今跪在酒店大堂满地去捡那些资料，董博宇心疼。他想让顾晓楠快乐、想给她全部她想要的。

"程子，这事儿我自己跟廖店儿商量，开个学校就开个学校，让她玩一年，又不是赔不起。"董博宇的态度让方程大为吃惊，也由衷钦佩。

"行啊，宠妻狂魔原来不是我呀。关键，人家顾晓楠说了不用你的钱。"

"这个我来想办法。"

董博宇的这个态度不仅让方程吃惊，就连廖莎也是下巴差点没掉下来。按固有认识，董博宇非得火冒三丈不可，可现如今他居然平静异常而且赞成妻子创业。这不会是打算离婚的前奏吧。

"你都想哪儿去啦？好好的我离什么婚啊。我跟楠楠在一起这么多年，说实话我就从没见过她对什么事儿特别上心。你也知道，她就是瞅什么都不拿正眼儿的那股子劲头。可这回不一样，就她在酒店听讲座那天，晚上我回家吃晚饭，就看她一个人在书房摆弄那些材料，写写画画特别认真，一弄就是一晚上。当时我就想，董博宇呀董博宇，你还总说自己是个有担当的好男人，可你老婆想做的事为什么就不能让她做，就权当让她高兴高兴，花几十万买她开心，不行吗？"

廖莎都听愣了，方程总说老董绝对是个真爷们，廖莎还觉得有些夸大其词，尤其董博宇的个别大男子主义作风更是让廖莎反感，不过，这件事确实做得漂亮，廖莎也明白了这么多年方程力挺董博宇的深层次原因。

"老董，最近你们两口子总是释放崭新信号，我这不断刷新认识高度呀。真没想到你一个西北直男能做出这个违背你人设的决定。佩服！"

"你少来，我人设是啥呀？以前不让楠楠受累是觉得她原本就不喜欢，只是心里没有安全感才去教学生，那有什么意思啊？还不如好好照顾家。现在我发现她是真上心啦，那既然做这件事能让她高兴，那就干呗。我俩现在没孩子，正好她也有时间。"

"老董，我替你媳妇谢谢你，能做出这个决定，一是说明你够爷们，二是说明……你恐怕是真干了什么对不起顾晓楠的事儿。"

"滚蛋……"董博宇的这句滚蛋恰好是被说中心事的极端反应。付晓芬是董氏夫妇心中的一道坎儿、一根刺，是董博宇在顾晓楠手里的把柄。顾晓楠自从有了自己的新职业规划，对这个隐约中的背影也没有精力再追究了，这对于董博宇来讲是莫大的宽容和抚慰。因为在付晓芬的问题上他说不清、道不明，他不能给顾晓楠一个斩钉截铁的回答，甚至都不能给自己一个全无负担的交代。支持顾晓楠的创业计划似乎是董博宇潜意识里对妻子的一种补偿，感谢她终究放自己一马。

"咱说点正事儿，你媳妇可说了，创业不要你一分钱，卖娘家房子都可以。你打算怎么办？"

"我想好了，不能让她动娘家的不动产，我董博宇还供得起老婆玩个小生意。我出资50万，廖店儿你好人做到底找个朋友假冒投资方，把这笔钱投给楠楠。"

"我欠你们两口子的？我还得找个朋友去假冒投资人，我闲的？"

董博宇似乎对廖莎的反应一点都不吃惊,他掏出一根烟点着,蹙着眉毛说:"你可能不知道,上大一的时候我们学校有一门课叫军事理论。这门课性质特殊必须及格没有补考机会。方程那时候傻乎乎就卡在了这门课上,我半夜爬楼钻进教师办公室,把整个大一学年的军事理论卷子全烧了。这样就死无对证,全年级这一门课程全部重考。"董博宇说完也不抬头就抽着闷烟。

"行,你赢啦。"廖莎扔下这句话转头就走啦。这个董博宇不愧是个营销高手,什么时间抛什么哏,起什么作用,他心知肚明。

答应是答应了,可这找个假投资人的事情还真是有点棘手。一是,关系必须铁;二是,人必须靠谱;三是,还得会演。廖莎思来想去还是去找了石姐。来龙去脉说清楚,石姐拄着下巴满脸疑惑。

"这两口子还真挺有意思哈?"

"我也觉得这事儿挺难说出口的,您要是不答应也没什么……"

"不不不,这事儿挺有意思,你这样,去把人找来我看看,真是那块料啊,好好写个方案,我也投点!"

"不,石姐,不用你真投钱,这钱她老公出。我不是来问你要投资的。"

"你说的我都听明白了,我是真觉得这个项目挺好,你让她好好写个方案,不行廖莎你帮帮她,方案出来我看看真不错的话,我就真投点钱。对了,我有个公建,以前租给银行,现在银行都在收缩网点,我干脆收回来以房子入股得啦。"廖莎目瞪口呆,这怎么还弄假成真啦?

"你不用瞪个大眼睛看我,双减背景下对于艺术类的培训机构反而是一轮机会,你这个朋友又是个活招牌,毕竟能在桃李杯上拿过独舞奖的可不是一般人才,好生意我为什么不能投啊?"廖莎觉得石姐真是个生意人,不放过任何一次赚钱的机会。

"我也有个小心思,面条儿不成器,真要是舞蹈学校能干成也让她跟着学一学。"

"你也是，给孩子起个什么名儿不好叫面条儿，不顶饿。"

"还不是她那个废物老爸，说是个笔杆子就给孩子起这么个小名。"两个人说完正事儿家长里短唠起了闲话，话题也自然又扯到了小娜身上。廖莎告诉石姐于小娜对赵凯的态度全线回撤，石姐笑了笑，知道自己出的主意于小娜都已经体会到了精髓。

话说于小娜这几天也真是没闲着，赵凯那边自从上次夜闯闺房以后再没有什么大的举动，虽说平日里微信体贴、言语暧昧倒是没断，但是他身边来来往往的大长腿们也没见清净。她牢记石姐的话"要动脑"，这一步步棋该如何走好，她也是颇费了脑筋。思前想后，她约了自己的一位高中同学吃饭，这位老同学在本城电视台就职，是一位金牌节目制作人。自从相亲类节目火爆之后，各个城市电视台类似的节目如雨后春笋般崛起，于小娜的这位老同学就做了这么一档节目。之前，她曾经百般规劝于小娜到节目中来做女嘉宾，都被于小娜一口回绝。干吗呀，待价而沽？丢不起那个人。不过，这次当老同学旧话重提，于小娜再没有激烈反对，只是提出几个条件：自己必须是全场最受欢迎的女嘉宾，必须被领走。老同学一口答应，要知道类似节目都是按着剧本演的，很多所谓的嘉宾也都是"逢场作戏"，于小娜不过是要个女主角，捧谁不是捧，多年同学这点要求还是能够满足的。

节目一推出，于小娜的朋友圈就炸了。首当其冲的就是廖莎，一副大仇得报的狂欢节奏；其次，就是各种吃瓜群众持祝贺态度，毕竟全场瞩目、火速被相中，而且男嘉宾条件、相貌俱佳；最后，就是赵凯默默点赞。整个公司同仁也是奔走相告，万年待嫁女寻得好归宿当然是好事儿。只不过这好事儿背后的门道又有谁知道。于小娜和男嘉宾之前都是彩排妥当的，节目上上演相见恨晚戏码，节目结束一拍两散，各不耽误。据说，当期节目收视颇佳，老同学非常高兴。这几天，公司茶余饭后都靠这点八卦支撑，于小娜也任由大家添油加醋不做澄清。一来二去，赵凯就坐不住啦，某日总监联席会之后，赵凯就在走廊拦住了她。

·173·

"中午一起吃个便饭?"

"不行啊,我中午有安排啦。"

"让你那个电视男友等一等,大好的青年才俊就在身边非得舍近求远。"

"哈哈,谁是近谁是远啊?"

"哎,可叹我这一片痴心。"

"少来这套,你好好的鱼塘承包着,不差我这一条。"

"你是我的锦鲤。"

"你就不怕我是鲤鱼精?"

"你充其量是田螺姑娘。"

说到底,在赵凯心里于小娜就算成精也是个兢兢业业服务的。于小娜白了他一眼,侧身要走过去,谁成想赵凯表情一收,居然伸手抓住了她胳膊。

"不跟你开玩笑了,你今晚有空吗?嗯,不管你有没有空吧,其他事儿放放,我找你有正经事聊。"

于小娜看他那表情一脸正经,不像是插科打诨的样子,不过,仅就目前而言他俩之间能有什么正事儿呀?就这么着,约好了在体育新城方向的一家私房菜馆,华灯初上,俩人坐在靠窗的卡座里,开始了彼此之间的第一次正式对话。

"我打算辞职啦!"

赵凯一边替于小娜布茶,一边说道。临来之前,于小娜在心里预设了很多个可能的话题,沉闷的、劲爆的,甚至无耻的,但是没想到赵凯居然会宣布一个他要辞职的信息。

"不过应该不会马上递报告,估计明年开春之后吧。等我外面的事情稳定了再正式离开。"

"怎么突然有辞职的想法?你现在是公司几个大区总监中最有前途的,辞职不可惜吗?"

赵凯看着于小娜一脸愕然的小表情，笑了笑。

"瞅你那小样儿，真想冲你脑门儿弹一下。"于小娜下意识地往后躲，又招来赵凯的嘲笑。

"我呀，是家里的独生子，父母年纪大了没办法只好从外面回来。考察了一圈，在咱们这个二线城市唯一算是有点活力的也就是二手房市场。所以，先是在好几家公司做了店长然后到咱们公司任大区总监，行业摸得差不多就打算自己创业啦。"原来是这样，难怪这人看着总像心里装着事儿。

"之前和几个做投资的朋友聊了聊，把我的想法跟大家一说都觉得可行。我这事儿马上就要上马了，我在前面开疆拓土总得有个大内总管给我善后啊。你在咱们公司做得再好也不过是个打工的，跟我出来创业吧，职位、股份包您满意。咱俩的私事毕竟是私事，就算你看不上我也不耽误在事业上相互扶持一把，你说是吧？"

赵凯说完就盯着于小娜看她的反应。于小娜此时双手握着一杯热水，真有冲动挥手就把这一杯水泼到赵凯脸上。敢情费尽心思铺设的局面一下子就让他打破啦。他知道在自己和于小娜之间，最能构成吸引力的不是男欢女爱不是情意绵绵而是双方携手开创的无限未来。所以，爱人同志当然极好，做不成爱人只剩同志也能接受。可对于于小娜来说，爱人和同志她当然首选是爱人其次才是同志啊。

"想得美，谁稀罕跟你去创业？九死一生的事儿你想到我啦？"

"这话说的，怎么就不能想想是同生共死呢？这多浪漫啊？"

"我跟你浪漫得着吗？"

"哦哦哦，我都忘了你现在是电视征婚红人。"

于小娜白他一眼再不出声，赵凯笑嘻嘻地布菜。

"你也真是，我这边情真意切地表达着爱意，你可倒好，转头就上电视去征婚。不知根不知底的一个外人，怎么就能比我更好啦？"

"你那情真意切到底几斤几两，你自己心里还没有点儿数？"

· 175 ·

"足斤足两。"

"缺斤短两还差不多。赶紧吃，吃完饭我还有事儿呢！"

"长夜漫漫你能有什么事儿呀，就那么迫不及待想逃跑吗？我都不怕，你有啥把持不住的？"

"谁把持不住啦？"

赵凯看着于小娜梗着脖子的样子哈哈大笑，这一笑于小娜就真生气啦，扯过背包起身就要走，心里委屈得不得了，觉得受了欺负。赵凯伸手把她拽住，两个人在饭店里推推搡搡，不明就里的人还以为是一对拌嘴的情侣。

"好好好，不逗你啦，你别生气了。我这不是看你受欢迎有点羡慕嫉妒恨嘛！从现在开始，我不逗你啦，只要你高兴我就高兴，行吧？不过，创业的事儿你真心仔细考虑一下。回头我把我的方案给你看看，注意保密就行。"

于小娜心里这个气呀，怎么就真真假假的不能拿出个诚意呢？创业这件事，于小娜当然是十分愿意，而且她也相信凭借赵凯的精明和自己超强的内部管理能力，这件事也是大有可为。可是放着自己未竟的感情事业就这么跟着一个男人去创业？这不是走上了一条"齐天大剩"的不归路吗？到头来，情感寄托在这个男人虚无缥缈的暧昧上，事业寄托在这个男人的事业王国里，那不是人生完败吗？

勉强着吃完这顿饭，于小娜心情十分黯淡，第二天她就找了一个朋友领着去找了高人算算命。这位高人在早年就曾经预言于小娜肯定晚婚，早婚必离。现如今这晚婚已成定局啦，再下一步会如何啊？那位高人看了看于小娜的掌纹，又闭着眼睛掐指盘算，怪瘆人的。

"姑娘，你的事业与婚姻不分家啊。把事业抓牢婚姻就稳靠。"

"那我现在身边有没有合适的人啊？"

"有一个人，他与你特别合财，你旺他。没有你他成不了事儿。"

听到这儿于小娜眼睛亮啦，她似乎找到了克敌制胜的法宝。对于赵凯来讲，什么情投意合都赶不上旺财宜家，所以，你对他有情，赶不上你对他有用。这应该是于小娜在赵凯生命中的新使命。

　　于小娜大彻大悟的时候，廖莎和顾晓楠正在埋头做培训学校的方案。首先，这学校的定位就让两个人大费周章。怎么定位？怎么刷存在感？怎么寻找差异化生存的道路？两个人你看我、我看你地绞尽脑汁。石姐的意思还是定准高端人群，揣摩他们的需求。可这高端人群的心思很难猜啊，廖莎和顾晓楠颇为为难。最后，廖莎托以前一个客户的关系，搞到了两张本城著名私立中学的嘉年华门票，这样，两个人打扮靓丽地出现在了一个五星级酒店的多功能大厅中。廖莎看到顾晓楠的一瞬，忍不住在心中喝一声彩，美人就是美人，不服不行。

　　这是一个学校艺术团的年终汇报演出，由于是私立中学所以孩子的家庭都是富裕阶层。顾晓楠看着编排的节目确实不俗，很多舞蹈一看就是先锋范儿，跟很多学校民族舞居多的格局有很大差别。廖莎只能是看个热闹，伸着脖子一阵阵感慨："这要是能跳上舞台让大家都加上自己的微信该多好，都是优质客户。"顾晓楠迫切地想了解艺术团指导老师是谁，拉下脸来问旁边的一位男士要来节目单，果然，指导老师孔健。孔健在舞蹈圈里是个名人，是一位现代舞著名的编舞人，学校艺术团能把他找来做指导老师，也说明眼光不俗。顾晓楠奈何心里疑问太多，抓着旁边的人就问这艺术团怎么训练，怎么排练节目，林林总总。两个人从活动现场出来已经天色渐晚，顾晓楠隐约察觉到了自己创业的主攻方向，内心有一股洪荒之力在形成，一偏头见廖莎已经在出租车上睡熟。这个精力爆棚的女人最近怎么如此嗜睡，难不成？顾晓楠赶紧把廖莎推醒。

　　"廖莎，你最近怎么这么能睡，你不会是有了吧？"

　　"有什么？"廖莎抹了一把口水，还没回过神来。

　　"你说有什么？孩子啊！"顾晓楠刚一说完，廖莎立刻就坐直啦。

　　"停车，停车。"

·177·

"你干吗？"

"前面有家药店。"车还没停稳，廖莎就跳了下去，冲顾晓楠简单挥了挥手就一头扎进了药店的大门。顾晓楠一阵好笑，这个急性子真是改不了。

廖莎从药店里买了5条验孕棒，再打出租回到了家。方程还没下班，一进家门廖莎就迫不及待地冲进卫生间。等待的5分钟似乎有一个世纪那么长，最终验孕棒上妥妥的一条红线宣告一切都是幻觉。廖莎不由得心里非常失望，心想大话说早了，这生孩子似乎也不是那么简单。转眼间，天已黑透，廖莎简单做了晚饭等方程回来。快八点了，方程才进家门，两个人准备妥当要吃晚饭。廖莎正在厨房盛汤就听到卫生间里爆发出方程鬼一般的嚎叫。

"啊，老婆，老婆快看，快看啊。"廖莎被方程这一嗓子吓得不轻，心想要不是什么要紧事看我不收拾你。谁知方程举着验孕棒就从卫生间冲了出来，满脸激动的神情。

"老婆，你怎么这么淡定，你是故意要给我个惊喜吗？"廖莎一看方程举着验孕棒就觉得晦气，不耐烦地说："行了，扔了吧，一条线有什么好激动的。"

"谁说一条线，这不是两条线嘛，两条线就是有了，对不对？"

廖莎一听恨不能把那一碗汤泼在桌子上，赶紧腾出手看看到底怎么个情况。方程把验孕棒递到廖莎眼前，果然，在一条深红的直线下面隐约地还有一条粉红色的线。

"啊？刚刚怎么没有呢？"

"可现在有了呀，咱俩赶紧上医院。"

"上医院也是用验孕棒测一下。"

"那……那怎么办？"方程上蹿下跳紧张兮兮的样子，看着就好笑。

"有什么怎么办，吃饭睡觉，等明天再测一下。我就说，生个孩子有什么大惊小怪，姑奶奶一出手绝对没问题。"看着廖莎嘴硬，方程也不忍心揭露她，抄起电话就要打给自己妈。廖莎一把把电话抢了过来。

"你有点定力行不行？等情况确定了再通知老人。一旦不是，岂不是让老人跟着白高兴。"方程嘿嘿地乐着，瞅着廖莎的肚子露出慈父一般的笑容。廖莎晚饭做了麻婆豆腐，方程坚决不让廖莎再吃辣，拉着她出门找了家干净馆子吃了一顿营养素餐，吃得廖莎嘴里直泛苦。就这么着，两口子内心忐忑地睡下。第二天一早方程就把廖莎叫醒了，催着她再去测试一次，这一次果然第二条线颜色更深，线条也更清晰。两口子一阵欢呼，紧紧拥抱在一起。

"老婆，我们要有孩子啦，我要当爹了，你要当妈啦。"

"是啊，我们要迎来人生新使命啦。"

对于这个小小的家庭来说，一场天翻地覆的变革正在由于一个小生命的到来而悄悄发生。可此刻，夫妻二人只顾着欢呼与高兴，浑然不觉人生就在这一刻迈向了新的征程。顾晓楠也正在向人生新航向全速行进，此刻的她也正在为寻找到了培训学校的差异化经营策略而高兴。

风云突变

廖莎有了孩子，最高兴的当然是两家的老人。廖莎家远在东北腹地，父母离得远，电话通知了好消息之后自然是各种嘱咐、各种不放心。但廖莎知道，爸妈的一颗心全系在自己侄子身上，他们重男轻女的思想根深蒂固。方程的父母盼着下一代那也是嘴上不说心里着急，方程是家里的独生子，这种急迫的心情也是可以理解。现在，小生命来临，全家自然是陷入巨大的兴奋当中。婆婆回忆起当年怀着方程时的点滴趣事，说是方程是最懒的，在肚子里就是不喜欢动，每次一喝糖水他才会蠕动那么几下，相比较现在闲散的性格倒还真有几分相似。公公也是乐得合不拢嘴，碍于身份也不好说太多，只是背地里让婆婆多加照顾。方程找了一个白酒坊，预订了预产期前后的女儿红，打算给尚未出生的孩子先预备下彩头。总之，这一切都让廖莎很抓狂。干吗，不就是怀个孕生个孩子嘛，这才哪儿到哪儿呀，搞得一个个如临大敌是要吓死谁吗？

"喂，跟咱爸咱妈说都正常点好不好？是个女人都会生孩子，没必要搞成这样吧。"

"你这个人真奇怪，人家都是生怕关注度不够，你怎么还嫌烦呢？"

"我就是自己的事情自己做，自己的胎自己养，哪里有那么娇气？我太娇气了将来孩子也不好带。"

方程只好摇摇头，捧出网购的一大堆书籍，什么《孕妇盛典》《好妈妈手记》扔给廖莎，廖莎斜眼瞅了一眼说："这还差不多。"

对于廖莎来说，怀孕是很高兴不假，但是假以怀孕之名的任何懒惰与懈怠都会让她万分鄙视。以前当店长的时候总有业务员因为怀孕而提出换岗,廖莎就看不起这样的行为。既然天天嚷嚷同工同酬,凭什么你怀孕别人就得让着你?当一天和尚撞一天钟,想舒服先辞职。任何以性别为名的优待都让她感觉到压抑和被蔑视。轮到自己这一天她也是牢记不可被人看扁,我廖莎就是顶着大肚子一样身轻如燕。所以,原本已经不太往公司走动的她最近反倒常去刷刷存在感。搞得赵凯也是拿她没什么办法。

"我说老廖啊……"

"叫谁呢,别套近乎好吗?"

赵凯碍于于小娜的关系,对廖莎的态度照比从前是缓和了许多,平白生出了一些老朋友似的敞亮。廖莎也是知道于小娜和赵凯目前的状态,因此对赵凯言语上也放开了禁忌。

"好好好,廖莎,你说你啊真是不识好人心。你说我赵凯为难过你吗,工资照开、奖金照拿,你那摊活你想干就有不想干就没有。不打卡不签到不述职,就拜托你别总在我面前晃悠,总拿个被害者的眼神瞪我行不行?"赵凯这番话也真是能算得上掏心掏肺,把藏在心底里的那点话都说出来啦。

"怎么着,心虚呀,对不起我呀?"廖莎这张嘴不饶人,总得讨点便宜才善罢甘休。

"好,算我心虚行了吧。哪天我请你和小娜吃饭当面赔罪,要杀要剐您一句话,行不行?"

"哼,这还差不多。行吧,正好我最近家里事儿也多,我不来了啊!"

"您走好!"

赵凯也是抓准了廖莎的脾气,让她讨点口舌之快就天下太平。廖莎心情愉悦地走出公司大门,心想着这原本想怀孕工作两不误,谁成想还弄成个职业孕妇。冬日飘雪的上午,廖莎幻想着一段崭新的人生即将铺陈开,不由得露出灿烂的笑容。也是这个冬日飘雪的上午,董博宇却迎来了人生中最大的磨难。

一大早，董博宇带着最新的技术落地方案兴冲冲赶往矿业大厦，一进电梯就看到两位扑克脸男士捧着一台电脑主机往外走，主机上贴着一个惨白的封条。董博宇见惯了阵仗，一下子就感受到这个场面的不一般。听从内心召唤，他放弃了原本要去的六楼网络技术部的打算而是直接按了顶层的电梯。大厦顶层都是董事级别领导的办公区域，电梯门一打开就是一个独立的前台。董博宇下了电梯，看到前台接待员一脸惊慌失措的表情，这更加印证了董博宇之前的猜测。接待员见是董博宇，忙冲他摆手，董博宇刚要追问，就见两名精壮男子偕同着集团董事长走了过来，董博宇连忙转身装作填写访客登记，拿笔的手都是抖的。这时候，一台已经被锁定专用的电梯升了上来，随即电梯门打开，三人上了电梯。董博宇心跳加速，一个转身冲到董事长办公室门前，果然大大的封条已经贴上。情况显而易见，出事啦。董博宇连忙走到楼梯间给付晓芬打电话。

"姐，董事长是出事了吗？"

"什么，原先的技术方案改好了，好啊。我今天开会，你明天送来吧。"董博宇一听这前言不搭后语就知道身边环境不方便，连忙挂机。整个楼梯间安静得让人窒息，董博宇脑子里迅速在盘算着问题到底有多严重，他放弃了去技术部的打算，火速回到公司，让整个项目组的人把自己社交媒体中关于矿业公司私下交往的微信、微博删除干净，通知软件安装和调试的工作人员进度放缓。刚才付晓芬说明天送来这句话绝不是白说的，看来是暗示他明天再做联系。董博宇也不敢耽搁，迅速将矿业公司的变故上报给公司，自然是震惊加无奈。总经理指示将矿业公司的合同文件重新梳理一遍，以应不时之需。

整个下午董博宇没干别的，四处打听矿业公司这次到底出了什么问题。非常时期，谁也不敢妄加评论，不过细枝末节拼凑起来也大概能还原个事实真相。矿业目前的老大在省里面的根基出事了，连带着整个派系处于岌岌可危的状态。董事长夫人前一段时间在海外血拼的画面被人拍摄下来上传到网络，当时只说是"豪气大姐买空专卖店"，谁成想几天工夫就被人扒出了身份，随即山呼海啸一般的舆论风波夹杂着派系清洗的巨大利益场就飞了过来。虽然董事长省城、北京没少跑，但是事情仍然是发展到了今天的地步。

董博宇就觉得两个太阳穴突突地疼，这个命运多舛的项目真是一路是非不断。好在这次项目走的是严格招投标程序，制度上无懈可击，不过，董博宇心里清楚也仅仅是制度上而已。这次事件对项目的影响应该主要是在应付款项上。查领导查什么？查账、查钱。一查账涉及应付款项肯定就会暂缓，这一下子不可控因素就多了。董博宇现在什么业务提成、项目组名誉都不想了，只盼望少受波及、顺利完成就已经谢天谢地。

公司当晚也是临时召开会议商讨对策，一下子就忙到很晚。待到董博宇回家发现顾晓楠早已睡着。想到之前自己不回家顾晓楠不睡觉的那些日子，当时只觉得烦，可现在却又觉得被人依赖的感觉其实也挺好。现在倒是落得自由，可心里的一点点失落和被忽略的遗憾也是挺难过的。

第二天一大早，付晓芬的电话就拨了过来，大意就是：董事长这次凶多吉少，自己也会被问询，包括集团各个供应商、合作方都免不了会被问话。因为不知道董事长会交代到什么程度，所以波及面到底有多广目前都不得而知。据付晓芬揣测，重点调查的应该是去年集团上马的几个基建项目，不过也不可掉以轻心。

此事一出，矿业大厦内部顿时陷入一片停滞、混乱的状态。各种揣测、流言满天飞。光是董事长自杀就已经传出了几个版本。这些群众哪里知道，到了那个地方根本就没有你自杀的机会。这时候，官媒也已经给出了董事长被双规调查的确切消息。半个月的时间里，总经理、财务总监、各部门总监走马灯一样被车接走又被车送回来，整个大厦气氛极度压抑，慢慢也有风声传出来涉及金额之巨大、私生活之糜烂也是超出所有人的想象。在这些风言风语之间最让董博宇担心的就是他所在的公司利用裙带关系换取项目的传闻。

付晓芬也被叫去问话，她这么多年在集团大事不管小事不问，但职务毕竟在。这个被家族庇护得分外单纯的女人满脑子都是"戏"，也不知道她在里面到底说了什么，总之矿业集团软件升级项目缠绕着不寻常男女关系的传言甚嚣尘上。最怕的就是这种，不知出处、没有对证、讳莫如深又没有途径证实。由于矿业集团贪腐调查已经是全市重点督办的大案要案，因此和这件事牵扯上关系的公司都在劫难逃。而董博宇，没人给出确切消息说他的项目有问题，也没人辟谣说他的项目没问题。就这样，圈子里大家都不敢再和董博宇的公司扯上什么业务关系，就怕有闪失。奈何董博宇一张嘴四处替自己洗清也无济于事。

"我的项目没问题，要不然我还能在这儿跟你讲话？这案子调查这段时间进进出出的人多了去了，总不能叫去问话就是有问题吧。"每当他这样跟客户澄清自己总会引来一个讳莫如深的微笑，然后对方拍拍他的肩膀说："小伙子你还是太年轻，风浪经历得少。"董博宇气得恨不能一拳砸在玻璃窗上，这种憋闷的感觉太糟糕啦。他几乎天天都给付晓芬打电话询问事情的进展，付晓芬给出的答复就是"半年是它、两年是它、五年也是它，只要老大在里面不停地交代就会不停地查"。而此案不结，董博宇声誉就将永远无法恢复。

这几乎是扼住了董博宇事业的咽喉，人生的不可抗力可能也就不过如此吧。他渐渐被公司埋怨，因为一个项目搞垮了公司的声誉；他也被圈子嫌弃，用桃色诱惑换取利益不说还惹上了麻烦。董博宇从一个大忙人突然开始尽量避免与外人见面，所谓的避风头可能也就是这个意思。

顾晓楠全然不知董博宇到底出了什么事，只见他一天比一天消沉，最近几乎是烟不离手。每天在书房里打很多电话，从表情看似乎也没有什么好消息。顾晓楠忙着做培训学校的方案，知道廖莎怀了孕也不好总打扰她安胎。但是，丈夫这种状况实在太让人担忧，顾晓楠自然不会知道背后这些瓜葛，她能想到的也就是"会不会是外面有女人逼他逼得太紧"。从一个妻子的角度，看到丈夫情绪起伏这么大，会有类似的想法实在是无可厚非。

"博宇，你最近是不是有什么心事？"吃晚饭的时候，顾晓楠小心翼翼地询问。其实，董博宇挺害怕顾晓楠问他的，因为实在不知道应该如何回答。

"嗨，都是工作上的事。"任谁都能听出这是一句毫无诚意的搪塞，顾晓楠当然也不例外。

"有什么事不能跟我说说吗？就算我帮不上什么忙，毕竟说出来心情也会好一些。"顾晓楠越是体贴，董博宇就越是心烦。能说不早说了，说个开头就怕你问过程，说了过程又怕你问结尾，总之说也不是不说也不是。

"一个合作单位的董事长被调查了，我们的项目受了点牵连，挺闹心的。"

"哦！因为什么受了牵连呢？"果然，顾晓楠这一句句问的都是董博宇不愿意面对的问题。

"哎呀，说了你也不懂。对了，最近少跟生人接触，没事就在家待着。"董博宇放下碗筷就去玩电游，留下顾晓楠一个人面对着一桌子饭菜发呆。眼泪就在眼眶中打转，不知道好好的夫妻关系怎么就走到了今天这个地步。问也不对，不问似乎也不对，到底怎么做才能让这个家恢复到之前的温暖，顾晓楠心事满满。董博宇一局电游打完，一回身就看到顾晓楠静静地坐在餐桌旁边，腮边似乎还带着眼泪，董博宇顿时就心烦。

"你哭什么哭啊，谁把你怎么着啦？我还没死呢！"董博宇原本最近就背运连连，再看到老婆哭咧咧的样子就更觉得晦气，言语上也就犀利起来。这一下子顾晓楠就更觉得委屈，趴在餐桌上哭得止不住声。董博宇抓起外套就出了门，哐一声挥别了这个家。顾晓楠哭了一会儿也替自己不值，擦了擦眼泪就又开始钻研自己的事业。

董博宇开着车满城转悠，最后还是一个电话把方程揪了出来，两兄弟找了个小烧烤店,愁云惨雾地对着喝起了小烧儿。

"程子,最近公司有什么风言风语吗?"

"你这话问的,咱俩什么关系公司谁不知道?谁能在我面前说你的是非啊?"董博宇想想也是这个道理。

"矿业那边有信儿没?要是咱们项目已经调查清楚没问题,是不是也该给个说法呀?"

"你问纪委去要说法啊?你问省巡查小组要说法啊?这个时候还有谁能保你吗?"

"关键再这样黑不提白不提的,你……你就很难办啦。别说项目尾款追不回来,就是你在公司也……"

方程说的这些董博宇哪里会不清楚,他这些天百爪挠心的可不就是这些问题。两个人喝空了一斤白酒,各自叫了代驾回家。董博宇到家已经接近午夜,顾晓楠居然没睡还在书房里搜集各个培训学校发布的演出视频。半醉的董博宇看着顾晓楠纤细的背影、优雅的天鹅颈,借着酒劲把双手搭在老婆肩上。顾晓楠戴着耳机根本就不知道进来一个人,顿时吓得大叫一声从椅子上蹦了起来,那个神态就像一只惊慌失措的小白兔。董博宇自然知道今天冲着她发了无名火,心里早有愧疚,此时借着酒劲一把就将顾晓楠揽入怀里,一只手顺着吊带背心伸进去就握住了小巧高傲的双峰,顾晓楠吃惊的劲头还没过去,在喉咙深处呻吟了一声,下意识地想要推开董博宇。这一推董博宇更来了劲头,手上加大了力,唇舌也开始肆无忌惮地啃咬。顾晓楠想躲着他一身的酒气,支支吾吾不愿意配合,就这扭捏中就有了平日里没有的味道,董博宇双手一用力就将人送到了书桌上,要讲夫妻间的很多矛盾都是可以解决的,此时的顾晓楠就被撩拨得呼吸渐渐急促,一整晚的委屈也随之烟消云散。

第二天一早,还在睡梦中的董博宇接到了公司总经理的电话,董博宇已经隐约感觉到了会是什么事儿,心情异常地平静。果不其然,受矿业贪腐案影响,公司本季度业绩下滑特别严重,总得有人做出个姿态,给行业舆论一个交代，董博宇递交辞呈算是撇清了公司和这件事的关系，也算是做出一个回应市场的交代。

最后，总经理询问董博宇还有什么事情要嘱咐，他想了想说："第一，把住付晓芬，尾款还能抠出来。这件事情自己就算辞职也不会不管；第二，方程是个老实人，做技术有一手，希望公司能善待他。"总经理深深点头，表示不会辜负任何一位有贡献的员工，这段话在这个场合听起来也是蛮讽刺的。董博宇大步迈出会议室，西装革履的一位销售精英直到走出公司大门都高昂着骄傲的头，保持住了最后的尊严。

方程对于老董的这个结局也是早有预判，不过猜测和印证毕竟还是有区别，事情一经落实，方程真是心情黯淡无光，只觉得为谁辛苦为谁忙？董博宇这些年对于公司的贡献不说是半壁江山也差不多，可一步行错前功尽弃，两个字：寒心。

顾晓楠也不可避免地知道了董博宇辞职的事情，她这种人生经历对什么职场挫折无甚感觉，一份工而已，东家不做做西家，所以她很难了解到董博宇内心深处最悲哀的那个点。一下子恢复自由身，董博宇自然是以放松身心为主，第一个想法就是旅行。

"这个时候去旅行？我手边一堆的事情，还有人在等着我的方案呢！"顾晓楠这辈子众星捧月似的台柱子，哪里会什么察言观色、体贴大度那一套。她性子又是超级耿直的，心里怎么想嘴上就怎么说。董博宇觉得我这人生走了麦城，怎么你就一点不懂得顾及我的心情？再者，写方案这种事是他从没在顾晓楠嘴里听到过的新鲜词儿，她怎么越来越像个职场人士啦？

"你能有什么要紧事啊？陪我出去散散心不好吗？"董博宇也是直男作风，觉得你以我的要求为重没有什么不对，我人生关键时期你陪着我也是天经地义。顾晓楠自然知道董博宇心情不佳，其实在说完自己有事之后就已经下定决心把学校的事情放缓，先陪着董博宇度过这段非常时期，谁料想董博宇一句"你能有什么要紧事"又让她反感。

"我怎么就不能有点要紧事啊？我想创办自己的舞蹈教学工作室，廖莎还说有人愿意投资呢！"

董博宇恨不能脱口而出"除了你老公，谁稀罕给你投资啊！"就在两夫妻僵持不下的时候，方程来电话啦。

"老董，公司最近乱得很，咱们的项目组也停啦，我跟公司请了年假，咱俩去上海找老五耍两天吧，当然了，如果你和顾晓楠没有安排的话。"

董博宇几乎想都没想就同意了："没有安排，买机票，走！"

就这样，董博宇和方程一人一个背包，怀揣着巨大的压抑去上海投奔老同学，与此同时，廖莎开始了暗无天日的害喜，每天除了吃就是吐，不过就凭她的性格，斗天斗地其乐无穷，每天一睁开眼就在心里默念："小兔崽子，等你出来看我怎么收拾你。"

方程对廖莎的照顾已经达到了让她不胜其烦的程度。去上海那几天，电话、视频、微信，几乎所有的社交手段都被方程利用上啦。一边是老同学需要抚慰，一边是怀孕的老婆需要照顾，方程也很是为难。可在廖莎看来，我一个大活人能怎样？你在家我不也一样是吐。廖莎告诉自己，这个时候再不喜欢吃的东西也得吃，吐完再吃。婆婆告诉她吃一点点维生素能缓解孕吐，廖莎也不吃，有种看看谁厉害的架势。婆婆也是对于这个要强的儿媳妇无可奈何，最后只得致电给廖莎的妈妈，希望亲家能够劝劝她，凡事就不要硬挺着嘛！

谁成想，廖莎这脾气随了谁呀，还不是自己妈。远在东北的母亲劈头盖脸给廖莎骂了一顿。

"你呀，那么倔像了谁啦？让你婆婆把电话打到我这儿来。让你吃什么就吃呗，能药死你呀，还不是为你好？不识好歹。"廖莎这辈子就跟自己妈像是有仇，你让我干啥我就偏不干。

"哎呀行了，她再打给你的话你不用接。我自己的事儿不用你管。"

"你都要当妈的人啦，能不能少让我操点心。天天吐，那身体能受得了吗？我们都是过来人，说的话还能有错？不听话，你就等着遭罪。"这母女俩针锋相对，互不相让。廖莎也知道妈妈也是为了自己着急，说到底还是心疼姑娘，可这心疼的话就不能好好说，非得用批评来表达关切、用愤怒来传递爱意。再说了，谁稀罕你操心啊，隔着一千多公里就像操心有用似的。每一次两母女通电话都是不欢而散，廖莎打心眼儿里犯愁，自己这坐月子的时候少不得还得让老太太来伺候，到时候不得打出花儿来。廖莎在心里暗下决心，宁可花钱去月子中心也不要遭这个罪。

知道廖莎最近难受，顾晓楠也总是打个电话来问候她。有时候下午两个人约着在街心公园转一转，看看那些晒太阳的小宝宝，也算是舒爽身心吧。顾晓楠培训学校的想法基本成熟了，这几天她约了廖莎和石姐，想以一个特别的方式来讲述自己对于学校的设想。

约好的时间，廖莎和石姐按照导航到了歌舞团大楼，正是汪冰之前培训班的地点。这教育局查资质也是一阵风儿，回头这些学校还不是依然故我。廖莎和石姐摸到了教室，只见能有八九个六七岁大小的小姑娘围着顾晓楠。顾晓楠一身练功服，头发束成发髻，别说石姐，就是廖莎也是头一次看到顾晓楠这样的打扮，忍不住心里觉得，就凭这一身专业范儿，这事儿都成了一半。顾晓楠看廖莎和石姐到了，示意她们坐下，自己就开始上课。

顾晓楠先给孩子们听了一段音乐，然后让大家坐在垫子上闭上眼睛再听一遍。这时候，她会根据音乐情境的变化给孩子们讲述那些旋律要传达的情绪。

"大家听，这是春天的微风轻轻地吹起长发，有嫩绿的枝丫从树上长出来啦。小朋友们把左手伸出来向上伸，想象着自己的胳膊就是努力往上长的小树，好的，头向后仰，有风吹过来啦。"廖莎和石姐虽说不懂，但是对这种教学方法还是觉得非常耳目一新。相比较于传统的舞蹈教学，顾晓楠似乎更关注孩子对音乐的理解和对身体的自如运用。孩子们似乎也很受用，一个个沉浸在音乐营造的艺术氛围中。一堂45分钟的舞蹈课程很快就结束啦，顾晓楠满脸期待地走到廖莎和石姐面前。

"怎么样？"

"真好，这才是艺术的熏陶，孩子们会根据音乐的变化来支配躯体，传递情绪。"廖莎兴奋地说。

"嗯，不错。专业的就是专业的。"石姐看来也非常喜欢这种方式。

"你不是说自己其实一直艺术感觉不好吗？那是怎么想到这种教学方法的？"

"我就是因为艺术感觉不好，所以才会想方设法来让自己能体会到所谓的艺术感。这段时间看了那么多教学视频，渐渐总结出了这个方法。再者，石姐不是说要揣摩高端人群的需求嘛，那天和廖莎也去看了国际学校的表演，他们居然能请孔健做艺术指导，就说明人家对节目的品质有极高的要求。孩子跳舞不是以考级为目的而是以增加艺术修养为要求。你看，杨丽萍的舞蹈美吧，可你们谁看过杨丽萍一下子腿伸得老高，一下子又下腰？充分利用肢体不假，但是最主要还是沉浸在音乐中的神态。"

廖莎和石姐都听傻了，真是术业有专攻，隔行如隔山。

"我看了好多名牌大学艺术社团表演的舞蹈，都是以传递情感的现代舞居多。主要靠编排、艺术表现力和舞蹈题材取胜，这才是业余舞蹈教学应该走的一条路。让孩子充分感知舞蹈的美而不是痛苦地下腰下腿，毕竟我们培养的不是舞蹈演员。"顾晓楠说完后默默地看着石姐的表情变化，迫切地想知道这位"投资人"的想法。

"创意很好，需要细化。能不能出一个20课时的教学大纲，把这种教学方法系统化、分解到每一个课时，总体再评估一下每个孩子一个学期后的学习成果会怎样。必须让不同的老师经过培训之后都能用这种方法教学，这一步能做好，事情就成了一半。"

这么多个日日夜夜的搜集资料、整理体会，这么多时间的摸索思考，在今天得到认可。这种喜悦是顾晓楠从没有体验过的。顾晓楠露出了灿烂的微笑，廖莎看着这个倔强的美人也真是打心眼儿里替她高兴。

"晓楠,我帮你。我马上就不吐啦,我帮你。"

"你现在以养胎为主,生孩子这种事可没有推倒重来第二遍的,孕妇就要有个孕妇的样儿。"石姐白了廖莎一眼。

"养胎就好吃好喝地养着呗,我天天跟着晓楠研究研究舞蹈说不定还能生出个艺术家呢。怀孕也不能就混吃等生吧。"顾晓楠当然巴不得有廖莎肯帮忙,感激地笑着,石姐也拿廖莎没办法,嫌弃地扒拉开廖莎挽着自己的胳膊。

"去去去,没见过你这样的。前几天送给你的孕妇保健品吃没吃?怎么还面黄肌瘦的?"

"我就吃饭吃菜,营养搭配好。最近这孕吐已经强多了,就是不能闻油烟味儿,其他的都可以啦。"

"学校的事儿不急,眼看也要过年啦,春节一过咱就开始装修、招聘,赶在3月份开学季推出就行。"石姐的话一锤定音,顾晓楠舞蹈教学工作室就算有谱啦。

"哎哟,那以后我是不是得叫你顾总啦。"

三个女人嘻嘻哈哈地说笑着也就散啦。廖莎在一家私立妇产医院预约的产检,嘱咐方程严密封锁消息不能让双方老人知道,不然这一下子好几万的费用非得让双方家长给自己扣上个奢华浪费的大帽子。产检是让每个孕妇都深恶痛疾的一件事,公立医院的拥挤和恶劣的服务态度简直就是一场噩梦。就为了个身心愉悦,这几万块花得也值。医生告诉廖莎,孩子发育得很好,等到做四维彩超的时候就可以看看是男孩还是女孩儿啦。

"啊?不是不让看男女吗?"

"我就不信像你这样的人会因为怀了个女孩就去堕胎。"

"那当然不会,不过我还是挺想要个男孩儿的。"

"为啥?现在都想生闺女,生个男孩还得给他张罗娶媳妇。"

"切,我才不管他,生个男孩踹一脚也无所谓,生个姑娘下不去脚。"这个生猛的态度让产科医生真是哭笑不得。

"从来都是你自己来产检,你老公不陪着?"

"我又不是不能走路要他陪?不够碍事的,这个不能吃、那个不能碰。"这个彪悍的孕妇还真是刷新了产科医生的认识高度,要是人人都能这样,世界和平指日可待啊。

顾晓楠受到石姐的鼓励,开始着手为自己的教学新方法做细化工作。思来想去还是打算奔赴自己曾经就读的舞蹈学院请教一下老师。这一下,董博宇意识到老婆是玩真的啦。

"你真要弄什么舞蹈学校啊?"

"是啊,要不我一个大活人就这么天天在家也没意思。"

"那也没必要弄得这么大阵势吧,还得去北京找你们舞蹈学院的教授,一旦弄不成多让人家笑话。"

"乌鸦嘴,呸呸呸!"顾晓楠拖着行李箱就走了,她也不指望董博宇还能开车送送自己。随着大门哐当一声关闭,整个家里就剩下董博宇自己。眼看快过年了,董博宇整整长了8斤体重,自己也知道这样回老家过年肯定交代不过去,只好天天健身房跑起来,希望能维持一个良好的形象,毕竟,等过了年他还要东山再起。临出门之前他给廖莎打了个电话。

"给我个卡号,我把我老婆开学校的钱给你打过去,我看她是非干不可啦。"

"嘿嘿,老董同学这回真不用你啦。假戏真做了,那位大姐真就看好了顾晓楠的项目打算全额投资,没你什么事儿啦。"

"别开玩笑啊,赶紧的。"

"我一个小孕妇可是要积口德的,谁开玩笑啦,真得都不能再真啦。"董博宇背着健身包站在地下停车场正中央,就觉得这个电话打得那么缺乏真实感。一个家庭主妇居然给自己找到了投资,一个堂堂销售精英居然赋闲在家。一股子夹杂着自负与自卑的复杂情感开始在董博宇心中升腾起来。

"没天理啦。"董博宇在心中暗骂。

春节就这样浩浩荡荡地裹挟了所有人。廖莎和方程在年初三回到了廖莎娘家,果不其然母女俩因为一件小事大吵一架,气得廖莎订了机票就跑了回来。董博宇和顾晓楠回到西安,由于董博宇现在也是自由身,所以就在西安待得不亦乐乎,顾晓楠着急回来筹备学校急得直跳脚,董博宇就权当没看见。赵凯终于在春节之后的第一个工作日就辞了职,全公司上下哗然。由于再不是同事身份,所以赵凯对于小娜又少了一层顾忌。从总经理办公室出来就大大咧咧推开于小娜办公室的门,然后再当着众人的面紧紧把门关上。

"你这个人真坏,你刚交了辞呈就一头扎进我办公室,你让公司的人怎么想?"

"我就是想让他们那么想啊。这样你就会迫于舆论的压力出来跟着我干。"于小娜也拿他没办法,只好起身去把办公室门打开,谁成想赵凯一个箭步走到门口,当着外面工作人员的面拉住于小娜的手,然后又把门关上。

"赵凯你干什么,人家会以为咱俩在办公室做了什么见不得人的事。"

"咦,好主意啊。对呀,在办公室搞点什么倒是蛮刺激的。"

"你给我出去。"

"不行啊,这前后还不到5分钟,我这就出去多丢人啊。"于小娜被他搞得心烦意乱,只好放高了声音在办公室大喊:"赵凯,我警告你啊!"赵凯下意识地忙向办公室门口看,隐约中似乎看到门口聚集了一些模糊的身影。

"行啊,你招真多。"

"跟你这种人,就得讲点策略。"赵凯无法,只好走出于小娜办公室,看到外面开放式工作区的人都盯着自己看,赵凯仗着已经辞职也没什么好顾忌,大声冲着隔断里面的于小娜喊:"下班我来接你。"众人都是一副吃惊的表情,于小娜在办公室里恨不能把后槽牙都咬碎啦。这个家伙真是一本正经的不正经,那个坏劲儿里面还透露着聪明和狡黠的可爱。一切归于平静后,于小娜将之前赵凯给她看的创业计划又翻出来看了一遍。说实话,真是个很不错的项目。赵凯打算重点搜集一批装修陈旧但位处城市核心区域的老房子,在压低成本的前提下做重新装修之后再上市交易。同时,在城市郊区寻找带院落的农村集体产权房屋,做类别墅化改造后可以做20年长租的产品。都是好办法,很好地扩大了中介在房产交易过程中所发挥的作用。从有什么卖什么过渡到了想卖什么就把它变成什么。于小娜真是动心,甚至就连自己在公司中可能充当的角色和发挥的作用她都想好啦。可是,在不是老板娘的前提下凭什么给赵凯卖命呢?于小娜在寻找办法。就在这时候,赵凯的电话拨了过来。

"刚才光顾着哄你,正事儿都忘啦。"

"你那是哄我吗?我用你哄吗?"

"好好好,你帮我联系一下之前给我们大区做装修的老马好吗?"

"你怎么又想起他来了?不是嫌弃人家没脑子吗?"

"此一时彼一时嘛,你不是说过他肯垫款、账期长嘛,现在这都是千金不换的优点啊。"赵凯的计划确实需要一家肯给他垫款的装修公司,这样才能保证正常运转。于小娜没想到赵凯居然属意老马,放下电话于小娜就乐而开笑,"既然如此,你可就怪不得我啦。"没想到这个老马最近还挺吃香,刚放下电话廖莎又来电要老马的联系方式。

"你找他干吗呀?"

"方程那个好朋友的老婆叫顾晓楠的,记得吧?她找到了投资要做一间舞蹈教学工作室,房子有了需要装修啊。"

"哈,这个老马最近是要走运的节奏啊。舞蹈工作室这种细致活不能找老马做,他太笨,我给你找个独立设计师吧。"

"好呀好呀,你那里资源多。"

在于小娜的操持下，顾晓楠、廖莎和设计师吃了顿饭算是搭上了线儿，双方也是理念相同一拍即合。廖莎这种开疆辟土的将才就对这种在一片废墟上搭建城池的事情分外热衷。挺着个大肚子跟着设计团队碰方案、出创意，搞得方程每天提心吊胆。这二月二都过了，董博宇意气风发地开始频频约见圈子里的各路朋友，无他，就是释放自己在寻找平台的信息，只可惜矿业集团的案子距离了结遥遥无期，董博宇就像是被雪藏的艺人，没人说你不行，可也没人敢于启用。这一天，董博宇约了几位同行吃饭、唱歌，席间也就是叙叙旧，董博宇扯着一副兄弟我终于自由了要大干一场的架势，虚虚实实地给自己探路，没想到对方却是个纯理工思维，根本不买账。

"博宇啊，你的事在圈子里已经不是什么秘密啦，兄弟们都特别为你感到惋惜，这就是不可抗力没什么好说的。不过，我真拿你当兄弟，也听说了你最近频频在圈子里攒局，我由衷地劝兄你一句，自己创业吧。"这位仁兄喝得双眼冒着红光，搂着董博宇的脖颈真是一副掏心掏肺的表情。

"创业，为啥？"

"为啥？好，不创业也可以，那你换个行业。"

"我做这行做了这么久，也不是没成绩的人我为什么换个行业啊？"

"这个行业在本市谁还敢用你啊？谁不害怕跟那个矿业大案沾上边儿啊。所以啊，要不你赶紧把自己择出来，要不，转行吧。"董博宇不是个不知好歹的人，对方虽然情商堪忧但确实是站在自己的角度在考虑问题。虽说对于自己目前的处境董博宇也有预判，但这个自我判断和别人判断毕竟是两码事。这一个实锤落下来真是把董博宇砸得不轻。这一晚，董博宇喝了个烂醉如泥、人事不省。

再睁开眼的时候发现周围的一切都很陌生，像是洗浴中心的休息大厅，董博宇起身使劲摇了摇头也想不出自己怎么就到了这个地方。好在，贵重物品一样没丢，手机也就在旁边。知道顾晓楠的脾气，董博宇心想指不定多少个夺命狂呼，没成想掏出电话一看居然一个未接来电都没有，顿时就气不打一处来。这顾晓楠对自己的漠视就已经到了这种程度吗？这大半夜的不回家都不知道打个电话问问。

要知道顾晓楠当然是想找他，但是碍于最近董博宇脾气渐长，自己实在不敢招惹他。心想这电话打过去要是不接，自己难免胡思乱想；要是接了，恐怕又少不得老董一顿数落，所以还不如大被一盖爱咋咋地吧。顾晓楠这心情董博宇哪里能体会，他只觉得我风光的时候你一天恨不得把电话打爆实行盯人战术，现如今却不闻不问，这女人变脸真是比翻书还快。想到此，董博宇倒头便睡。

顾晓楠最近也实在是忙得飞起来。石姐将自己名下的一处公建拿出来做舞蹈工作室的场地，各项装修工作都在紧锣密鼓地进行当中。作为投资人，石姐从自己团队中抽调了财务、工程人员来全力配合前期工作，其实已经给顾晓楠减轻了很大的负担，但是作为这个舞蹈工作室的创始人，她还是有巨大的责任，每天满脑子都是各种杂事，搞得精神压力特别大。课程设计在舞蹈学院老师的帮助下也完成得七七八八了，下一步还需要招聘舞蹈教室的课程顾问，给大家做培训。这些事情让顾晓楠几乎抓狂到彻夜失眠的地步。有时候累得站在街边就想大哭一场，也不断地问自己为什么要这么折磨自己。其实顾晓楠知道，是自己心里深埋已久的不安全感被极大地唤醒。之前，她是不触碰、不思考，过着自己没心没肺的小日子。但是，付晓芬事件就像是一个巨大的导火索把她深埋于沙漠中的脖颈死死地拽了出来。从此一发不可收拾。再者，董博宇目前的职业困境她虽然不懂但是能看到，这种天要塌的恐惧成为鞭策她不断前进的小鞭子。顾晓楠又是个极为倔强的人，认准的事情不撞南墙不回头、不到黄河不死心。

眼看着顾晓楠的创业之路走得顺风顺水，董博宇心里的酸水就不停地涌动。本来就毒舌的他现在跟老婆说话更是集合了各种抢白、嘲讽、一语双关，总之，不帮忙总添乱。

"还写课程计划,你那点文化水别丢人啦。"

"哟,这就早出晚归啦,这真要是工作室开门收徒我还能不能看见你呀?"

"这以后是叫你顾老师还是叫你顾总啊?知道办公软件怎么用吗?用不用先去上一个电脑扫盲普及培训班啊?"

顾晓楠被董博宇气得七窍生烟,但这个金牛座女生就是一声不吭,你高兴说什么就说什么,我就是不发火、不反驳,她知道董博宇就是想让她失控,但是"我偏不"!顾晓楠越是不生气董博宇就越是来气,这个以前言听计从的家庭主妇居然现在对自己爱答不理。

工作室的装修已经在收尾阶段,小设计师由于想用这个工程给自己扬名立万所以几乎没日没夜地住在工地,搞得顾晓楠非常感动。至于最核心的课程方面,顾晓楠说动了汪冰加入自己的团队。这个汪冰是虎了点不假,但是她手里有最宝贵的生源。再者,顾晓楠也了解她的水平和优势。汪冰在与人打交道这个方面的擅长基于顾晓楠几乎是碾压式的。因此,顾晓楠负责教,汪冰负责讲,这是一个很好的搭配。同时,汪冰由于多年从事培训专业和相关的主管部门关系不错,因此在资质的审批上可以由她来跑。汪冰以前干的是小作坊,这一下子鸟枪换炮,气焰极度嚣张。

"300平的房证我就砸那个办事员头上,看看,姑奶奶我今天在资质上啥毛病没有。我就看他给不给我学校牌照。真是好好地出了一口恶气呀!"顾晓楠看她那个样子就觉得好笑。

天气渐暖,顾晓楠在县城的父母准备到女儿家里小住,顺便逛逛商场置办点换季的穿着。顾晓楠当然非常高兴,自从自己结婚其实父母很少来打扰,一是老两口晚年生活丰富不太寄情于儿女,另外顾爸爸、顾妈妈也有点忌惮董博宇。传统观念嘛,儿子家住起来就比较仗义,女儿家就总觉得没有话语权。

顾晓楠在筹备自己的工作室,父母自然是知道的。当初顾晓楠打算变卖父母的房产着实让老两口倒吸一口凉气。祖上往上数三辈儿都没有一个做生意的人，所以一听要做什么买卖就本能地害怕。后来，听说有别人投资，老两口又担心，这用了别人的钱用不用还啊？是不是得看人家脸色啊？这次来住也是有着观察局面的想法。谁知，顾晓楠就是忙得早出晚归，根本顾不上照顾父母，这个当爸妈的都能理解，但是董博宇目前状态老人可就有微词啦。

之前，董博宇工作忙，家里的事情都交给顾晓楠，作为女方家长其实是没有意见的。毕竟男主外女主内，也是老一辈的传统想法。但是，现在董博宇不忙了却仍然甩手掌柜当得非常潇洒，家里大小事情都不闻不问，老两口气不打一处来。比如，顾晓楠一大早出门之前还得自己做早餐，在顾妈妈看来就不应该。董博宇睡到日上三竿，怎么就不能早点起床给老婆弄一口吃的？再者，顾晓楠去哪儿都是自己开车，顾爸爸也不愿意。董博宇你以前忙，没人说你什么，现在你没事儿了，天天在家闲着就不能开车拉着媳妇出去跑一跑？让她在车上休息休息不好吗？还有，晚饭不能做吗？就歪在沙发上打游戏，天都黑了也不张罗做饭。就算你不会做，择菜不会吗？洗米不会吗？替女儿分担一点呀，顾晓楠忙了一整天回来还得做晚饭，看着都让人心酸啊。总之，这个以前千好万好的女婿此时是怎么看怎么不顺眼。

思来想去，顾妈妈还是瞅着董博宇扒拉手机的空当打算跟他谈一谈。开始的时候，云山雾罩的老人也不肯明说，搞得董博宇知道这岳母一定是有话要说，但是想说啥，没听明白！顾妈妈见这女婿一头雾水的样子，心一横，干脆明说吧。

"博宇啊，你看你下岗也有段时间啦。"下岗这两个字就像一把快刀，一下子就扎到了董博宇的心尖儿上。怎么自己竟然沦落到下岗的地步了吗？可这老人哪里知道啊，他们经历的那个时代哪有什么辞职啊，都是下岗。

"妈，下岗？我是辞职，不是下岗，好吗？"

"我不懂,说错了你别往心里去啊。你看你……这不是失业了嘛。"下岗之后换成失业,董博宇都快气吐血啦。

"妈,怎么我就失业啦。我是在家休息一段时间,调整调整状态。"董博宇是一声又比一声高,这一下老太太就不愿意啦。这顾妈妈可不是个好相处的人,一下子言语就激烈起来。

"博宇啊,下岗也好失业也罢,妈知道你都不爱听,我们做老人的其实在你们身边也没几天,按理是不该说,但是这几天我看晓楠累得那个样子心里又心疼,所以,妈有的话要是说重了你也别往心里去。"

董博宇大致知道老太太想说啥,心里烦,顺手拿过一支烟点着,满脸的不耐烦。老太太本来就不满意,一看这劲头就更是生气。

"你以前工作忙,家里的事情晓楠多干一些也是应该的。可现在你有时间了,很多事情就应该多分担一些。我不是心疼自己家孩子,你看晓楠晚上回来还得给你个在家的做晚饭,这多不合适。我们不在,你们就两口人,管它好坏你给她煮个面条,她回来吃一口现成的是不是心里也暖和。"

老人的话说得情真意切,而且从道理上也挑不出任何毛病。但是,作为董博宇来讲,年纪轻轻事业有成,未婚时被姑娘追、结婚了被老婆照顾,这辈子他就没迁就过任何人,也不可能学会站在别人的角度去想问题。他觉得我挣钱给老婆花理所应当,老婆照顾我天经地义。

"妈,我目前在家待着不假,可我这几年挣回来的钱够我在家躺个五六年也不成问题。至于楠楠,没人让她出去忙啊,她累她可以不干啊,我娶得起媳妇我就养得起,我董博宇可没逼她,别说得像多受气似的。"

这一段话一出口差点没把老太太气死,这怎么理直气壮到这种地步。这些年,我这姑娘过的是什么日子啊?

"博宇啊,话可不是这样说。你们家的钱是你挣的不假,但是挣钱多可不能成为不做家务的借口。再说,知冷知热才是夫妻,那楠楠累得眼皮子都快抬不起来了你看不见啊?安慰的话没听见一句,伸手就让她给你倒水。"

"那我半夜还给她盖被呢，您看见啦？两夫妻的事哪能分那么清啊？"这一句句给老太太噎得直翻白眼儿。心想之前怎么就没发现这女婿这张嘴这么不饶人啊？

"那……你往后怎么打算啊？就这么在家待着？用不用先临时找个活先干干。"

"妈，我不是说了嘛，我待个五六年楠楠也饿不着，您不用跟着操心。您和我爸这回不是想置办点东西嘛，想买什么尽管买，钱我们出，你俩的养老金就别动啦。"

老太太一听女婿这么说，估计这经济上没什么压力应该是事实，提着的一颗心算是稍稍有了着落。可是，一想到自己女儿奔波的那个样子，当妈的还是心疼。老太太艰难起身，叹了口气就回到了客房。董博宇看着岳母的背影心想："哼，势利眼。"不过，需要为将来谋划这件事情董博宇倒是真的上了心，实在不行就像那位仁兄建议的"看项目，创业吧"。就在这个时候，微信上突然接收到廖莎发来的一个电子文档，点开一看是石姐给顾晓楠舞蹈工作室注资的合同。

"老董，替你媳妇的卖身契把把关。"廖莎这话说得让董博宇心里这个不舒坦，怎么自己媳妇就这么就卖身啦？自己这不成了等卖媳妇钱用的了？不舒坦归不舒坦，但是合同这种事董博宇知道绝对不能马虎，当下就直起了身逐字逐句地认真研读起来。一边看着，一边打开电脑，把条款上可商讨的、措辞上不够严谨的都一一挑拣出来形成文字发给了廖莎。

"呵，看得够仔细的，真是亲老公。"

"废话！"

合同在董博宇的坚持下调整了三四个来回。尤其是涉及顾晓楠教学团队利益的款项，董博宇可以说是据理力争、毫不手软。当然石姐也不是白给的，双方拉锯了几个回合终于确定了最核心的利益分配方案。

由于整个前期规划和合作模式董博宇通过合同都了解了一个大概，所以他对老婆这次创业基本还是持谨慎乐观的态度。可越是觉得项目靠谱他就越是焦虑，这种焦虑来自于旧秩序的打破和对新秩序的陌生与抗拒。

春暖花开，工作室的全部装修工作已经完成。石姐、顾晓楠、汪冰在新工作室简单做了一个小仪式算是讨个彩头。石姐是一位地道的生意人，对这些东西异常笃信。其实，顾晓楠的生辰八字石姐早就找人看过，大师说这小媳妇特别带财，这也是石姐下定决心投资的一个很关键因素。按照大师算好的时辰，该烧香烧香、该放炮放炮，该摆的阵法一样都不少。仪式过后廖莎才到，这也是大师的叮嘱，四个眼睛的孕妇不能参与仪式的过程，为此廖莎还愤愤不平。

几个人正在叙旧，没想到门口"嘭"的一声，众人一回头就看见石姐的女儿面条儿一脚踹开大门，横着膀子就进来啦。石姐一看是她觉得面子上过不去但也不好发声，但有人却一点不惯毛病。

"你没长手啊，还用脚踹门。"汪冰指着面条儿狂吼。

"切，就好像谁愿意过来一样。"面条儿拉着一张脸感觉全世界都欠她钱，众人都被这姑娘的少教举动搞得分外尴尬。

"不愿意待谁还留你呀，请你来啦？"这几个人当中，恐怕只有汪冰不知道这讨债姑娘和石姐之间的关系。又得益于汪冰一个"虎"字贴在胸口上，说话本来就没遮没拦，所以一句话就怼了回去。顾晓楠刚要去拉住汪冰，不想面条儿居然一屁股坐在大厅里。

"你让我走我就走啊，你谁呀？这是我家的买卖。"

"哟，叫声妈我听听。这谁家熊孩子，你哪儿的呀，这么招人烦？"汪冰扯嗓子喊完之后，大厅里瞬间鸦雀无声。只见面条仰着头用手指着石姐说："她是我妈。"汪冰这时候才意识到原来是董事长的姑娘。不过这"威"都立到了这个份儿上，此刻也不能卖啊，汪冰只好拿出一副爱谁谁的势头冲着面条儿说："我管谁是你妈，到这儿就给我老实儿点，不然你信不信我大嘴巴子抽你。我一个人带四五十跳舞的孩子，什么人没调教过呀？少给我来问题少年那一套。"

谁成想，汪冰这一顿激将法还真奏效，面条儿瞬间就没了动静，翻了个白眼儿掏出手机玩电游。石姐一看，呵，汪冰居然对付这小魔女有一套，赶紧把汪冰拉过来。

"我可跟你说啊，生意赚不赚的八成靠命，但你要是能把我这姑娘收拾过来，赔钱我都愿意。"

"董事长，您这话我可记住了哈。调教孩子我最有一手，您要是放心就把她交给我。"

"行，反正工作室也需要课程顾问，她的工资我来出。"

汪冰那钱串子脑袋一合计，白捡个大活人使唤还有人给费用，何乐而不为啊？当下就拍着胸脯应承下来。

看到汪冰这股子"咋呼"劲儿，廖莎扯了扯顾晓楠小声说道："我这一大肚子就总担心你这儿的生意没人能压得住场儿，今天一看你这搭档我就放心啦。这世界上真是只有更虎没有最虎。"顾晓楠哈哈大笑，笑得众人一脸茫然。

仪式部分结束，大家自然是要聚在一起吃吃喝喝，对工作室有贡献的于小娜、设计师都被拉了过来。只见于小娜红光满面，好一副风生水起的模样，廖莎看着就觉得奇怪。

"这么滋润，不是上了赵凯的床吧？"

"你都这么大肚子了也不积一点口德。"

廖莎终究是要当妈的人了，瞬间就闭上了嘴。众人不由得感叹再彪悍的女人也架不住母亲的身份。席间大家自然是恭喜恭喜、祝贺祝贺，顾晓楠激动得热泪盈眶。廖莎自然知道她激动当中还有着无尽的委屈，顶着家里巨大的压力出来做一件事情，顾晓楠这段路走得多艰难，廖莎最清楚。为装修操了不少心的小设计师对顾晓楠有些小男生般的崇拜，席间提议在工作室的门外一定要竖一块特别大的顾晓楠跳舞的招牌。

"要大大的那种，在主路上远远地就能看到。有阳光的舞蹈房，顾姐就素颜穿着练功服的照片，我来负责摄影。"小设计师兴高采烈地建议。

"那我呢？就竖她的呀？"汪冰龇牙咧嘴地表示抗议。

"你得和孩子们在一起，表现工作室的亲和力。"设计师的提议明显汪冰比较满意，眼带笑意地不吭声啦。

"那么大的招牌，恐怕城管那边不好通融啊。"于小娜做了这么多年行政自然是知道这当中的门道。石姐觉得设计师的建议非常好，这个活招牌真是一定要用到极致。所以，当下就发了话："城管那面我来协调，用罚款能解决的都不叫问题。"石姐这爽快的性格，一下子就把大家逗乐，热火朝天地讨论。在一片欢声笑语中，只听得汪冰猛然间就一嗓子："爱吃不吃，就这些东西，不想吃你就走。"气哼哼的面条儿盯着汪冰，一副被收拾得很不爽利的表情。石姐看到这一幕，简直是不要太开心，偷偷对廖莎说："拧的怕横的，横的就怕不要命的。"廖莎乐得把一口水全喷在了桌子上。

吃完了饭大家也就散啦，于小娜挽着廖莎的胳膊两个人在街边慢慢溜达着消化食儿，于小娜时不时摸摸廖莎的肚子，感觉孩子的变化。

"羡慕吧。"

"切！"

"你跟赵凯到底怎么样啦？"

"我就想跟你说这事儿呢！"听于小娜这口风，廖莎大惊。

"啊？什么意思？有新情况？你不会是从了吧。"

"我辞职啦。"廖莎都听傻啦，于小娜这弯道也太多啦。怎么这一下子还整出辞职来啦？

"你辞职？有新去向啦？别跟我说要跟赵凯创业哈。"于小娜但笑不语，廖莎一下子就明白啦。

"被我说中了是不是？"

"你聪明，行了吧。"

"你可真行,你是打算曲线救国呀,还是再见亦是老板啊?"

"项目好,有前途。资金已经到位,事儿靠谱。给我副总职位,够风光。"

"还有老板长得帅。"

"哈哈哈,也算是利好啊。"

于小娜办事向来稳妥,当她跟廖莎说起此事的时候所有离职手续都已经办完。原公司自然是风言风语,但,人都走了谁还在乎你说啥呢?于小娜辞职的事情并没有告诉赵凯,她不想给赵凯错觉好像自己在试探和邀功。创业就是创业,合作就是合作,感情……一定要水到渠成。

于小娜和廖莎分开后就在市中心的商业区里转悠。从大学毕业到现在,她没有一天不是在高速的职场上旋转,自己又是一个心思缜密的人,所以相比较廖莎那样的粗线条就愈加费神。这回辞职,她也是第一次有了一段可以随心所欲支配的时间,所以,逛逛街、看看电影,心无旁骛的感觉让她身心也舒展了很多。不过,有些人可不想让她这么舒坦,刚刚买了电影票赵凯的电话就到啦。

"辞职不通知我,翻天啦?"

"你这不是也知道了嘛。"

"别人告诉我和你自己告诉我感觉能一样吗?"于小娜不仅乐而开笑,这个男人还会挑理。

"你在哪儿?"

"我在看电影。"

"哪家影院?"

"我不告诉你。"说完,于小娜就把电话挂掉啦。这几天谋划辞职后的事情太烧脑,必须找个爆米花电影给自己紧绷的神经放松一下。下午场,整个大厅里稀稀落落的观众,于小娜还是找了个角落坐好,黑暗中一颗心沉在肚子里,脑子里什么都不用想的感觉真好。剧情很无聊,无聊到于小娜都快睡着啦。突然,紧挨着自己的座位势大力沉地坐下一个人，那人身上带了一股子风尘仆仆的凉意，于小娜一下子就精神啦。这下午场的电影，放眼望去到处都是空座，这位老兄怎么这么不开眼啊？于小娜刚要发作，就看见赵凯一张含笑的脸正目不转睛地盯着自己。

"你怎么找来的？"

"所以，看电影之前不要随便发朋友圈。"

"那你怎么知道我看的是这部电影呢？"赵凯笑了笑伸出一只手，手里攥着能有七八张影票的票根。

"世上无难事，只怕有心人。"这一刻，于小娜几乎都已经被打动，她好想追问一句："你是有心人吗？"但是，这动容在黑暗中微弱得连她自己都捕捉不到。"动情的女人要吃亏"，石姐的教导她片刻不敢忘怀。于小娜转身就对着屏幕假装认真看电影，不再搭理旁边的男人，赵凯把头蹭过来悄悄地跟于小娜聊天。

"你知道吗，我上高中的时候城南影院还没有拆，那时候还有通宵场，我曾经创下在里面看了 48 个小时电影的纪录。"

"跟谁呀？"

"我自己呀。"

"不可能。"

"哦，想起来啦，跟 4 个不同的姑娘。"

"这还差不多。"

"原来我在你心目中就是这么个形象啊。"

"那当然不是啦。"

"嗯，还不如这个形象呢，对吧？"于小娜被赵凯逗乐了，一下子前排几位纷纷侧目。于小娜也觉得失礼，压低了头怕被发现。

"咱俩出去吧，看上去太像狗男女啦。"于小娜起身往外走，赵凯自然也跟着出来，到了场外，两个人明显都松了一口气。

"小时候在电影院里看到后排那些男男女女就觉得好刺激，怎么轮到自己还下不去手了呢？"于小娜白了赵凯一眼也不接话茬儿。两个人在商场里找了间咖啡店,优哉游哉地聊天。

"一对儿职场精英,一下子变成无业游民啦,大下午的喝咖啡、看电影,真是不务正业呀!"赵凯一边伸着懒腰,一边有的没的扯着闲篇儿。

"我是无业游民,您赵总是蓄势待发,咱俩不一样。"

"于副总就别谦虚啦,咱俩也舒坦不了多长时间,下周资方代表就要过来了,事业进入实质性阶段。"

"我可没说一定要掺和你的事儿啊,我辞职跟你没关系。"于小娜这话说得就跟撒娇差不多,一脸"你能把我怎样"的表情。赵凯也不吱声就盯着于小娜看。

"不行,不能给你准备独立办公室,我得跟老马说必须把你和我圈在同一个圈里。"

"凭什么?"于小娜眉毛一下子就竖起来啦!但随即就知道自己上了赵凯的当,脑袋扭在一边气哼哼地盯着窗外看。赵凯也不敢笑出声,只觉得这女人是个情绪化的。

"对了,你最后到底推荐了谁做你们大区的总监?"

"你。"赵凯这个答案真是让于小娜一惊。

"胡扯。"

"我不仅没胡扯,而且我告诉你我是知道总经理有这个心思才会提的你。"

"你为什么不早告诉我?"于小娜杏目圆睁。

"我告诉你,你还会辞职吗?"赵凯一脸得逞的表情,于小娜气不打一处来,抓起身旁的靠垫就往赵凯身上扔。其实,就算公司真的提拔于小娜做这个总监她也不会接手的。谁接赵凯的摊子都不会舒服,干得好是底子好,干不好是你能力差,里外不讨好。

两个人的花枪也要得差不多,接下来怎么跟老马的装修公司签约,怎么招人、怎么挖人,两个人详细地讨论了起来。于小娜建议,老马的装修公司底子不好,经常给他们老乡走账,没事儿就被税务查一查。所以,必须让老马新成立一家有些规模、底子清白的公司来合作,赵凯对此非常同意。

"你看你多聪明,一下子就在新事业中找到了自己的定位。"

"最好是咱们和老马共同出资做一间股份公司,这样捆绑得更紧密。"于小娜建议。

"还不是时候,这种事水到渠成吧,在不知道老马真正能力的情况下我还不想跟他绑得太紧。"于小娜也表示同意,毕竟老马确实是没脑子一些。其实,除去感情不谈,于小娜觉得自己和赵凯在工作上确实非常合拍,一个大开大合定方向、出战略,一个细致入微抓细节、搞管理。要不是前面闹出了感情纷争,两个人就这样做事业的搭档也是一件非常幸福的事情。可这种事情就是这样,一旦开了头就再也回不去啦。

和顾晓楠以及于小娜的忙碌比起来,廖莎这个孕妇的生活简直不要太舒服。赵凯辞了职,整个大区的工作暂时被中部大区的总监托管,人家知道是托管状态,一切平稳过渡即可,所以什么社区关系部,什么负责人,人家才不要管。廖莎这个边缘人士就更是达到了一种"带薪辞职"的状态。好几个公司的原同事给廖莎打电话都是羡慕之情溢于言表。但是,廖莎知道这种日子她也就是怀着孩子过一过还可以,真要是让她以后天天如此,她真是生不如死。婆婆说要加强孩子的胎教,让方程的表妹刻了好几张胎教音乐的碟片,廖莎在家里闲着没事儿就听,或者上网搜集一些育儿攻略和宝典。

方程自打董博宇辞职之后干得非常不顺心,本来嘛,你是原领导的发小、红人儿,现在你老大捅了娄子引咎辞职,你这个小弟就相当于在公司没了靠山。针对矿业集团的项目基本处于停滞状态,方程也被临时塞到售后维护的部门,总之就是天天挨甲方训。也就是方程心态好,换一个人早就崩溃啦。

"老婆你知道吗,我发现科技园那边的公司食堂整体餐饮水平都赶不上临海工业区。我查了，临海那边是交给一个美食公司运营，这个公司主要是做团餐的，也做社区午餐店，所以成本管控得好，午餐基本同一个价钱的基础上能多加一只鸡腿或者早餐能多半个咸鸭蛋。所以，目前外出维护我买通了我们公司的调度，我主要就去临海工业园，老婆，你说我厉不厉害？呵呵呵。"

廖莎盯着方程看，都已经混得惨到要外出维护了居然他还能找到这么巨大的乐趣。这绝对是一种超能力。

"而且，我特别喜欢到国企去做维护。你知道吗，他们效率特别低，有时候找我去开技术会，就由于没有会议室我就坐在那儿等，一等就是一上午，然后就吃午饭了，你说多舒服，呵呵呵。"

坐一上午冷板凳，方程也能看到其中的实惠。廖莎有点听不下去了，但是由于知道方程最近实在是背也不好太打击他。

"那甲方对你还不客气呢，你不生气吗？"

"我只要一想到甲方对谁都不客气，我就不生气啦。呵呵呵。"

也不知道是不是怀孕后体内激素发生了变化，这要是放在以前，方程这些论调会让廖莎火冒三丈，噼里啪啦一顿臭骂。但是现在，她看着方程就觉得这个世界怎么还会有内心这么纯净和美好的人。公司明明欺负他，临海工业区跑一趟所需时间几乎是科技园的两倍，但是他却告诉自己中午可以多吃个大鸡腿，所以很高兴。去国企做维护，浪费时间不出活特别影响绩效，但是方程能在等会议室的过程中体会到舒服，所以很高兴。方程简直就是老天爷给人类社会的礼物。看着方程坐在沙发上认认真真地给自己剪脚指甲，廖莎眼泪都快出来啦。她几乎在内心暗暗下定决心，等我生完孩子重出江湖，谁敢再欺负方程我捏死他。这辈子，能欺负方程的也就是我廖莎顶多再加上我儿子。想到这儿，肚子里的孩子居然踢了自己一下，廖莎想"小家伙也一定是同意我的看法"。

一转眼，做四维彩超的日子到啦。一想到马上就能知道肚子里的孩子到底是男是女，廖莎还真的有一点小激动。当天早晨收拾停当，廖莎就准备自己去医院检查，不想这一回方程非要跟着，拦都拦不住。

"今天是做四维彩超啊，能看到孩子的长相我要去看。"廖莎一想也是这个道理，就乐呵呵地跟着方程上了路。私立医院服务态度不要太好，医生护士见了孕妇都跟见着亲人似的。预约制度也严谨，基本上没有轮候的时间。夫妻俩一想到马上就能看到孩子的真面目，说内心不激动是假的，尤其是方程，拿着手机全程录像说是回家拿给老人们看看。当硕大的电脑屏幕上呈现出暗黄色的一团，然后轮廓渐渐清晰，廖莎顿时双眼就模糊啦。

"这什么玩意儿啊，怎么跟个猴儿似的。"廖莎带着哭腔抓着大夫问。

"敢情你这眼泪不是激动的？"大夫吃惊地问。

"我激动个什么劲啊，我是被吓着啦，这也太丑了点吧。"

"老婆，不丑不丑，像我。"方程激动地表示。廖莎连忙盯着屏幕看然后又看了看方程，嘴巴张得能塞进去一个拳头。

"这样你都能看出像你？真行！"夫妻俩看着胎儿的样子，你一言我一语讨论个不停，这检查室里陆陆续续又走进几位医生模样的人两个人也没在意，直到这些医生都聚集在屏幕前皱着眉头开始指手画脚，两夫妻才觉得事情不大对劲。

"医生，怎么啦？"

"嗯……有点问题。"

听到这一句，廖莎心里慌了，方程更是手机直接掉地上啦。对于孕妇来说，每次产检时医生任何一个微小的动作、表情都会被放大无数倍、被解读无数回，何况是今天这种情况。

"目前看，你的孩子是单脐动脉，需要做详细的产前诊断。"

检查室瞬间安静了，廖莎就觉得喉咙哽咽得像是被塞入了一块骨头，方程基本也被焊在了地上，手里拿着刚捡起来的手机一动不动。

"什么叫单脐动脉？"廖莎勉强开口问了一句。

"是这样,一般一根脐带中会有两条动脉给孩子输送营养,但是就目前四维彩超的结果看,孕妇的脐带中只有一根动脉。"

"那会造成什么结果?"方程追问。

"最明显的就是营养输送困难呗。"医生解释道。

"那我是不是就拼命吃,争取有更多的营养形成就可以啦?其他的没什么影响了吧,大夫?"诊室中几位大夫你看看我,我看看你,貌似都不太愿意成为那个必须给出解释的人。

"是这样的,单脐动脉在新生儿当中是有一定比例的,一般来说是0.45%。不伴有其他畸形的单脐动脉胎儿多数情况下与双脐动脉胎儿完全一样。只是在营养输送方面会弱一些,需要加强营养、密切观察,临产时恐怕需要剖宫产。"廖莎一听貌似还不太吓人,心情平复了一些。

"不过……"医生这一个转折,让刚刚有了点起色的诊室氛围再度压抑起来。

"不过,单脐动脉虽说不能作为胎儿畸形的一个诊断标准,但是,很多畸形胎儿在临床上都有单脐动脉的症状,比如先天性心脏病。"医生的弯弯绕彻底把廖莎的思绪搅浑了,愣愣地看着医生。

"您的意思是说,单脐动脉的孩子未必畸形,但是畸形的孩子有可能是单脐动脉,对吗?"方程捋了一下逻辑链。

"对!"

"我靠,这怎么整!"方程一下子就蹲在地上,双手抓住头。医生们你看看我、我看看你一副见怪不怪的表情。

"能进一步诊断吗?"廖莎追问。

"可以针对胎儿做一个产前诊断,我们叫'大排疾',就是大规模排除胎儿疾病的意思。可以抽个脐带血做一个非常精准的筛查,这个就不是你们平常做的那种仅仅是给一个高危或者低危的概率,抽脐带血的排查结果准确率能达到99%以上。"方程一听,呼地从地上站了起来,满脸急切的表情。

"那，那赶紧抽吧。"没想到，医生们又是你看我、我看你一副为难的样子。

"是这样啊，目前孕妇怀孕的周数抽脐带血的危险系数比你这孩子真有毛病的危险系数还要大。"

"我靠，这怎么整。"方程又蹲下了。

半天都没出声的廖莎缓缓从检查台上坐起来，拢了拢头发，对医生说："医生，你们就别折磨我们两口子啦，到底是有办法还是没办法，下一步我们该怎么办，给个痛快话吧。"医生们你看看我、我看看你，这回没人吭声。方程怒了，两只眼睛红红的，盯着眼前这些白衣天使。

"我好几万扔在这儿是干什么的？咱们国家的新生儿畸形率都已经降到5%了，可我在一所条件设备先进的高档私立医院做产前诊断，医生们竟然束手无策？"

"正是由于我们医疗条件好才能查出来，真要是在偏远地区稀里糊涂的也就这么生啦。就好像我们现在脑血栓后遗症患者多，那正是我国医疗水平提高的表现，因为在过去他们根本就救不活。"医生被抢白得也是有点面子上过不去，方程一听就来了脾气抄起诊察室里一把椅子就抢了起来。

"你说什么？检查出来也没个对策，我们还不是一样稀里糊涂生。"方程眼睛里冒着火，廖莎从没见过他发这么大的脾气，一时间也看傻啦。一堆医生护士过来劝阻，把方程手里的椅子夺了下来。

"你们医生讲求严谨、讲求凡事把坏处说到前面我能理解。但是作为我们患者和患者家属无非是希望你能像对待你自己真正的朋友那样说点我们能听懂的掏心窝子的话。比如，我就是你自己的表弟，我摊上了这样的事儿我到底该怎么办？"当职业的严谨和免责与人性的同情发生了碰撞，到底该如何权衡？医生该把决策权交给患者，"风险我都告诉你了，决定自己做"是没错，可在此之上医生作为一个人，作为一个掌握着专业技术的人，他的个体作用又体现在哪里呢？

"我看这样,大家先出去,我单独跟孕妇和家属聊一聊。"人群背后闪出一个年轻的身影,众人巴不得赶紧离开,鱼贯走出诊室。年轻医生把诊室门关上,看着这一对渴望着被救赎的夫妇。

"咱们应该是同龄人,说话更随意些。单脐动脉确实有孩子畸形的风险,最主要的风险指向是先天性心脏病。这个在胎儿阶段是可以做排查的,但是我们医院做不了。北京有一位专家,他在胎儿的先天性心脏病排查上准确率是100%,你们想办法去找他。至于其他的风险,比如胎儿智力方面,有可能,但微乎其微,我仅代表我个人观点,就是可以忽略不计。这也没办法。脐带血一抽孩子流产了,怎么办?尽人事、听天命,这已经是我一个唯物主义者能给出的最感性的答案啦。孕妇心态放平和这样对胎儿更有好处。北京专家的所属医院、姓名我都可以告诉你,能不能预约上……总有办法的。"

方程和廖莎此时此刻的心情或许这辈子他们俩都不会忘记,廖莎的眼泪流得满脸都是,方程揽着她的肩膀,廖莎缩在方程的怀里。医者无非一颗仁心,夫妻二人知道这一番话说出来其实医生要顶着很大的压力和风险,一旦孩子真有问题谁又能保证两夫妻会不会反咬一口把医生告上法庭。方程握住医生的手也不知道该说点什么,廖莎擦了擦眼泪对医生说:"谢谢您,请尽管放心,结果无论怎样我们都会把您当成我们夫妻俩这辈子最重要的朋友。"医生一时也被搞得无语,只好拼命点头。

出了医院的大门,外面暖阳高照夫妻二人心似寒冰。廖莎嘱咐方程不要对双方老人透露消息,弄不好两个家庭瞬间就会鸡飞狗跳。

"那,接下来怎么办啊?"方程这辈子就是个没主意,凡事你吩咐他,他肯定尽心尽力,你等着他出主意他只会用一双懵懂的大眼睛死死地盯着你不发一言。

"你让我先平复一下情绪,我在车里坐一会儿你找地方去抽根烟吧。"方程万般不放心地走到街边去抽烟,廖莎坐在副驾的位置上,瞬间就开始号啕大哭,心里委屈得能拧出一股水儿来。廖莎反复思考"为什么是我?"我做错了什么会连累自己的孩子?那么多顶着大肚子的孕妇,为什么偏偏是自己要承受这份折磨?思来想去,廖莎觉得这么多年高压的生活,神经紧绷、身体预警、一路狂奔,自己忽略的东西太多。那些能陶冶身心的事情都被廖莎划归为浪费时间的无用之举,那些放松神经的闲篇儿都被廖莎定义为玩物丧志。所以,诚实的身体在向自己发出警报,它在对廖莎说:"这样下去可不行。"

哭着哭着廖莎渐渐就明白了一个道理,生活不是一路咬牙奔向彼岸,因为人生根本就没有彼岸,人生就是在一趟单行道上行走,然后去欣赏沿途的风景。想了这么许多,廖莎内心的痛渐渐也就平复了下来,方程这时候早就乖乖地坐在驾驶位上等候老婆的指令,不敢轻举妄动。廖莎抹了一把眼泪,深深地吐了一口气对方程说:"老公,我跟你说只要让我躲过这一劫,只要我孩子健康平安,我肯定改过自新重新做人。"

方程也不敢随便接话,只能伸出手来和自己的爱人紧紧相拥。廖莎掏出手机,拨通了赵凯的电话。

"喂,赵凯,我廖莎。你现在讲话方便吗?"廖莎这阴沉的口气让赵凯一下子就意识到事情不简单,连忙正襟危坐认真对待。

"方便,有事尽管说。"

"小娜说你之前在北京工作,有没有朋友在医疗口工作?我有急事儿。"

"我一个大学同学在一家大国企老干部科工作,专门给他们集团的老领导约名医看病,所以应该能帮上忙。"

"太好了,一会儿我微信发你一个医生的名字和所属医院,无论如何我要约上她的门诊,赵凯,无论如何。"

"明白,放心。你只要不是指定给大领导看病的人应该就问题不大,只不过什么时间不一定。对了,大致是要看什么病啊?"

"给我孩子做一个产前诊断。"一听是这个事情,赵凯立刻明白了其重要性,面部表情都跟着严峻了几分。

"明白啦，放心。"

赵凯也有他的好处，脑筋清楚，永远言简意赅、迅速领悟。方程看廖莎给赵凯打电话就在心里想，"让廖莎去求自己的敌人，真是难为她啦。"

"你怎么想到给赵凯打电话？"

"他这种人在什么地方都不可能没有资源，所以，找他就是图万无一失。"

"那你怎么确定他一定会帮你呢？毕竟……"

"老公，因为大家都不是坏人，何况还有小娜这层关系。"

很快，于小娜就得知廖莎需要做产前诊断的消息，自然是关切询问心急如焚。廖莎明确告诉好友，消息不准再扩散，廖莎这辈子最不能忍受的就是别人用一种怜悯的眼神看着自己。

日子过得极不舒服的还有董博宇，看着老婆风生水起再想想自己前途迷茫免不了心里着急。背负着矿业大案的阴影，董博宇的求职道路走得颇为艰难，圈子就那么大，以他目前的职位，如果辞职后没有猎头接触、没有公司相约，那么基本上就离转行不远啦。董博宇该造的声势、该见的人、该铺的路都做得差不多了，但是收效甚微。这几天，自己的一个大学校友频频约见，董博宇也是借着这个势头就跟对方走得颇为频繁，不想临到最后才发现对方是做微商的，想拉着董博宇一起卖面膜，老董同学对微商没有偏见，但是他对自己做微商有抵触情绪，而且他对于校友居然有想拉着自己做微商的想法表示极度愤慨，从此拉黑再不联络。但是，一段时间以来的一桩桩一件件让董博宇的耐心、信心都跌到了谷底，虽然创业九死一生，但几乎这已经是他唯一的出路啦。想到此，不由得内心产生一种战士即将出征的壮烈感。他上网查了一下这段时间全国各地的科技展会信息，打算出去看一看有什么好的项目。尤其是他擅长的软件领域，看看有没有什么小而精的项目能在本城落地。就在这个时候，之前的一个客户给董博宇打电话，说是有点业务希望他能帮忙。

原来，是一位本城的连锁餐饮界一位大佬，想在自家的近100家门店开发一套供应链管理软件，辗转找到董博宇希望帮忙。这真是正中下怀，求仁得仁，董博宇当即决定以此为契机，创造自己事业的第二春。

大佬日程很紧，几次相约又几次改期，最后终于得见。董博宇以为这做餐饮的，事业再大也不过就是泥腿子出身，谁成想这位快餐连锁业的老板居然留学背景、谈吐不凡，这实在跟他做的"15元吃饱、30元吃好"的快餐品类太过割裂，董博宇婉转表达了自己的疑惑，不想大佬居然哈哈大笑。

"有你这种困惑的人实在不要太多，生意就是生意，做生意为赚钱。你们做技术的可能对我们这个圈子不了解，早年城东有一间俱乐部，专门给晚班出租车司机提供服务，谁能想到它的老板是一名大学老师。总是把自己的喜好和生意混为一谈是一种严重不职业的表现。"

大佬这段话真是让董博宇佩服得五体投地，有一种今生得遇良师挚友的通透感。供应链管理软件的开发全权委托给公司主管采购的副总经理负责，董博宇作为外协团队将与公司签订委托开发协议。这意味着董博宇一下实现了开公司创业和第一个大项目的双到位，真是有一种柳暗花明的感觉。

董博宇忙着成立公司做前期工作的时候，顾晓楠醒目的人形招贴牌匾已经立在了路边，看上去就好像某一位明星的代言广告一样出挑。设计师这一招确实好用，无论是前期招聘还是上门咨询的都开始增加，尤其是居然还有人刻意跟牌匾合影发朋友圈，真是免费的广告不要太划算。

第一期学员班眼看就要开课了，这一天来了一位中年男士为自己的女儿咨询课程，点名要见牌匾上的老师。顾晓楠只好接见，详细讲解自己工作室与一般的舞蹈课程班的不同。不想，这名中年男子但笑不语，搞得顾晓楠一阵发慌。

"顾老师，咱们其实见过。我女儿是格林学校初中部艺术团的。"一听到格林学校，顾晓楠一下子就想起来了，几个月前自己曾经和廖莎搞到这所学校艺术汇演的门票，溜进去观摩学习。

"哦，我确实曾经去看过这所学校艺术团的演出。"

"没错，当时我就坐在您旁边。今天，我也是偶然路过看到牌匾才发现是您。"顾晓楠的脸一下子就红了，猛然想起自己当天伸长了脖子着急了解情况，一遍又一遍问旁边的人借节目单，那个样子好不窘迫。

"哎呀，不好意思，当天肯定是打扰您看演出啦。"

"不会，当时我就在想这么个气质出众的人，这么迫切地要看节目单到底是为什么？今天看到路边牌匾的时候我明白啦。"平日里夸赞顾晓楠的人真是没有一千也有八百，对于这种说辞她早在十八岁那年就已经免疫啦。她又是个骨子里极单纯的人，根本就不会想这个中年男人说这些话到底意味着什么。

"那您是想给自己的女儿报名课程吗？"

"如果是您亲授，可以考虑啊。"看到是潜在客户，顾晓楠更是心无杂念认真解释，全然没有发现这沉稳的中年男人根本一个字都没听进去。课程解读完毕，那男人二话没说掏出银行卡就买了一个学期的舞蹈课，顾晓楠只在心里高兴，一点也没觉得有什么不正常。那男人刚一走，汪冰就靠了上来。

"哎，这男人不错耶。"

"你看谁都不错。"

"那可不是，我也是有标准的。只不过他对我不感兴趣，他是冲着你来的。"

"他是冲着我来的不假，但人家是给女儿报名舞蹈课程，你别想歪了好不好。"

"真要是为了让孩子学舞蹈，报名都不带孩子来吗？"

"人家今天是偶然路过。"

"你呀，不信你等着瞧。"

汪冰是个社会老油条，顾晓楠哪里有这火眼金睛，有客人上门自然就是好好招待，没有发生的事情在顾晓楠看来都是不存在的。

赵凯很快就给廖莎联系好了北京的医生，夫妻俩带着异常沉重的心情登上了飞往北京的航班。茫茫云海，前途未卜的旅程，紧握双手的一对夫妻不知道在终点等待着他们的到底是什么。

"咱妈今早还打电话给我，逼问我咱俩在这个时候跑北京去干吗！"

"你怎么回答的？"

"我说去雍和宫上香。"

"真能鬼扯。"

口头上说着鬼扯，廖莎还是暗下决心这一趟如果母子平安一定去雍和宫上一炷香。检查过程非常简单，越是大咖的医生越是随和，借助彩超设备，隔着母体观测胎儿的心脏，廖莎心想在这样的情况下诊断率能达到100%，也只能说是鬼斧神工吧。心情使然，这一个检查廖莎觉得有半辈子那么长，好在医生一直含笑不语，似乎没有什么不好的征兆。廖莎一边在做检测一边心里在想："宝贝你放心，就算有心脏病妈妈也一定竭尽全力把你治好，在任何情况下妈妈都不会丢下你不管。"

"起来吧，没事儿，孩子心脏挺正常的。"听到这一句，廖莎眼泪唰地就流了下来，医生见怪不怪地递了一张面巾纸给她。

"情绪别太激动，我告诉你没事儿就是没事儿，回家好好休息，注意营养。"廖莎不住地点头，觉得像接了特赦令一样。出了诊室，方程看见廖莎一张灿烂的笑脸就已经猜到了十之八九，两夫妻执手相望、泪眼婆娑。

出了医院，在廖莎的提议下夫妻俩还是去雍和宫走了一趟，身起身落谁又知道这一对小夫妻心中有多少未知的恐惧和对人生重新的思索。回程的时候，廖莎突然问方程："老公，你现在的工作做得开心吗？"方程不知道廖莎为什么突然会问这个问题，但还是遵从自己内心的想法使劲摇了摇头。

"辞职吧，咱们不干啦。"

"啊？你马上就要生了我再辞职，不过啦？"

"日子怎么都能过，但是不开心不行。不管是你还是我，不开心的日子我们一天都不过。"

"老婆，你变啦。"

"是，我变啦。因为我终于知道在生活中到底什么才是最重要的。我什么都输得起，但是健康和快乐输不起。"话刚说完，方程冲着廖莎脸蛋儿就亲了一口。廖莎佯装嫌弃地抹了一把，恶形恶状地说："连个孕妇你都非礼，什么人啊。"

再看她流泪就领走

飞机刚落地，于小娜的电话就打了进来，廖莎也没有心情讲述过程，只是说结果不错，大家放心。

"你跟赵凯说，谢谢帮忙，我等过了这段时间好好谢谢他。"

"好话不会自己说？发个微信能累着你？"廖莎也觉得于小娜说得对，第一时间给赵凯打电话表示感谢。

赵凯接到廖莎感谢电话的时候正在和自己的团队开会，北京的资本代表已经入驻，大家对前期注资的节奏、用途、监管一一商讨，双方虽各有立场，好在目标明确、制度透明，场面也不算难看。于小娜辞职后的逍遥日子一共就过了一周，赵凯就以"看看办公室"为由把她骗到办公地点立刻开始工作。赵凯说到做到，果然把自己和于小娜安排到了同一间办公室。

"自从你入驻之后，我觉得我这工作效率都高了许多，身边有个貌美帮手就是有利于工作推进。"于小娜白了他一眼也不搭茬儿，新事业的蓝图就在眼前，需要她为公司为个人谋划的地方实在太多。这边会议刚一结束，于小娜都没顾得上跟众人交代就出了公司，老马已经给她打了不下10个电话，都是急性子的人。

"老马，我已经出来了，让你那些老乡再等会儿。"电话刚挂，赵凯的电话又跟着打了进来。

"你跑哪儿去了，搞得我中午都没心情吃饭啦。"

"一顿不吃饿不死。"现在这个时间对于于小娜来说，跟那二十几个小老板的碰面远比跟赵凯共进午餐来得重要得多。

老马在一个老国企的破旧办公楼里租了三间办公室,冬冷夏热非常"怡人"的办公环境。于小娜推开门,就只见里面烟雾缭绕、人声鼎沸、一股臭脚丫子味儿直冲脑门儿。于小娜皱了皱眉,心想:不知道的还以为是丐帮大本营。

话说这位老马,于小娜是眼睁睁看着他一步步走到了今天。8年前,于小娜刚刚开始操持公司的行政大业,当时的老马还是小马,18岁结婚就从河南老家跟着长辈出来闯世界。他干的是装修行当中瓦工的活儿,这个人脑子笨但是脾气好,骂不还口打不还手,再有一点就是异常勤快,抓住了于小娜公司这棵大树一步步成立了自己的装修公司。他活干得一般,但是奈何肯吃亏又态度好,所以大老板喜欢用他。装修业界的河南帮干的都是低利润的活儿,反正就是捡些粗放型的业务赚点辛苦钱。这些人没啥文化,能吃苦、会算账。

于小娜之所以让老马把这二十几个刚刚走出农民工行列的小老板纠集在一起,谋划的是一步狠棋。

"老五,大马猴,你们把烟都掐了,于领导要给大家训话啦。于领导是我恩人,你们今天走运了,平常于领导出去给别人训话,人家都是要给钱的。"

老马一知半解地在老乡面前装起了明白人儿。平常,于小娜就恨他烂泥扶不上墙,但是此时需要的也是他们这股子"乡党"气质。于小娜看着眼前这些人,调整了一下呼吸,思考着怎么能用最直白的语言让他们明白自己想干什么。

"我知道,别看你们今天在这儿听我讲话,但是你们都比我有钱。钱,确实能让你们过上好日子,但是不能让你们成为一个体面的人。今天,我要带着你们从小老板儿变成企业家。"

于小娜说到这里,想了想又加了一句"光宗耀祖、改换门庭"。显然,最后加的这一句话起到了很大的作用,场上的这些人明显注意力集中了很多。

"我这里有一个巨大的市场,有一个能让你们从此往后只专注于干活不用再为订单犯愁的机会。只要大家团结、不存疑、不藏私,我就有信心让你们个个都穿上西装一步登天去敲钟。"

场下一片寂静,角落里传来一个声音:"敲钟是干啥?"

于小娜敲了一下脑袋,心想:"想着深入浅出,没想到还是说深啦。"

"这么说吧,你们信不信老马?老马你信不信我?听不明白不要紧,有信任就跟着我们干!"

场下的人都把眼光投到老马身上,老马说:"于领导是我亲领导,我就跟着她干,我想不明白的她替我想,你们还信不过我马万里?不行,回家掘我祖坟去!"

祖坟在这些老乡心中绝对有人类至高无上的地位,能发出"掘祖坟"这种毒誓,那都是语言的终点,再无可能升华啦。场上众人顿时纷纷扔掉烟头表示"跟一个当家人、凡事听于领导差遣"。

场面基本上达到了于小娜的设想,往后的棋该怎么下,说实话于小娜心里也没有十足的把握,但是,一往无前的决心已经渐渐在她心里成形。谋事在人、成事在天,一切都走起来看吧。

从北京回来后没几天,方程的妈妈就召唤他们夫妻二人回家吃饭。廖莎心里清楚婆婆还是对这趟突如其来的北京之行心存疑虑,只好提前嘱咐好方程守住口风,然后拿了四维彩超的图打算给老人看看哄他们开心。

这一招果然奏效,老两口戴着老花镜捧着个扫描结果乐得合不拢嘴,一会儿嘴巴像廖莎、一会儿眼睛像方程,也不知道他们是怎么看出来的。婆婆是个养生派,平常家里就各种补品不断,这一下也是这个汤、那个水地端到廖莎面前。之前,廖莎对这些东西有些抵触,总觉得没啥大用花一些买心理安慰的冤枉钱。这回却不再推辞,咬牙切齿地给啥吃啥,婆婆自然也是高兴。吃饱喝足,婆婆把廖莎叫到一边。

"莎莎,宝宝儿该买的东西得置办了,小床儿啊什么的看看谁家有旧的不用了找来一个,省得有味儿。我和你妈这一辈的人伺候月子的观念都太老啦,我也知道你们年轻人不喜欢,我给你两万块钱,你去找一个可心的月嫂,月子一定要坐好别给身体落下病。我和你爸就负责买菜做饭,做好后勤服务工作哈。"

"妈,生孩子的费用我和方程都预备啦,不用你们给钱,这钱我不能要。"廖莎把信封塞回婆婆手中。

"你这孩子,生了你就知道了,用钱的地方有的是。妈都找朋友打听过了,好一点的月嫂得这个数啊。再者,孩子生了怎么办,谁看,都得早打算。用我,我也不推托,毕竟是我们老方家的苗,不用我,那当然更好。"

婆婆这一说,廖莎心里也一惊,自己打怀孕到现在,这些近在眼前的现实问题还真是没考虑。添丁进口意味着对自己以往生活结构的彻底重塑,确实需要规划,但婆婆哪里知道对于廖莎夫妇来说,还有一个让人心碎的隐忧如鲠在喉。

傍晚的时候,董博宇把方程找了出去,为的就是给大咖做供应链管理软件的事情。董博宇从这个事情上看到了一片新的领域和商机,这个项目又是和规模、专业度都很高的企业合作,一下子能接触到行业中最领先的需求,非常难得。方程自然也很高兴,想到廖莎劝他辞职的事情,还真是动了心。董博宇当然希望方程能跟着他一起干,但是目前方程的状况他了解,总不能两口子的事业都没有着落。

"程子,我这事儿现在处于前期,我不能让你直接下来跟着我一块干。不过你放心,我董博宇的公司永远给兄弟留着股份。"

"你扯远了哈,我倒是担心你呀,老婆干学校、你自己再开个公司,一下子变成创业型家庭啦。"

说到顾晓楠那个学校董博宇就无语,在他看来顾晓楠现在的行为就相当于单方面更改人设,导致剧情没能按照剧本的既定方向发展。说来说去就是俩字:别扭。现如今,夫妻二人各捧着自己的一摊事儿,顾晓楠忙着带学生,董博宇忙着做项目,私人生活基本撂荒。家,就成了一个睡觉的地方。

顾晓楠也没想到真正操持起来会有这么累。石姐每周到学校给她和汪冰开一个会,说实话,这个会上石姐讲的很多东西她都不大能听得懂。收支平衡、营业收入、固定支出、固定资产折旧,这都是些什么东西,顾晓楠全都不懂。汪冰也是模棱两可,经常让石姐问得哑口无言。会开到最后,往往都是石姐笑笑说:"把会计叫上来,我跟他说吧,你们俩听着。"顾晓楠只知道,下个月省里有一个青少年舞蹈大赛,可以带着学生参加,评委中有自己的同学。她也知道自己的价值,老老实实地在教学上下足功夫。

要比赛自然就要在学员中选好苗子,顾晓楠综合考虑自己学校的特色,想给孩子编一段现代舞。观察了几天,她决定让一个叫许一诺的女孩儿参赛。这孩子表现力强,属于灯光一打人就兴奋的类型。要比赛自然就要征得家长的同意,只不过,顾晓楠没想到这许一诺的父亲就是那位被汪冰盖章为"心怀不轨"的中年男人。

"一诺爸爸,如果决定参加比赛那未来的两个月可能需要加大课程频次,我得给她编舞、排练,不知道一诺的时间允不允许。"

"没问题顾老师,您尽管安排我来配合,非常高兴一诺能有这样的机会。"这位许先生看上去也像是个有身份的人,要不然也不能把孩子送去那么昂贵的舞蹈学校。不过,这样的家庭一般母亲是主导孩子教育的,他家这种父亲亲自出马的还真是少见。

"一诺的妈妈5年前出车祸去世了,这孩子难得有个爱好,所以还希望顾老师能多关心关心她。"

原来如此。

"哦,是这样,我说这孩子怎么总在我身边转悠,放心吧。"

顾晓楠是个极有耐心的人,不像汪冰上课就靠怒吼。所以,学生愿意跟她亲近也在情理之中,何况还是一个缺少母爱的小女孩儿。打这以后，顾晓楠单独给许一诺辅导比赛，师生二人自是更加亲近。那位许先生也是车接车送，孩子上课他就在外面看着，顾晓楠心想："如此重视孩子的成功男士也是颇难得。"

转眼，比赛的日期临近，顾晓楠倾注全力给孩子编排了一段以"少女梦境"为主题的现代舞，光是选择配乐就已经煞费苦心。最后的排练阶段，几个需要情感大爆发的段落许一诺总是差些火候，练得多了不见起色孩子就有些抵触心理，一来二去师徒二人就闹了别扭。

"我就是练不好，不就是个比赛嘛我不参加就是啦，有什么了不起的！"

"比赛本身当然没什么了不起，但是不能把一件事坚持到底就非常有问题。明明再努努力就可以达到，为什么遇到困难就退缩？"

"我为什么要做让我不开心的事儿？我不干了！"

一时间，孩子也委屈、老师也焦虑。这时，许爸爸推门进来提议一起吃晚饭，顾晓楠急着解决孩子的情绪问题也就答应啦。没想到，饭局直接开到了五星级酒店的旋转餐厅，落地窗外是跨海大桥星火样的灯光以及苍茫的海景。许一诺那点小情绪看到美食顿时就消解了一半，开开心心吃着自己的甜品，顾晓楠一看就急了。

"别吃了，马上比赛了，注意保持体重。"

"爸，你看老师也太严格啦。"许一诺嘟着嘴撒娇，许先生却笑呵呵地说道："听老师的，甜品这东西本来也不健康。"

许一诺一下子就来了脾气，刀叉一扔坐在座位上生闷气。顾晓楠倔脾气也上来，对许一诺说："保持体重是让你给动作留出更大的展示空间，是你对舞蹈艺术最起码的尊重，管不住自己的嘴以后别跳舞啦。"许一诺一下子眼泪就流了下来，委屈得上气不接下气，看孩子哭了顾晓楠也于心不忍，伸出手来帮她抹眼泪。

"丑死了，快别哭啦。那就吃两口，吃两口解解馋行啦，你看人家都看着你呢，为了一口蛋糕在这儿抹眼泪多丢人啊。"

小孩子就是这样，一看可以吃了顿时破涕为笑，带着眼泪就笑出声来。坐在对面的许先生此时内心真是跌宕起伏、情绪万千。妻子5年前车祸去世，从此心里最柔软的那一块就被风化啦。5年来，女伴不少，能谈婚论嫁的也有，但是能将那片风化的心田再度滋润的却没有。他确实被顾晓楠的气质吸引，但是在他身边这种水准的美女也不难求。不过，能让孩子依赖、能让他再度感觉到天伦之乐的只有顾晓楠。刚刚许一诺和顾晓楠那段你来我往的拌嘴，在许先生看来像极了母女俩之间的日常，俨然那段曾经被他掩埋的美好时光又重见天日。就算抛开这一层不谈，顾晓楠这个人也是给他留下了极为深刻的印象。美，是一方面，再者，就是专注、投入，许先生极为欣赏。此刻，他看着顾晓楠就有一种把全世界最好的东西都送给她的冲动。

晚餐过后，设计师给顾晓楠打电话说许一诺的参赛服装做好了，能试穿新衣服自然是小姑娘最喜欢的事情，这一下什么不参加比赛之类的丧气话也都没有啦。许先生拉着两位女士来到设计师的工作室试穿。设计师是顾晓楠的朋友，现在做私人定制，顾晓楠委托他依据舞蹈的内容给许一诺设计服装。许一诺家里财力雄厚，有钱，当然什么人都请得起。孩子乐呵呵地去试穿，许先生指着橱窗里一件礼服跟设计师说："这件拿下来让顾老师试一试。"设计师察言观色自然分分钟就取了下来，8万块的一件设计师镇店款。

"来都来了，顾老师您试试这件。"许先生手里拿着礼服，眼光流转。顾晓楠一颗心都系在学生身上，哪里有心情自己试礼服，自然是推托："嗨，我又不上台我试它干吗？"设计师当然知道许先生的心意，到手的生意哪能就这么跑掉。

"晓楠，我这件礼服你穿还真能好看，你帮我试穿一下，我拍两张照，打打版。"设计师这么一说，顾晓楠就不好再推辞，当下就进了试衣间。等她再出来时，在场的人都惊呆了，肌肤胜雪、天鹅颈、平肩膀、腰身就那么一把，真是好看，就连许一诺都赞叹："老师，让我爸爸买给你，太美啦。"这一下，顾晓楠才觉得不妥，慌忙进试衣间去换衣服。许先生也不言语，给设计师使眼色当下付账。

许一诺在学校住校，这一下折腾到挺晚，许先生把孩子先送回去然后准备送顾晓楠回家。车里只剩下这一对说熟悉不熟悉、说陌生不陌生的男女，气氛一下尴尬起来。车子开了一会儿，顾晓楠觉得这路程不大对劲。

"许先生，咱们不应该上高架吗？"

"为了一诺比赛，您最近也受累啦，给顾老师减减压。"顾晓楠一听一下子就回想起汪冰说这位许先生心存不轨的论断，顿时就慌啦。

"哎呀，您太客气啦。时间不早了，要不我在这儿下车吧。"说着，就准备开车门。没想到那位许先生竟然哈哈大笑起来。

"顾老师，您也太可爱了点，我还能把你怎样不成？咱们不走高架走滨海路，吹吹风、听听音乐权当放松。滨海路新上的亮化工程我还没看过，去感受一下这条中国北方最美的沿海公路。"

"别，太晚啦。您还是直接送我回家吧，不，您马上停车我打车走。"顾晓楠急得眼泪都快流下来啦，许先生一看她这个样子就有些不忍心。

"顾老师，一诺这孩子脾气倔，难得您有耐心，我们做家长的也没有更好的方式能表达谢意，还请您千万不要过虑。"许先生这一番话说得诚恳，再争执下去就好像顾晓楠心里有鬼一样，当下只好默不作声任凭方向盘引着车子在一片灯火与海浪中缓慢前行。说实话，顾晓楠也确实需要放松一下神经，她心里憋着一股劲儿，一股片刻不敢松懈的紧张感让她整个人疲惫不堪。此刻听着车内流转的音乐、看着一片锦绣的灯火确实心情舒展了许多，渐渐把头靠在车窗上，整个人一副放空的状态，那股慵懒也自有一份迷人的气度。

"您知道吗，我每次看着您和一诺跳舞就会想，这位老师怎么会如此不快乐？眉宇间都是心事，所以每个舞蹈动作都像是在挣扎。"听着这番话顾晓楠一愣，因为同样的观点汪冰也曾经表达过，她说："晓楠，你早十年有现在这份悟性你就成名啦。"可顾晓楠知道，这份悟性是生活磨砺出来的，是婚姻中的失重感带来的，艺术果然是在痛苦中开出的花。此刻，自己这份心境被人再度看穿，此情此景，顾晓楠的眼泪就模糊了双眼。

最怕美人掉眼泪，许先生一下子就觉得心疼，心里竟然升腾起一股恨意。是谁让她哭？不知珍惜的狂妄的家伙。

"对不起，我今天说多了。不过，无论如何谢谢您对许一诺的付出。"顾晓楠连忙擦干眼泪尴尬地笑笑说："您客气啦！一诺是个好苗子，比我当年强太多。"

转眼，比赛的日子到了，许一诺不负众望一举夺得单人舞的金奖。师徒二人在后台相拥哭泣，顾晓楠真是高兴得要飞起来。网络投票环节她们也势在必得，结果许一诺又获得网络票选的第一名，成为此次比赛最大的受益者。许先生一时高兴，席开50桌给女儿庆功，8万块的礼服送给顾晓楠，让她做庆功晚会的半个女主人。顾晓楠下意识地推托，却被石姐拦住。

"你想想，你的学生获奖，难得她家里有这个财力大肆庆功。这是多好的宣传机会，为了工作室你必须认真准备。"事情从这个角度讲顾晓楠就再没有任何理由拒绝，只好答应了许先生会在晚会现场和一诺合跳一支开场舞。

许先生这一下子的投入跟嫁女儿差不多，五星级酒店最大的宴会厅，美轮美奂的装饰，顾晓楠和许一诺师徒二人的大幅喷绘就挂在酒店大堂中。可是千算万算谁都没想到，这晚会的嘉宾中就有董博宇，顾晓楠的老公。

董博宇正在和方程等几位技术人员忙着给许先生的餐饮品牌开发供应链管理软件，面对他的邀请哪有不参加的余地。此刻，捏着邀请函的董博宇直愣愣地瞅着4米高的巨幅喷绘，看着上面自己的老婆一种强烈的被愚弄的糟糕感受直冲脑门儿。

宴会开始，灯光一打，顾晓楠和许一诺的双人舞成为焦点。董博宇在台下如坐针毡，两侧都是窃窃私语，各种关于顾晓楠身份的揣测就这么塞入董博宇的耳朵。

"说是一诺的舞蹈老师，但就这个手笔我怎么觉得不那么简单。"

"许董和天合公关的邵美丽分了吧？这是后继有人啊？"

董博宇拳头攥得紧紧的，只觉得全身的血液都往脑袋上面涌。心里一遍遍念叨："董博宇，你还觉得自己挺能耐，你这个大傻逼。"

台上许先生致辞，自然是将顾晓楠夸赞一番，说得好像这师徒二人不是母女胜似母女。董博宇实在忍不了，起身离席走到宴会厅外面的化妆间。顾晓楠正在脱礼服，背着手拉后面的拉链非常吃力，董博宇走上前去伸手帮她把拉链拉开，光洁的后背一下子就露了出来，顾晓楠一惊，连忙转身看见自己的丈夫。

"博宇，你怎么在这儿？"

董博宇不动声色从口袋里掏出请柬晃了晃。

"你认识许先生？"

"嗯，我的客户。"

"啊，是这样，圈子真小，许一诺是我学生。"

"我还以为是你女儿。"董博宇这么一说，顾晓楠当然听出了话里的意思，默不作声自顾自换衣服。

"快换，等你回家。"

"不行啊，我现在走不了。一会儿还得带着一诺去跟大家见面。"话音刚落，只见董博宇抄起桌子上的粉盒冲着化妆镜就扔了过去。顾晓楠"啊"的一声捂住自己的头，这时候门开，许先生走了进来。

"怎么了，顾老师？"许先生一看董博宇在化妆间里，自是一愣。董博宇看到这个场面，也没给许先生好脸色。

"晓楠，换好衣服跟我回家。"身份、怒气，一句话表露无遗。许先生看看满脸戾气的董博宇,再看看一旁哽咽的顾晓楠,心中自然是明白了。

"顾老师,接下来的环节有我和一诺,最近一段时间您也辛苦啦,今天非常感谢配合。博宇,没想到顾老师是你爱人,谢谢你们夫妻今天光临。"董博宇一声不吭,扯起顾晓楠的手大步流星地走出房间。这一晚,夫妻分房而眠,各自心力交瘁。

第二天一早,董博宇就去了许先生的公司,开门见山地要从项目中退出来,许先生好像也不吃惊。

"博宇,咱们先说项目。生意就是生意,别给我留下个不职业的印象。再来说你和我的个人问题。我很欣赏和仰慕顾老师,除了她对舞蹈和教学的专注,我更欣赏她的单纯。换做别的女人,今时今日你恐怕已经是前夫啦。"董博宇气得牙齿直打颤,但也不便发作。

"许先生,我不跟觊觎别人老婆的人合作。"

"我没想到你竟然把顾老师当做你的私有财产。她是个独立的个体,她有选择的权利,看来你还没学会怎么给别人做丈夫。"

"我不用你来教我,你再强大也与我无关。"

"我只是替顾老师觉得可惜,她没有在婚姻中得到她应有的尊重。"

"我是没有你那么成功,可我自认为也承担了家庭的全部责任。楠楠被我照顾得很好,我们夫妻之间感情也稳定。只不过她现在出来做事,才会遇到像您这样的人。"

"博宇我问问你,你确定你给她的就是她想要的吗?你确定吗?对一个人好,就是让她以她自认为最舒服的模式去生活,你确定你做到了吗?"

"你没资格来指责我。"

"因为我对顾老师并没有龌龊的想法,所以我有资格说任何我想说的话。"许先生寸步不让,董博宇虽然生气,但也渐渐感觉他确实没有破坏自己婚姻的意思,所以,也想听听他还有什么说辞。许先生拍了拍董博宇的肩膀，叹了口气。

"我看着你，就好像看到年轻时候的我自己。那时候一诺妈妈把我和孩子照顾得很好，我觉得一切都是我许峰应得的。直到那年突降大雪，一场车祸夺走一诺妈妈。我一直以为她非常依赖我，可直到失去她之后我才明白是我依赖她。我依赖于她对我的依赖，是她用自己的成就换来我的成就。她本可以以一名高级注册会计师的身份继续活在这个世界上，可是她选择了家庭，最终被一场意外定格为一名家庭主妇。而我，是始作俑者。所以，博宇，不要重蹈覆辙。这个世界是男人的不假，但男人的世界是女人给的。"

董博宇听傻了，他确实从来没有从许峰说的角度去想过这个问题。成为一名衣食无忧的全职太太对顾晓楠来说是最好的选择吗？她的顺从到底是性格使然还是一种牺牲？或者说是不是顾晓楠的牺牲就应该是理所当然的？董博宇觉得自己照顾了顾晓楠，可人家也有自己照顾好自己的能力。重新分工还不一定谁在社会上取得的成就更多呢！

此刻的董博宇早就泄了气，有些尴尬不知道怎么收场。

"博宇你去 203 会议室，老黄他们等你开会呢。"许先生一个台阶扔下来，董博宇转身往外走，临到门口，许先生追了一句："再让我看见顾老师流眼泪，二话不说，我一定能把她领走。"

董博宇也不是吃素的，回了一句："对不起，你永远没这个机会。"

这一番谈话几乎拯救了董博宇和顾晓楠渐露疲态的婚姻。多日之后，董博宇第一次来到顾晓楠的舞蹈工作室，认真看了老婆工作的环境。顾晓楠简直喜出望外，拉着他喋喋不休地介绍，从来没见过她如此聒噪。

董博宇见周围没人，捧着顾晓楠的脸说："楠楠，累了咱就不干，知道了吗？"顾晓楠使劲点点头，董博宇把老婆拥在自己怀里，五味杂陈，一时难以描述。

像管理下属那样管理亲人

廖莎在惴惴不安中一步步向预产期迈进,每天告诉自己孩子各项指标都正常,无论是胎动还是头围都没有问题,他一定会健康平安。然后自己又不自信:"我卖了那么多二手房,也算是心思用尽、缺德事儿不由自主地也干过一些,老天爷不会真的要惩罚我吧。"自己在两种心态中不断地游离,又怕方程跟着担心,表面还得不动声色,只有她自己知道这些日子都是怎么过来的。

方程也是自己心情压抑还得变着法地哄老婆开心,两个人找资料、买东西,一个家已经被小家伙的各种物件塞得满满的。廖莎这几天还有一件事不太痛快,那就是她自己的母亲要来啦。按说生孩子自己母亲过来照顾应该是件高兴事儿,但是这母女针尖对麦芒,互不相让,廖莎就怕老太太对自己生活横加干涉。想来想去打算给哥哥打个电话,提前放点口风出去。

"哥,我可跟你说我在这边找的月子中心,出月子之后还有一个月嫂再跟着一个月。你提前替我跟妈做个渗透,别让她过来了之后这不行、那儿又嫌贵。对了,跟她说一说毕竟是人家老方家的孙子,她别主客场不分到处指手画脚。"廖莎这一来让她那位哥哥一下子犯了难。

"要说你跟她说啊,咱妈啥脾气你不知道啊?我可跟你说,她在我这儿跟你嫂子疯狂争夺家庭事务主导权,我都快疯啦。现在,东东也大了,要不……让咱妈在你那儿多待一阵?"

"别,我不用。咱妈你还不知道,大孙子那就是命根子。"

距离母亲到来的日子越来越近,廖莎这颗心就往嗓子眼儿提,她猜测得一点也没错，廖妈妈这么多年一心扑在养育孙子的工作上，自己也觉得对这个女儿不闻不问有些亏欠，正打算趁着女儿生孩子大展身手修补一下自己的形象。另外，她也确实怕廖莎在月子里落下什么病根儿，所以自己觉得好的偏方、营养品划拉了一大堆准备带到女儿家里去。总之是撸胳膊挽袖子准备大干一场。

接站那天，廖莎就让方程尽量把后备箱清一清，方程不明就里还懵懂着，等到看到岳父岳母那一刹那他就明白啦。大包小裹足有一立方米的体积，方程不由得惊呼："妈，这都是什么呀？"

"傻孩子，都是用得上的。我是过来人，准备的东西保管好用。"方程偷偷给行李堆拍了张照片传给在家守候的廖莎，廖莎随即发了一张哭脸过来。

方程上上下下搬了好几趟才总算把这些东西都挪到了家里，然后就见廖莎把行李包打开一件件地往外扔。廖莎往外扔、廖妈妈往回捡、廖爸爸自顾自看电视，场面一时特别滑稽。

"你个丫头片子，别不知好歹。等你孩子生了你就知道啦，上哪儿去买这么好的小米？这都是我找你三姑姥在农村给收的，你还不当个东西。"

"妈，你出去打听打听谁现在坐月子还上顿小米粥下顿小米粥的？"

"真有意思，坐月子不喝小米粥吃什么？幸亏我来了，要不你自己还指不定怎么办了。"

"妈，我不在家坐月子，我去月子中心。"

"你嫂子当年生东东就要去月子中心，我死活没让。那么多钱跑那儿去住一个月？败家。不行，我告诉你，这事儿不能听你们的。"

"我自己生孩子不听我的听谁的？"

"你小小个年纪就想做主啊？等我死了，你爱咋咋地。"

"我花我自己挣的钱，干我自己想干的事儿，我碍着谁啦？我们科学生育、科学育儿有什么不对？"

"你不是有钱嘛,你把找月子中心那钱给我。我伺候你,行了吧?"

方程突然意识到,母女二人互怼似乎要成为这个家的日常,此刻他有一种天旋地转的眩晕感。既然亲家来了,方程的父母自然是要请廖莎的爸妈吃顿饭。地方都是方程找的,为了表示欢迎,特意找了家档次不低的饭店。席间,两家老人话家常、畅想着小宝宝满地乱跑的未来也是非常欢乐。

"我们家廖莎就是主意正,亲家母我不在她身边你可得多管着点她,要不然上房揭瓦。这回生孩子我趁着在这儿帮忙,好好归拢归拢她身上的毛病。"

"莎莎挺好的,人家怀孕这么大的事儿也没用我操什么心,该吃什么该怎么做检查都是小两口安排的。"

"你那是惯着她,要是我在这儿能让她这么无法无天?她要去月子中心坐月子,这事儿我不同意哈,亲家母你得跟我一条心。"

"月子中心这事儿我还真不知道。"

"什么?莎莎,这么大的事儿你都不跟你婆婆商量吗?"方程妈妈一听,赶紧补充道:"那个,我不反对,去呗,一辈子也就一回,让人家孩子满意吧。"

"一回?现在生育政策放开了,莎莎你们得要二胎,要是没生男孩,那就再来个老三。"

"不强求、不强求。"廖妈妈一看几个主张都没有得到亲家的支持,一下子也颇失落,只好略带尴尬地说:"那个,吃菜、一会儿凉了,老廖你陪亲家喝点酒。"廖莎连忙拽妈妈的衣服:"妈,你低调点儿,这是我公公婆婆请客。"廖妈妈一下子回过味儿来,当即自己哈哈大笑:"哎呀,照顾人照顾惯啦,见笑了哈。"

这场面,方程的妈妈就在心里想:"这下可有好戏看啦。"

预产期到了,由于孩子是单脐动脉,必须剖宫产,所以手术时间早就已经预定好。廖妈妈一听要剖宫产当即就炸啦。

"人家老方家就方程这一棵独苗，头胎就要剖宫产你怎么想的？老二老三不生了？"

廖莎跟她解释也不行，不解释老太太又不依不饶，弄得非常难办。方程也劝廖莎："不行就跟咱妈摊牌吧。"廖莎坚决不同意。

"不行，我现在跟她摊牌等孩子生出来她就能给抱走，然后逼着咱俩再生一个。"

"啊？不至于吧。"

"我自己妈我还不了解吗？老太太就觉得这个世界上没有她管不着的事儿，天底下她最有主意。"方程也不敢吭声，默默地看着廖莎。廖莎一下子就明白了丈夫的意思。

"看什么看？我比她强多了好不好，我讲理她基本上不讲理。"

方程还是那样无辜的眼神，看得廖莎也一下子笑出声来。

"行了，现在重中之重是必须把老太太强烈的领导欲压制下去。她需要明白在这个家里谁才是领导。"

"那……在这个家里谁是领导啊？"

"这不明摆着嘛！"

"你！"

"胡说，是你！"

方程大惊失色，用手指头指着自己鼻子说："我？怎么会是我？"

"怎么还想推卸责任啊？我说是你就是你。"

"为啥是我啊？"

"你听我说啊，我妈这个人重男轻女，思想守旧。对她来说在儿子家她就比较有心理优势，在女儿家说话就没什么底气。"

"莎莎，咱妈这还是没有底气啊？那要是有底气得啥样啊？"

"咱妈在这儿虚张声势别以为我看不出来。你呢，就明白告诉她这是老方家，一切主意都是你拿的，一切方案都是你指定的，大家就认真执行就可以啦。重点强调这个家姓方懂不懂？"

"这也不是我的价值观啊。什么姓廖姓方的,咱家就是咱妈家。"

"我知道,但这是策略你懂不懂?懂不懂?"

"懂懂懂……不懂。"廖莎白了方程一眼,一副恨铁不成钢的感觉。

"哎呀,总之按我说的去做,到时候你就明白啦。"

突然一跃成为这个家的领导,方程内心惴惴不安,一下子就体会到了那些傀儡领袖的滋味。在廖莎的逼迫下,方程只能硬着头皮召开了一次家庭工作会议。

"爸,妈,咱们商量点事儿啊?"方程刚一开口,廖莎就利用下盘的力量踹了他一脚。方程知道这是嫌自己气场不够。

"那个……爸妈,手头的事儿放一放,咱们趁晚饭后这个空当抓紧时间开个家庭事务会议。"这一回,廖莎表示满意,岳父岳母一脸蒙逼。

"程子,咋啦?"岳母问道。岳父明显是被领导惯了,全然无所谓。

"那个……宣布点儿事儿。"

果然,方程这架势一端、调门一提,局面立刻不一样啦。

"爸妈,二位过来照顾廖莎我非常感谢,也很感激。"说到这儿,方程拿眼神儿瞟了一眼廖莎,廖莎不动声色。

"那个……我们老方家啊……"方程又瞅了廖莎一眼,廖莎嘴角含笑。

"我们老方家……其实还是挺民主的一个家庭。廖莎从怀孕到现在什么找医生啊、找医院啊、去月子中心啊、找月嫂啊这一系列事情吧,我们都是在老方家内部商量决定的。"

听到这儿,廖莎爸爸频频点头,廖莎妈妈心存疑惑地盯着自己女儿,廖莎则云淡风轻地抠着指甲。

"眼瞅着莎莎也要生了,方程式小朋友,哦,对了,方程式是我给孩子起的小名。我叫方程我孩子叫方程式。方程式小朋友将来如何出生、如何长大的一切事宜,方氏家族已经全权委托其母亲廖莎同志来总体负责。廖莎的任何决定都代表着整个方氏家族的决定。望周知,周知啊。"

这段话说完，给方程累出一脑门子汗。

廖莎的这一招果然收到了效果，老太太的腰板儿一下子就弯了下来，慢腾腾地摘下围裙。

"那行吧，你们老方家的事儿我们也不方便说啥，反正廖莎，你现在担负着人家老方家的信任，你好自为之啊。"

"放心，我一定不会辜负整个家族对我的期望，不辱使命。"廖莎一边说着，一边嗑着瓜子，一副找打没找够的样子。从这一天开始，廖莎就树立了权威和不可撼动的家庭地位。

方程悄悄把这件事情讲给自己母亲听，方程妈妈被逗得哈哈大笑。

"对付自己妈还得是自己姑娘，一捅就捅到腰眼儿上。不过话说回来，程子你家这孩子你们赶紧找保姆，我可不给你看，廖莎这脾气咱伺候不了。"

自从以代理人的身份出现以后，廖莎每天一早就给老太太开会布置这一天的任务，做什么饭、煮什么汤、炒什么菜都布置好，必须按此执行不准随意发挥。老太太好几次都是敢怒不敢言，只能意兴阑珊地说一句："行吧，谁让是在人家家呢！"

这一仗以廖莎的全胜而告终，随之而来的住院、剖宫产山呼海啸地裹挟了一切家庭矛盾，一下子都翻到了海底再也找寻不到痕迹。

开刀那天一早，于小娜和石姐都在手术室门口等着，于小娜知道孩子有问题，贴在廖莎耳边说："别担心，吉人自有天相。"廖莎的眼泪一下子就流了下来，是福不是祸是祸躲不过，已经走到了这一步也只能继续走下去。

说起来剖宫产在如今这个时代稀松平常得不像话，但只有亲身经历的人才知道那并不是一件容易的事。整个下半身陷入只有触觉没有痛觉的恐怖境地，人还是清醒的，就这么活生生从肚子里掏出一个人来。

"哇"的一声婴儿啼哭，廖莎心里一紧，这还没怎么着呢就出来啦？医生是一路跟随她产检过来的，知道这孩子的不容易，贴在廖莎耳边说：

"是个儿子,体重轻了点,四斤八两。不过你听听这哭声,旁边那一台八斤重的大胖丫头都没这动静。"

廖莎虚弱地追问:"大夫,这孩子智力不能有问题吧?"

"这哪能看出来啊?不过目前看是挺正常的,你别太担心。"

知道生了个儿子,方程父母倒没什么,最高兴的却是廖莎妈妈。好像自己女儿立了大功,自己脸上也有光。方程式小朋友也很争气,虽说由于体重过轻导致目前看上去像个猴儿,但是人家无论吃喝拉撒都异常努力,没几天就出落得膀大腰圆。

出了院之后廖莎就进了月子中心,无论设施还是服务都细致入微,廖莎妈妈一股子要大展拳脚的心劲儿也使不出去,所以总是快快的。廖莎还是斗天斗地的脾气,以其坚定的意志被评为本月最励志产妇。她坚决不喊疼、坚定地要求母乳喂养,没有骄娇二气。每天一睁眼廖莎就盯着儿子看,一时觉得他正常一时又觉得这孩子缺心眼儿。她也知道是自己疑心过重,一下子也就忘啦。

孩子一出生好在有专业机构,人手够用,但即使这样依然让廖莎预感到未来前途漫漫,这教养孩子的大业实在是庞杂而劳累。不过,好消息也不是没有,方程天天给儿子洗澡、换尿布、拍奶嗝儿任劳任怨,没想到这随性且有耐心的人一下子就找到了自己人生的新定位。按廖莎妈妈的话说,这廖莎就是每天吃、吃完了给孩子喂奶,然后就坐在床上发号施令,全家老小被她指使得团团转。

廖莎心里也郁闷,自己这身先士卒的个性其实是不愿意只动嘴不动手的。可是,非常时期自己确实不具备亲自上阵的能力,所以只能定目标、出要求、盯进度。没想到,在职场上没整明白的那一套管理体系,在坐月子养孩子这件事上却总结出了几分真知。老太太被管理得非常难受,一下子就嚷嚷着:"可拉倒吧,等你出月子了我就回老家,可不受这份罪啦。"方程一边抱着儿子拍嗝儿一边偷乐,强中自有强中手。正想着,廖莎爸爸走了过来,看四下无人对方程说:"她被管理这么几天就受不了啦,我都被管理好几十年了我跟谁说理去。"方程觉得好笑又不方便真的乐出声,没想到岳父冲着方程调皮地眨了眨眼说:"我下楼溜达一圈,抽根烟。"方程一听大惊失色:"爸,你不是戒了好几年了吗?"廖爸爸回头看无人偷听,就乐呵呵地跟方程说:"上有政策下有对策,程子,这都是经验学着点。"

看着岳父哼着小曲推门下楼,方程俨然看到了自己的晚年。

廖莎坐月子期间,于小娜、石姐和董博宇夫妇自不必说,人也到位、钱也到位。出乎廖莎意料的是公司有几位素来没什么走动的同事也上门道喜外加红包奉上。廖莎自从失势,在公司里的存在感就非常弱了,又经历了人情冷暖的洗礼,对这些塑料同事情早就看淡。她也知道,大家说到底都是无利不起早,能让他们上门来一定不那么简单。思来想去,廖莎拿起电话给自己一手带出来的一个小徒弟去了电话。

"师傅,赵凯一辞职其实对公司打击挺大的。因为他不仅自己走了还带走了于经理和好几名骨干业务员,据说总经理发了好大的脾气。现在咱们大区被托管,我听说那位临时负责人已经多次去总公司喊累,希望早早脱身。你说,会不会是……"

廖莎一想,觉得分析得有道理。总公司现在是人才乏力,犄角旮旯一划拉发现还有个廖莎算是可用之人。这也就能解释为什么那些八竿子打不着的人会上赶着来道喜。廖莎心里冷笑,真是三十年河东三十年河西,这些人的行动力也真是蛮强的。

任廖莎再如何想象力丰富,她也没想到人生际遇到底会奇妙到哪一种程度。赵凯的突然离职固然使廖莎的作用再次突显出来,但是,在接下来的一系列事情中,这一点点转机根本就谈不上转机。人的运气要是来了,你不想要都不行。

话说一个慵懒的午后,廖莎看着熟睡的儿子,又开始每天辨别孩子智力的常规活动。突然发现四下无人,觉得是大好的机会,就偷偷把手机摸出来打算看看微信、刷刷朋友圈。在中国人的传统观念里坐月子的时候是不能用眼过度的。任廖莎再怎么任性，这点坐月子的基本底线她还是得守着。不过，一来二去心里也痒痒，就趁着家人没注意把手机掏了出来。

根据每个人朋友圈的表现可以得出结论：于小娜忙着创业、顾晓楠忙着教学、董博宇忙着软件开发、石姐忙着跟面条儿置气。突然，她发现已经沉寂了许久的智能手机应用群有近两百条未读的消息。这个群里都是廖莎刚刚赋闲时搞智能手机应用大赛时认识的大叔、大妈，他们平常天天见面所以基本不在微信群里唠嗑，为什么一下子热情如此高涨呢？廖莎一顿往上划拉，终于找到了根本原因。原来，有一位大叔在群里转发了一条消息"城北中心小学预计年底落成，重点扶持项目特级教师扎堆儿"。就是这一条消息一石激起千层浪，让一个沉寂已久的微信群再次活跃起来。

说实话，看到这条消息，作为一名资深房产中介，廖莎觉得头皮一阵阵发麻。市政府为了拉动城北新区的经济，打算在本区域建设一所中心小学的消息已经在市场上传了好几年。但是，只听风吹不见雨来，这一次被官方媒体盖章应该再不会是空头支票。说时迟那时快，廖莎立马给自己在区教育局的一位朋友打电话，什么寒暄、什么问候，一切能免则免直奔主题。

"李处，城北中心小学的事儿，靠谱吗？"

"廖莎，你一个坐月子的同志还保持着职业敏感度呢？这次应该是真的啦，凯旋地产给做的配套，学校在年底跟他们楼盘一起交付使用。你知道谁是校长吗？"

"谁？"

"王晓梅。"

"我靠，漂亮。"廖莎忍不住爆了句粗口。也难怪她兴奋，这王晓梅是全市数一数二的铁腕校长，省三八红旗手。她一直在全市顶尖的爱华路小学任校长，据说好几家私立学校都在挖她。

"放着爱华路校长不当，她干吗去城北啊？"

"哎呀，大领导给许愿了呗。再者，她能去你就应该知道这学校的配置。据说教育资源最优越的城中区每所小学各抽调两名特级教师来支援城北，这次为了填补新区的人口劣势，市政府也是下了血本儿。"

"只有中心小学吗？中学呢？"

"小学年底投入使用，中学明年就建，据说也是许诺中学的校长仍旧由王晓梅担任她才去的。"

"这一下，学校周边的房子全部都是学区房啦。"

"就知道你是为这个高兴。别兴奋得太早，那一片都是新房子，而且是大户型，真成了学区房没有个三五百万拿不下一套，真有这个实力的人也不多啊。"

"李处，你不知道。在那个区域还有一片极其破旧的老房子。就是那种楼梯在楼体外面的老式结构，大约能有三五栋楼的样子，户型特别小，每家每户也就二十来平，是原来化工厂的家属楼。"

"啊？是吗？那……能住吗？"

"买学区房，谁在乎能住不能住啊。"

电话挂了，廖莎就觉得自己的一颗心脏怦怦在跳，这几栋老楼当年是爷爷不亲、奶奶不爱，一片丝毫不见效益的盐碱地。自己在举办社区活动的时候，这几栋楼的居民由于常年遭受冷遇，所以对这种纯公益的活动特别热情。现在，顶级的教育资源空降在这片土地上，环顾周边，总房款最低的一片区域就是这几栋老楼。盐碱地一夜之间变成良田。廖莎隐隐感觉自己事业的春天要来啦。

说时迟那时快，一周之后总公司行政部的新负责人给廖莎打电话，说是公司总经理要去慰问正在坐月子的廖莎。知道自己的际遇会改变，但是总经理大驾光临这种待遇还是让她心头一惊。

何德何能

廖莎没想到堂堂一位公司总经理睁眼说起瞎话来居然面不改色心不跳。

"廖莎,我早就要来看看你,但是俗务缠身身不由己呀。你这一员大将休了产假对公司来说是一笔巨大的损失,所以无论如何我都得把公司全体同仁对你的关怀表达到。"

廖莎觉得鸡皮疙瘩起了一身,休产假之前自己已经无人问津了好长时间好吗?无人问津之前就是这位总经理主导把大区总监的位置给了赵凯好吗?怎么现在他像得了健忘症一样呢?

"公司一直把你当做绝对的中坚力量来培养,北部大区总监的位置,廖莎,不瞒你说就是给你留着的。"

廖莎觉得这戏是不是有点过了,就算是来收买人心也不至于迫切到一下子就把这么重要的职位都送了出去吧。廖莎还觉得这个位置恐怕还得自己复出之后再努力一把,这下可好,得来全不费工夫。

"廖莎,你还有多长时间出月子?"

"领导,我还有 10 天出月子,出了月子我还得休产假呢!"

"10 天?怎么还有这么长时间?"廖莎都听傻了,干什么呀?就急迫到这种程度?

总经理满腹心事地留下一个大大的红包就走啦,廖莎觉得不对劲,给同行的新任行政部经理打电话探听一下口风,这一下廖莎真是惊讶得下巴差点掉下来。

"中心小学的消息一坐实,那一片的二手房交易立刻就活跃起来。

但是你也知道,那片儿大户型居多,总房款巨大,真能出手的人不多。但是,在那个区域有五栋老楼,平均面积都在20平上下,虽说房子破得不能住,但是学区是绝对有保证的。"这些情况,廖莎都了解,听她说这么多,廖莎都有点不耐烦啦。

"所以,这五栋楼一下子就成为众矢之的。全市上点规模的中介都在这五栋楼上下了大力气。"

"下力气干吗呀?"

"自然是下力气动员那些老头老太太卖房子。"

"然后呢?"

"然后,居民们翻来覆去就一句话'我要见廖莎'。这几天那几栋楼有成交意向的不下70户,但是条件只有一个,廖莎不来我们不卖,合同看不懂,我们只信廖莎。"再往下对方说了什么,廖莎全然听不见,自己的喉咙上下翻腾着,眼泪止不住地往下流。她翻出微信,果然看到在智能手机应用群里满满都是大家的呼唤。

"廖莎,你出月子了吗?"

"廖莎,大妈好久没看到你啦,你好不好啊?"

"廖莎,出了月子过来看看大叔啊,这合同上谁知道写了啥呀,你来我们才放心。"

"卖房子是大事儿,我们谁也信不过,只有你不会骗我们的。"

廖莎抹了一把眼泪,连忙在微信群中回复:"大叔大妈我很好,坐月子期间不常看手机,耽误了给大家回复,不好意思。我生了个儿子,母子平安呢。听说咱们那片成学区房了,很替大家高兴。正规中介都会代理二手房业务,不用等着我呀,我还得一段时间才能出门呢。"

廖莎这一回复群里立刻就炸了,大家都表示:"买的着急,我们卖的不着急。你安心坐月子,你什么时候能出来我们什么时候卖。"

廖莎哽咽着在群里打了几个字:我廖莎,何德何能。

傍晚方程下班回家,见廖莎眼圈红红还以为她跟自己妈又打起来了,就连忙来劝。廖莎只好把白天发生的事情讲给方程听,方程也是听得眼圈红红。

"老婆,你当时去搞智能手机应用讲座,去做那么没有希望的摸底调查,想到会有这么一天吗?"

"没有,我全然没有想过。我只是尽自己的本分,做我觉得应该做的事情。"

"那你现在有一种大仇得报的心情吗?"

"我以为我会有,但其实我没有。我只是由衷地替这些居民高兴,由衷地觉得我不要业务提成都无所谓,我想利用我的专业优势让他们的利益不受到一丁点损失。我不想辜负他们的信任。"

"那你觉得他们为什么如此信任你呢?"

"因为在那段时间,我只是本着一颗初心去做事,我没有任何功利的念头。当你真正问心无愧心无杂念的时候,周围的人是能感受得到的。"

方程把廖莎拥在怀里,两个人看着正在熟睡的方程式,不约而同地说:"他一定是一个被祝福的小生命。"

之后的几天,总公司各路人马找各种机会不停地给廖莎打电话,翻来覆去就一个意思:各家公司对于这五栋楼的业务势在必得,时不我待,廖莎你赶紧出马吧。廖莎电话讲得多了,廖妈妈也听出了端倪,这一个下午廖莎又在讲电话,气得老太太一把把手机抢了过来。

"你们这是干什么,有这么干的吗?我姑娘在坐月子啊,就这么几天等不了啊?挣钱不要命啊?"老太太这么一怒吼,电话果然消停了好几天。眼看着一个月将至,方程式长势喜人,廖莎每天觉不够睡,再就是几十号房主等着廖莎出山。

从月子中心往家里搬的那一天,一大早总公司的司机老刘就在月子中心门口候着。老刘也不言语,反正是帮着搬东西、帮着收拾杂七杂八的物件,然后就在廖莎家楼下等着。方程的婆婆是一位在职场上摸爬滚打过来的人，看这架势就劝廖莎。

"莎莎，要不你就今天跑一趟吧。这么大的面子给了，咱们再不接着说不过去啦。"廖莎别看对自己母亲横挑鼻子竖挑眼，对这位婆婆的话还是很上心的，当下就穿戴整齐给孩子喂了奶，准备去公司。全家人弄得风萧萧兮易水寒，好像送壮士上路一样。

见廖莎下楼，老刘迅速灭了手里的烟立刻打开车门，廖莎裹得像个粽子摸摸索索地上了车。老刘闲话一句没有，一脚油就直奔五栋楼。到了现场廖莎才知道为什么总公司会如此着急，五栋楼已经被全市各大中介的业务员团团围住，各种展架林立、传单满天飞。总之就是：找我卖房子、找我卖房子。

老刘的车一路开到楼下，总公司几位业务员看到自己公司的车来了就知道廖莎是到位啦。也不知道是谁突然就喊了一嗓子："都让开点，廖莎来啦。"这一喊不要紧，楼上楼下的老头老太太都跑下来把个廖莎团团围住。

"廖莎，这房子能不能卖呀，不能上当吧？"

"这几十年的老房子为啥突然这么多人想买啊？不会有什么猫腻吧。"

"廖莎，你给我看看合同啊，字儿都认识，意思一点都不懂。"

"廖莎，大妈就剩这一套房，不能有一点闪失啊，你得帮我把把关啊。"

"廖莎，我卖房子的事儿不能让我那个不争气的儿子知道，所以我就指着你啦。"

众人围住廖莎七嘴八舌，其他公司的业务员一看这势头就知道他们最担心的那一天终于还是来了，这一片的中介大神廖莎，出山啦。

刚出了月子身体还是发虚，廖莎坐在椅子上示意大家都安静。

"这样啊大叔大妈，我这身体实在也是有些虚，按照门牌号我给大家都排个序，以后每天上午我都过来，你们带着买家和合同我一个一个过。大家放心，我知道你们当中的很多人这一辈子就攒下这么一套房子，卖多卖少是一回事，不能吃亏上当最重要。我尽我所能维护大家的利益。"场上顿时掌声雷动。

接下来的半个月，老刘每天上午都把廖莎拉到五栋楼那儿，廖莎就挨家挨户地见买家、拟合同。后来干脆廖妈妈和月嫂抱着孩子跟着，这边孩子一哭，所有谈判全停止，孩子吃饱了谈判再继续。廖莎的原则就一个，卖房子的钱必须能让老人们极大地改善生活条件。别看这房子单价不低，但是碍于面积小，所以实际到手的房款并不多。廖莎集中大家的需求，喊死一个价钱统一战线，结果就是老人们拿到的房款基本都能让他们在老城区买一套四五十平方米的二手房。

事情闹闹哄哄了两个月才彻底平息下来，从廖莎手中整整卖出去五十八套房产。那一段时间，五栋楼几乎都是在搬家的，不明就里的人还以为这几栋楼要拆迁。这件事在全市的房产中介中传为美谈，一下子连赵凯都致电祝贺。

"廖莎你说你是不是应该感谢我，如果不是我给你这个社区关系部的职位，你怎么能有今天的成就。"

"你可真是好意思呀，赵凯，我这业务提成是不是还得分你点啊。"

"我看行啊。"

"行个屁。"

"你这人都当妈了怎么还是这个德性。你自己说，这一次战役打下来你是不是未来三年都吃喝不愁啦？"

"要你管。"

廖莎这边重整河山的时候，于小娜的所有布局也已经全部完成啦。她在等待着那个她心目中的时机，女人的直觉告诉她那一天一定会出现。

赵凯新公司的业务已经如火如荼地开展起来，业务员们开始在市场上大肆寻找老旧房源，然后签订独家代理合同。随后就是装修改造、上市销售。改造过的房子大多打着"婚房未住"的名头，虽说房子是老房

· 245 ·

子但是装修是新装修,看上去有模有样,当然交易起来就后劲十足。老马和他的老乡们也是非常欢喜,一个个装修的单子甩过来,大家就闷头干活就好了。于小娜的任务就是定奖励机制、盯装修工期、看账上现金流,保证一切有序进行。

赵凯是个头脑灵活、智商颇高的聪明人,他目前采用的这个模式其实就是利用了大多数人性格上的一个弱点,那就是:嫌麻烦。其实,房子还是那套房子,位置变不了、楼层朝向动不了、户型也不会做太大改动,中介能做的就是把一套装修陈旧的房子变成一套刚刚粉饰一新的所谓"新居"。这个工作买房客自己不会做吗?当然会了!毫无难度好吗?即使这样,当一套单价略高的"装修房"和一套单价更平实的"老房子"摆在面前,还是有很多人会选那套已经装饰一新的。这就是人性。业务渐渐扩张,知名度慢慢提升,其他中介公司逐渐发现市面上怎么突然有那么多所谓的"婚房未住"上市交易呢?稍加打听就了解了原委,这件事好在脑洞大、有市场,但坏就坏在门槛低、易复制。你赵凯能做、张凯、王凯一样能做啊,这里面的道理极其简单没有什么技术难度。当其他公司开始效仿的时候,投资人坐不住啦。

"老赵你想想办法,现在市面上跟风的太多啦。在公司没能形成绝对的品牌优势之前,这种跟风会要了你的命。必须保证咱们的模式在三年之内不能被复制,这样才能确保利润。"

一段时间以来赵凯就为这件事头疼。在他看来资本的担忧永无尽头,这些人对资金安全以及迅速盈利的奢望会让任何一家公司都没有办法作长远的规划。再者,目前的二手房中介市场是一张没有任何差异化的刻板面孔,但是,该做大的一样做大、该赚钱的一样赚钱。反而一家在做差异化竞争的公司却每天都在担忧自己的优势会丧失,这是多么可笑的一件事情。

"这些人真是麻烦,过几天保不齐他们就会问我'如果腾讯准备进军房屋中介市场你打算怎么办?'"赵凯坐在于小娜的办公椅上,满脸鄙夷地说。

"拜托你不要每天坐在我的位置上好吗？你再这样我就搬出这间办公室。"于小娜已经警告过他无数次，但显然收效甚微。

"你搬呀，你搬到哪儿我就跟到哪儿，休想甩掉我。"

"话说你为什么就一定要坐在我的位置上呢？你能给我一个合情合理的解释吗？"

"合理的没有，合情的倒有一个。坐在这儿能看到你办公桌上摆着的照片儿。"于小娜走过去，翻手就把相框拍倒在桌面上。

"你怎么就不能成人之美呢？我就这点恶趣味你就不能成全一下？"

"怎么我的照片就成恶趣味啦？"

"你的照片不是恶趣味，但是我看的时候展开了针对照片遮蔽内容的充分想象，这就是恶趣味啦。"

"你再说我把照片撕了。"于小娜气急败坏，赵凯坐在椅子上仰着头看于小娜。

"你只要不把脸也撕了就不能阻止我在恶趣味的大海里徜徉。"

于小娜拿他没办法只能把扣在办公桌上的照片扶正说："那你还是看照片吧。"赵凯哈哈大笑，搞得于小娜莫名就真的生起气来。

"赵凯你就天天这样有意思吗？我可告诉你，我大学时辅修过心理学，越是喜欢开黄腔的男士越有可能在某件事情的能力上有欠缺。你到底是不是你自己心里有数。"于小娜刚要走，赵凯一把就拉住了她的手。

"谁愿意开黄腔啊，我现在能做的无非也就是言语上挑逗你一下，我想再深入，你能配合吗？"

赵凯居然说得有几分哀怨，于小娜拿开他的手，弯腰下来看着赵凯的眼睛说："还有你赵凯不敢的事情？"

"当然有，我害怕追你太紧你会瞧不起我，放得太松你又跑啦。所以，不让你放假、不让你休息、不给你单独的办公室、天天让你加班，这样你就没办法恋爱、没办法相亲。"

"你是真够缺德的呀,不让我相亲,你自己倒是没闲着。"

"我怎么没闲着啦?我都说了你是我的锦鲤。"

"谁稀罕做你的锦鲤。"

"那你想做什么?"

每次聊到这里,于小娜就不吭声,一双大眼睛半笑不笑地盯着赵凯。赵凯当然知道那眼神是什么意思,但奈何单身王老五的快乐生活实在不想放弃。

"娜娜,我结婚结怕了。"

"哦,没人逼你。"

"你就是在逼我。"

"我……是在躲你。因为,我知道我想要的,你给不了。"

"我尽力了。"

"我也没有埋怨你的意思。"

类似的谈话,两个人隔几天就要进行一轮。慢慢地,于小娜也品出来了,赵凯确实是那种对于情感不太上心的人。你别看他变着花样地撩拨于小娜,但实际上这种撩拨更像是一个大男孩的淘气。他确实招女人喜欢,但时至今日也没有搞出什么情感上的实锤。他的爱情浅,在他的人生里恐怕也就只占那么一点点。之所以对于小娜那么上心,与其说是男人的眷恋还不如说是对一名优质合作伙伴的赞赏。而于小娜要做的就是凭借着这一份赞赏来获得自己想要的人生归宿。

于小娜不管那一套,看着赵凯一天天自我反复否定的样子她就觉得可笑。不过,也有笑不出来的时候,投资人对市场跟风的解决方案逼得越来越紧,赵凯一段时间以来压力剧增,脾气也开始变得暴躁。一方面公司业务不断、运转正常,一方面与竞争对手的差距总是拉不开。就好像跑马拉松,被身后的人紧紧咬住又没有队友可以交替领跑,所以特别累。

最后一次商讨,会议结结实实开了 14 个小时,于小娜觉得自己都已经开始哆嗦啦。赵凯红着眼睛冲着投资人咆哮:"你们现在的做法无异于让一个二十几岁的小伙子开始着手为自己安排后事,竞争与跟风永远都存在,我们要是需要为市场上的每一个动向都做出预案,那基本就寸步难行啦。"

"老赵,我必须承认作为创始人你确实让我们看到了你的创意、魄力以及行动力,但是我们希望你能在资源整合、跨行业协作上更有建树。毕竟业绩是干出来的,但盘子是码出来的。你如果能从这个高度看问题,那眼下的模式困境也许会迎刃而解。我不理解你的情绪,也不想为你多余的自尊心买单。"

这句多余的自尊心成为压倒赵凯的最后一根稻草,他用拳头结结实实砸到身后的白板上,巨大的力量让那块可怜的白板摇摇晃晃最终一个趔趄趴在了地上。场面实在太难看了,午夜时分每个人的神经都几乎达到了崩溃的边缘,再继续下去关系很有可能就没有办法修复。此时,于小娜觉得时机到了,她谋划了几个月的彩蛋现在可以打破啦。

"我这有些想法,拿出来跟大家探讨一下。"一直默不作声的于小娜在角落里发出声音。但是,可能由于大家都过于疲劳,投资方几名代表几乎就是挑了下眉毛示意她可以继续。赵凯背对着众人,冲着敞开的窗户抽烟。

"也许我们可以在目前的装修合作公司万成身上下点功夫。"话音刚落,赵凯猛地回身恶狠狠地把烟头掐灭在烟灰缸里。

"我公司的出路难道会维系在一个河南农民工身上吗?于小娜你可真能扯。"赵凯明显是带着情绪,于小娜立刻噤声。几位投资方的代表可能是习惯了赵凯的自大,像是给于小娜撑腰一样示意她可以继续。

"万成是一家新公司,是马万里为了跟咱们合作现成立的这么一家公司。马万里占股33%,还有33%的股份在一家名叫梦鑫科技的公司手中。这家公司的背景就比较复杂了,它的近20位股东其实就是马万里河南帮当中的那些老乡。有做管材的、有做细木工板的、有做大理石的、都是围绕着装修的上下游供应商。为了结构简洁清晰，这些人就成立了这么一家公司和老马捆绑在一起。"

说到这儿，于小娜拿起手中的矿泉水瓶喝了起来，暗中观察会议室里几位主要人物的表情。赵凯有些吃惊，大致是没有想到他压根就没看上眼的万成居然裹挟了这么复杂的关系和利益。投资人比较愕然，因为他们不知道于小娜详细地梳理这些关系到底有什么意义。

"别小看这二十几位小老板儿，他们每一个人手中都捏着一种甚至多种装修原材料的本地市场代理权，他们就是以代理权来入股的。虽然都不是什么大品牌，但是，这二三十个代理权就让梦鑫甚至万成这两家公司的身价倍增。归根到底也让我们在市场上的议价能力和利润的产生点向上游一路逆行。"

投资人听出点意思，互相开始交头接耳，明显脸色也好看了许多。

"你说的议价能力增强我同意，因为万成可以把价格压到它的成本之下，仅靠代理原材料产生的年尾返点都够它赚的啦。但是，我们的利润点上移怎么理解啊？毕竟万成跟我们只是合作关系。我们在万成没有股份。"

"万成三成股份在老马那里，三成股份在梦鑫那里，还有三成股份……在我手里。我可以用我万成的股份来置换咱们公司的股份。"

于小娜几乎听到了投资人的欢呼，这笔交易一旦达成，这间中介公司将从中介业务、装修业务、原材料业务中全面产生利润。它的上下游协同能力将使它永远能给出比别人低的价格，永远能啃动别人吃不动的生意。

于小娜继续说道："最近收到消息，领航地产开发的小户型公寓项目在市场上遇冷，听说他们在谋求项目转型正在找公司接洽。我们完全可以把项目整体的转型策划、改造装修、上市分销的业务全包下来。比如，改造成青年社区做长租产品。我们自己有原材料、有装修、有中介，这种生意以后除了我们谁都啃不下来。"

会议室安静极了，大家慢慢地都把目光投射到赵凯身上，都在密切关注着他的反应。如果真按于小娜所说用她手里万成的股份置换中介公司的股份，那就意味着她将一跃成为中介公司最大的股东，赵凯将如何自处？

此时的赵凯背对着众人，眼睛看向窗外的茫茫夜色，没人能看见他的表情。其实，他和于小娜的关系大家不是没有过揣测，投资人也曾经善意地提醒赵凯，别因为感情而让创始团队的关系变得更复杂。甚至在对于于小娜的股权分配上，投资方也一再压低，也是忌惮于小娜和赵凯一旦结婚会对目前的股权局面产生不利影响。没想到，于小娜竟然如此争气，活生生依靠不争的实力为自己争取到了最大的利益。现在，投资人又在担心一旦赵凯和于小娜撕破脸，那眼前的大好前途岂不是要断送于一时。

赵凯的态度成为最后的关隘，于小娜在他身后谋了这么大一个局，到今天又用这个局来跟赵凯议价，他能接受吗？如果于小娜只是个普通合作伙伴或许还好说，可他们关系好像又比较微妙。赵凯对于小娜如此信任，与万成的合作完全放手让她去主持，然后就收到了此刻这份答卷，赵凯他能挺住吗？

大致过了能有一刻钟那么长时间，赵凯回转身表情平常。

"你们都看着我干什么？"

投资方先撑不住了："到底怎么弄，老赵你给个痛快话啊。"

"这还有什么怎么弄的，换啊，傻子才不换呢！当时跟万成合作，小娜就提醒我最好跟万成捆绑得紧密点，是我自己没同意。我小瞧了马万里。多亏了小娜能从万成抠出股份，不然到今天这事儿还难办啦。不过有一点啊，可别光可着我一个人的股份换啊，那我可不干啊。"

这一下子就打破了严肃而压抑的局面，大家长舒一口气。

"那当然，老赵你放心，你为公司做出的牺牲会写进你的墓志铭的。"

"滚蛋，你才要死了呢！我今天一句话放到这儿，股份怎么分出去的我一定再怎么要回来。"众人面面相觑,自然有人懂事儿道破天机。

"那你就只能娶于小娜为妻啦。"

"没错!"

于小娜一脸不在意:"哟,我于小娜何德何能啊,赵总你别开这种玩笑。"

赵凯走到于小娜身边贴着她耳朵说:"一切都是你应得的。"

赵凯在面对茫茫夜色那十五分钟心里在想什么,董博宇送付晓芬回家后在楼上的一个小时究竟发生了什么,于小娜到底是怎么说服那二十几个小老板只占33%的股份,这三件事成为他们这个朋友圈子中的千古之谜。多日之后,投资方的一位代表在私下的一个场合拍着赵凯的肩膀说:"老赵,我终究没有看走眼,你确实是个人才,宰相肚里能撑船,你老赵是个干大事的人。"赵凯笑笑说:"因为她处心积虑求的是什么我清楚。"

于小娜感到心力交瘁,那天会议结束后都已经下半夜了,她累得连车都没敢开,自己跑到对面的快捷酒店开了间房,一下子睡到第二天傍晚。要不是口渴难耐,她觉得自己能睡满一轮。

洗漱干净后,她一个人开着车去廖莎家看她干儿子顺带又讨了一顿晚饭吃。快八点的时候她悠悠逛逛回到家,一抬头就看见赵凯杵在自己家门口,地上满是烟头。

"你怎么不给我打个电话就来了,白等了吧。"于小娜站在台阶上看着赵凯笑。

"你赶紧开门吧,我都站了快两个小时啦。"

"你给我打电话啊。"

"你看看你自己手机。"

于小娜从包里把手机掏出来,看了一眼满脸惊诧:"呀,调成静音了,没听见来电啊。"

"装，你再装，于戏精，最佳女主角。"

"不是，真的。在廖莎家里孩子在睡觉，我手机就调成了静音。"

"看在方程式的分儿上，不跟你计较。快开门，又累又饿。"

二人进到房间，于小娜也不吭声就忙活着泡茶倒水，她就想看看赵凯能怎么对她。翻脸？有可能！求婚？你还真别说，也有可能！总之，于小娜已经做好了应对一切突发状况的心理建设。小清新茶具、上等的红茶摆在两个人中间，一对男女各怀心事都不肯轻易表露态度，就这么干坐着，你看我我看你。最终还是赵凯先开了口。

"小娜我喜欢你，但我发现如果仅仅是喜欢其实是我看低了你我之间的感情。"

"我和你有感情吗？"

"别闹！"

于小娜一边喝茶一边用余光瞄着赵凯发笑，这人能屈能伸倒是把好手。

"我记得跟你说过，我想要一位志同道合的人生伙伴，想要一位我打架她递板砖的爱人。话是这么说，其实对此我既没有深入研究也没有太过努力追求。不过，这一回我倒真是在你身上看到了希望。"

"看到了希望？因为什么？"

"因为股份。"

于小娜一听就炸啦，几乎破口大骂："你怎么好意思说出口……"

"你听我说。因为股份，因为在这件事里我看到了你的胆色、你的能力和你的野心。这样一个伴侣正是我赵凯求之不得的。你一定会成为我创业道路上最亲密的爱人同志。因为，我们是一路人。"

"可我是背着你干的。"

"没事，将来我肯定有好多事情需要背着你干，到时候你不追究就是啦。"

"滚蛋。"

"不……"话音刚落,赵凯一把就把于小娜扯到自己怀中,滚烫的唇压在于小娜冰凉的腮边。

"我一直在想,我终有一天会撑不住把我的恶趣味彻底实践。"赵凯边说边用一只手灵活地隔着衬衫的衣料解开了衣服,于小娜抓住了他的手腕。

"你要想好。"

赵凯把于小娜最后的一句话含在了自己嘴里,手上加大力气像是宣告着某种主权。两个人纠缠、撕扯在一起,一路跌跌撞撞双双倒在床上。赵凯直起上半身拢了拢于小娜的头发。

"你现在后悔还来得及。"

"那我后……嗯"悔字还没说出口,于小娜就再说不出一个字……

廖莎一边替于小娜叫好一边又替她不值。

"不就一个赵凯嘛,至于下这么大功夫费这么多心血?到头来还得用巨大的利益在前面吊着才能让他下了决心。我呸!"

石姐摇了摇头,按住廖莎到处挥舞的胳膊说:"你呀,对某一种人极度缺乏了解。"石姐回手摸过一本财经杂志扔到廖莎面前,封面上一对精英模样的男女。

"这两口子我认识,做建材起家的。这位男士不是什么省油的灯,外面养的、私下里生的乱得很。可你看,这两口子还不是绑在一起出来亮相。错综复杂的利益需要、社会地位的确保、虚荣心的驱使,总之,婚姻状况非常稳固。"

"有意思吗?两口子过日子过成了生意,夫妻之间弄成了合伙人,有什么意思?"

"你觉得没意思,可小娜不一定觉得没意思。求仁得仁有什么不好?这么多年她就希望能穿着晚礼服在聚光灯下站在一个成功男士的身旁,以前一直在寻找,现在想明白了,自己养成一个,挺好!有骨气!"

两个人正争得不可开交,没想到董博宇一推门进来啦,随手拿了个电脑包又出了门，行色匆匆都没来得及跟廖莎打招呼。他居然会在顾晓楠的舞蹈工作室出现，这可真是结结实实吓了廖莎一大跳。

"妈呀，这董老爷怎么还在这儿走动啊？他不是特别不支持楠楠的事儿嘛。"

石姐看四下无人就跟廖莎说："强多了，最起码不扔脸子啦。家里雇了一个住家保姆，这么做就对了，能用钱解决的问题何苦拴着楠楠。"

说话的时候，顾晓楠穿着练功服推门进来，手里拿着电话。一进门看见廖莎热情地打了招呼然后就转圈找人。

"我家老董呢？"

"刚出门。"

"我电话忘在家里了，他给我送来，我正上课也没说上话。"

廖莎看着顾晓楠神采飞扬，应该是最近比较顺心，也就放着胆子调侃她。

"都老夫老妻了，别这么黏人好不好？给你送个手机就感激涕零啦？那我要是把老董背后做的那些好事告诉你，你还不得哭背过气儿去？"

此话果然奏效，顾晓楠凑到廖莎身边一对大眼睛热切地看着她，等着她再往下说。那种单纯的神情特别打动人。

"啧啧啧，你说说就这又美又傻的样子谁能扛得住。"一句话逗得石姐哈哈大笑，顾晓楠娇嗔着假装生气转身出了门。廖莎跟石姐聊了一会儿家常，主要是听石姐唠叨叛逆小姐面条儿女士被汪冰收拾得有皮没毛，日渐归顺的故事。

转眼一个小时就过去了，作为一名哺乳期间的母亲被一阵阵涨奶催促着往家里奔，没想到，回家首先听到方程式在怒号再就是看到公司的总经理在等她。不用想廖莎都知道总经理今天上门是干什么，无非是催促她早点上班，北部大区一个烂摊子等着有人去处理。没想到，这总经理也不是白给的，废话没有，开出条件："现在就复工，总监是你的。产假休足再复工，总监就给别人。"廖莎咬着后槽牙心想："我就看在

· 255 ·

一年多收入一个人工的分儿上。"

总经理得到了廖莎马上复工的承诺，脚不沾地地就走了。他前脚出门，廖莎的母亲后脚就不干啦。

"什么，你这就要上班，那你赶紧找保姆，我一个人可带不了方程式。"

"你带东东怎么能带？孙子和外孙还两个待遇？"

"你嫂子没你那么多毛病，你实在太烦人。再说了，我也该回去看我大孙子啦。"

廖莎也知道自己母亲留不住，那如果自己马上要复工，最现实的问题就是孩子谁来看。婆婆？恐怕不行。老太太早就明里暗里表态，出点钱帮衬一下可以，出力免谈。这一下还真就挺为难。正在思来想去的时候，门锁一响方程居然回来啦。廖莎抬头一看表这才下午两点多，这么个时候怎么就下班了呢？方程进得家门，面色凝重，这么一个没心没肺的人居然摆着这么一张臭脸，廖莎知道肯定是出了大事儿。

"怎么了老公，脸色这么差。"

"老董在给一家餐饮企业做供应链管理软件，找我帮忙。没想到这件事被人捅到了公司，总经理大发雷霆，说我监守自盗。"

廖莎知道，董博宇当年顺风顺水的时候肯定在公司没少得罪人。这一下垮了台，自然就有人出来收拾余党。那这所谓的余党之中，最好欺负的可不就是方程。一整个晚上方程都没什么动静，就一个人坐在小板凳上默默地擦拭着花叶。全家人都看出方程情绪有变，但也不好打扰，只能都主动离他远一点。廖莎一边哄着孩子，一边看着方程落寞的样子心里特别难受。

"老公，出了这件事你跟老董说了吗？"

"我一个人闹心就行了，何苦再给他添堵。软件那边现在正是攻坚阶段他也是忙得脚不沾地。"

"那，公司说没说怎么办啊？"

"没看我都回来了嘛，停职。"

"什么？"一听说方程被停职啦，廖莎一下子就炸啦。

"他们知不知道你老婆是谁？知不知道你是谁罩着的？给我惹急了我就去你们公司打砸抢。"

方程还是默默地擦着花叶，一副心如止水的样子。

"辞职，咱不干啦。今天我们总经理找过我了，北部大区总监给我，升职加薪之外再算上我之前卖五栋楼的提成，老公你可以在家闲三年。"

"我在家闲着干吗呀？"

"养花、种草、伺候方程式。三年之后他上幼儿园你再出山。"

"那……那我不成了家庭妇男啦？"

"说啥呢？这是你为我们家庭做出的牺牲，是你为成全我的事业被迫做出的重新定位。这也更加说明我们日子过得一天比一天好，已经能省出一个人的精力全面照顾家庭。"

方程把手里的小抹布往地上一扔，气鼓鼓地说："我不要。"廖莎想了想，自己又去搬了个小板凳坐在方程旁边。

"老公，你还记得我最低谷的时候你跟我说要给自己找一个陪伴终身的爱好吗？"

方程不置可否地点点头。

"我找到了！我发现我不爱逛街、唱歌也不行啦、不爱看书更不爱画画。我其实对钱也没有特别强烈的渴望，当不当官似乎也没什么太要紧。你看我连社区联络这么费力还不出效益的事儿不是也干得有滋有味。所以，我就是对做事情感兴趣。我就是不能闲着、不能没事干，我不会过每天优哉游哉的日子，我觉得那样就是在浪费生命。一闲下来我不是跟家人吵架就是躺在床上生病。我想我上辈子可能是个当兵的，就喜欢打仗，这辈子没仗打所以就喜欢做项目。我不是怎么崇高非要把责任扛上肩，我就是在践行我的爱好。而你，天性就是散漫，凡事慢两拍。你的爱好就是种花、养草、喝茶，既然我工作你回家能让咱俩的爱好都得到实现，为什么不呢？"

方程停下手里的动作，眼睛里冒着光。

"老婆，我一个大男人让老婆养，好吗？"

"方程，你老婆她不仅养儿子还能养老公。我以前总嫌你没出息，其实我想通了，那是因为我没出息。如果我有出息我才不会害怕我身边的人没出息呢！你是我老公，你爱我、爱这个家就足够啦，我都已经有出息了还需要你再有出息吗？擅长赚钱的去赚钱不管她是男是女、擅长调剂生活的就当家庭文娱委员，无论他是老公、老婆。"

方程激动地从板凳上蹦了起来，叉着腰喘着粗气，一副翻身把歌唱的样子。

"哼，我明天一早就去辞职。我看行政部那个老处女再把我交通费报销单扔出来。"

"啊？他们都把你欺负成这样了，怎么回家不说呢？"

"我不是怕你为我担心吗？"

"真是，娶老婆干什么用的？不就是为你担心、为家操心吗？行了，咱不干啦，回家伺候孩子外加养花啦。"

方程显然对于这从天而降的幸福还不大能消化，想笑又不太敢笑，不笑吧又实在忍不住。

"老公，明天我跟你一起去公司辞职，绝对让你有面子。"

第二天，廖莎和方程两口子出现在 IT 大厦，廖莎把自己压箱子底儿的首饰全戴上了，给方程把结婚时买的名表也套在手腕上。廖莎原本跟方程公司的人并不熟，但是管他熟不熟，看见谁都一张笑脸打招呼。

"你好，今天脸色真不错，我是方程爱人陪他来辞职的。"

"早啊，今天方程是来辞职的。"

"哎呀，行政部的刘部长是吧，我总听方程提起您。我们今天是来辞职的，我们不干啦！"

廖莎走一路念叨一路，扯着方程咋咋呼呼的搞得全公司都知道方程领着老婆来辞职啦。方程觉得有点丢脸,但这丢脸的同时又挺解气,所以配合也不是,不配合也不是,搞得蛮尴尬。

见到了总经理,方程也没来得及插话儿,廖莎花枝招展地在总经理面前演戏。

"总经理啊,谢谢你这么多年来对我家方程的照顾,尤其是最近这半年,有句话怎么说的来着'我感谢你八辈祖宗'。方程人老实又厚道,所以有些感谢的话他说不出口,但是谁让他娶了我呢?我没读过什么书,不懂得害臊,所以我今天得代方程跟总经理说一句:我们不伺候啦。对我们再好我们也不干啦。我们家不缺这点卖命钱。"

一帮理工科的程序员组成的公司哪见过这阵势啊,一下子差不多全公司的人都围在总经理办公室门口等着看热闹。

"所以,咱也别整什么停职不停职的啦,我直接辞职多痛快啊。您也眼不见心不烦,一拍两散各生欢喜。行,都已经停职了估计是没什么好交接的啦,那就这样,回头方程来正式办个手续,以后您家房子想卖可以找我,想买也可以找我。就这样哈。"

廖莎扯着方程出了总经理办公室,看着外面围着的人群,一边挥手一边说:"都散了吧,就是辞个职没什么大不了。我家以后我赚钱,方程就负责花钱就行,我们不干啦。"

两口子昂首挺胸走出 IT 大厦,方程还迷糊着没缓过神来。

"老婆,我这就辞职啦?"

"是啊,怎么?"

"让老婆领着来辞职,我是不是太窝囊啦?"

"切,别看他们口口声声说你窝囊,其实心里都羡慕得不得了。"

这一下子方程就高兴起来,在车里手舞足蹈。工作了 10 年,方程连个像样的年假都不曾休过,勤勤恳恳、认认真真地干活。这一下再不用朝九晚五,方程内心的喜悦升腾出一朵彩色的祥云。

送走了父母,夫妻俩把家里里外外收拾了一遍。之后,廖莎就开始给方程做起了详细的"育婴男"岗前培训。方程虽然对家庭事务参与度还是很高的,但是育婴这种高度专业化的工种还是需要详细的学习。廖莎从方程小朋友的生活习性、性格特征开始讲,什么饮食规律、睡眠周期、突发状况的紧急救治措施林林总总。方程也知道自己肩负重任,所以该记的记、该实践的马上上手操作,力图在独立上岗之后能迅速适应岗位需求。廖莎对于方程的学习态度相当满意,自觉让方程辞职回家的做法简直是太好了。培训完成之后,廖莎就潇洒复工,重启了自己职场精英模式。

方程目送妻子上班,感觉廖莎宛如重返战场的将军一样杀气腾腾,而自己需要做的就是照顾好大后方让将军可以没有后顾之忧地在前线拼杀。方程式小朋友已经开始知道认人,发现这个粗壮的怀抱一点也不像姥姥和妈妈那样温柔,少不了开怀大哭,这一下方程就慌了手脚只好给自己爸妈打电话求助。方程妈妈一听儿子辞职专程在家带孩子大惊失色,忙不迭领着老伴儿打车就奔儿子家而来。

"让你辞你就辞啦?你这孩子听老婆话也有点听过头儿啦。"方妈妈一面哄着方程式吃辅食一面教训方程。

"那你又不帮我们看孩子,我现在干得也不开心。与其雇个人还不如我自己来。"

"那也不是长久之计啊。你媳妇现在看着是干得风生水起,但一旦再有闪失你们可怎么办?"

"廖莎说近三年是没有问题。"

方妈妈自然知道自己儿子的性格也清楚自己媳妇的脾气,思来想去也没有什么更好的主意。

"我不给你看孩子还不是因为莎莎那个脾气,她跟她自己妈妈都较真何况我这个婆婆。但现在不一样了,你在家看孩子我还能不帮你?我每天一早跟你爸坐车过来,等你媳妇快下班的时候我俩再回去。"

"真的?妈,那你和我爸也太折腾啦。"

"我折腾为了谁呀？我儿子、我孙子。要不是你媳妇实在不好伺候我能不管吗？她像管理下属那么管理我，我可受不了。"

"那……那我干啥呀？"

"你呀，趁着这段时间不工作就多看看书、学习充实自己。你看咱家楼上的黄伟，老婆是个注册会计师，开了个会计事务所特别会挣钱，黄伟就在大学做讲师，没什么压力，两口子分工不要太好。"

方程觉得母亲说得也有道理，家庭不外乎经济实力和社会地位，老婆能赚钱的话那自己就只能在社会地位上争取能贡献一份绵薄之力。不过左思右想方程也没觉得自己到底干点啥能将家庭的社会地位带上一个层次。最后只能安慰自己，老婆去追求成就，那自己就来追求成就感吧。

就这样，方程的妈妈偷偷摸摸每天来帮忙打理方程式的生活，方程就闲来无事开了一个微信公众号专门撰写一些养花常识、人生感悟。渐渐弄出了乐趣又给自己开了一个抖音号专门拍自己养的那些花，絮絮叨叨地讲这些植物的前世今生。这么琐碎的生活也让方程经营得有声有色，一时间就觉得自己之前那十几年简直是白活。

廖莎重返职场对公司的很多人来说那是如临大敌。先前变脸诋毁她的自不用说，就连北部大区一些之前赵凯的得力部下这一时也慌了神，觉得这位"廖汉三"保不齐会秋后算账。这其中最让人始料不及的倒是廖莎之前的一位小徒弟。说是要给师傅接风，小徒弟把廖莎约在一家餐馆，他带了自己门店的几位核心成员算是自己的嫡系。席间，自然是高帽儿一顶一顶地戴，诉说在廖莎归隐这段时间自己是如何顶着受迫害的各种压力一直没有变节。廖莎虽然对徒弟这种做法不是很感冒，但是自己一手带出来的人还是有感情，要说一点不感动那绝对是假的。不过，最后徒弟的一个举动彻底激怒了廖莎。饭局临近完结的时候，小徒弟从手提袋里掏出一张纸推到廖莎面前。

"这是？"

"这是一份名单，都是之前跟赵凯走得比较近的人。师傅，你看看心里有个数。"

廖莎盯着桌子上的纸瞅了能有1分钟,满脑子都是不停地发问:"我应该怎么办?"这要是按照廖莎以前的脾气一定会把那张纸团一团就摔小徒弟脑袋上,平生最恨"小人"。但是,廖莎也是久经考验、经历过风雨的战士啦,她知道盲目表态只能将自己全部暴露在地平线上,导致一阵机关枪扫射就能被放躺。小徒弟见廖莎不动声色还以为是自己的举动打动了领导,凑到廖莎耳边嘀咕了一句:"师傅,咱们的时代到啦。"

廖莎伸手把服务员叫进来:"来,给我们上一瓶白酒。"小服务员忙不颠把酒端上来,廖莎端起酒杯看着眼前这些人。

"我廖莎感谢各位对我的支持与厚爱,尤其是我徒弟,没有枉费我当年一片苦心。这杯我干啦。"廖莎仰脖儿就灌了进去一杯白酒,连眉毛都没皱一下。桌上的各位立刻就慌了,你看我我看你都跟着抢酒瓶子想陪上这一杯。廖莎手里攥着白酒瓶谁也不给,然后把剩下的酒都倒在了那张纸上。

"心意我领了,但是这张纸我就当它不存在。不仅名单不存在,名单上描述的事儿也不存在。"

廖莎这一表态,小徒弟立刻就慌了,忙不迭地解释:"师傅,我没有别的意思,也不是成心害谁。你是不知道你离开这段时间我们过的是什么日子,处处被责难、事事被挑剔,要不是想着还有你能出山这一天我都不想干啦。"

"我相信你一定跟着我受了牵连,但是我也相信这恐怕不是赵凯的本意。"

"师傅,你居然还给那个人说好话?你忘了他是怎么坑你的?我知道你是碍于于经理的情谊……"

"我谁的情谊都不碍,我这辈子不会跟赵凯成为朋友,但这也不说明我就一定要与他为敌,更不说明我就要以其人之道还治其人之身。"

场面一下子安静了,大家面面相觑,不知如何自处。

"今天的事情我就当没发生过，不利于团结的话不要说、不利于团队的事儿不要做。"

廖莎对自己很满意，她突然觉得当初总经理不给她这个大区总监是对的，而此时又把这个位置给她更是对的。从今天开始，她想问题的方式、做事情的角度都和以往有了很大的不同。第二天，她给大区下属所有门店经理开会，当着众人的面儿给赵凯打了个电话，表达继任者对前任的感谢和祝福，让大家看一看她和赵凯依旧是能往来、能合作的关系。她能感觉到在座的很多人都长长地舒了一口气。同时，她把自己的小徒弟安排到了最核心门店任店长，告诉他："盯住了、看紧了，给我顶任务带队伍。"小徒弟自然明白，千恩万谢地走了。

廖莎坐在大区经理的位置上，想着自己好像就快要成为自己曾经讨厌的那种人了。但是，她一时又想着如果不是这样又怎能安抚队伍、带出节奏。这样一对比，她真的也就对赵凯更无恨意，世间事是对是错，还不是在于一个位置和角度。

强大的内心

　　方程对于自己辞职后的生活基本持满意态度，唯有一件事让他耿耿于怀那就是每天中午要去廖莎公司取一趟新鲜挤出的乳汁。他总觉得自己自打一出家门，背后就总有一双审视他的眼睛和明灭不定的一张张脸孔。到了廖莎公司就更是觉得上上下下无一不是用一种看怪物的眼神在看着他。这得是多无聊的一个男人才能每天专程来取一趟"母乳"。方程每次都提前给廖莎打电话让她把东西送出来，可廖莎每次都说："怎么啦，进来看看我工作时的状态，特别迷人。"有什么迷人的，方程心想我被你领导了这么多年了，你啥样我还不知道？可这话也不能明着说，只能快步进入、火速退出。

　　有一次，就在小区里方程遇到了社区李大妈，李大妈正在清理小区地上的广告。恐怕是最近一段时间总能看见方程出出进进，李大妈的革命警惕性就提高了几分。

　　"小方啊，你最近没上班吗？总能在这个点儿看见你。"

　　"哦，我辞职啦。"

　　"哟，那你现在这是无业啊，赶紧去社区做个登记，你们这些无业人员都是社会安定团结的不稳定因素，社区必须掌握情况。"

　　方程是多么随和的一个人啊，可是当得知自己已经成为社会不稳定因素时还是忍不住声音提高了几分。

　　"李大妈，我方程是什么人您还不了解吗？就我还不稳定啊？你这不是转圈寒碜人嘛！"

　　"你也别多心，这不是例行公事嘛。再说了，你有工作有收入的时候自然是稳定的，这一下子失业了就不好说啦。小伙子，大妈走的桥比你走的路都多，那狗急了还跳墙呢！"

"李大妈，我方程没收入我们家还有廖莎呢，怎么着也不至于给社会添负担吧。"

"哎哟小伙子，靠媳妇啊？方程啊，不是大妈说你，你怎么想的？"

李大妈这几句话说得真是要多气人有多气人，方程嘴还笨，一时间也回不上话，只能一跺脚就回了家。方程妈妈哄着方程式，看着刚出门的儿子转头儿又回来了少不得要问问原因，方程也不好张口，只是一头拱在床上生闷气。廖莎在公司左等人不来、右等人不来只好给家里打了电话，方程没好气地只说是自己不舒服，廖莎也不好发难。

李大妈这几句话还真是深深地刺痛了方程。要不是真的受了伤他也不会把这件事藏在心底没有跟任何人讲。就这么憋屈了好几天，趁着董博宇找他商量供应链软件的核心问题，方程就把自己的感受告诉了这位好友。

董博宇对方程的了解应该说比方程自己还要清晰，再加上自己家里出了顾晓楠舍命创业的先进事例，他就更能体会方程的感受。

"程子，廖莎对你的安排其实说明她的内心已经足够强大啦。强大到她能把你该承担的一部分责任全都揽到自己身上。而你现在的痛苦，却说明你的内心还不够强大，你还没有把所有负面情绪都化解掉的能力。"

"我能理解家庭分工有不同，但是我不能接受别人用那种眼光看我。"

"我最近悟出一个道理，你看我家楠楠，实际上她现在的舞蹈工作室算不上赚钱，还是白忙活的阶段。要说养家还是我在养家呀，但是由于她自己觉得有意义，所以她就不再纠缠这件事。你看你，与其说是别人看你的眼光有问题，实际上还是自己对目前的生活不满意。"

方程虽然默默地抽烟，但是董博宇的这段话他还是听进去啦。他设身处地地为自己想了几种情境，比如：如果现在自己在远方支教、穷、累、忙,那他会在乎别人说他靠老婆养吗?恐怕不会。又比如他现在是一名学者,天天做学问,穷、累、忙,那他会在乎别人说他靠老婆养吗?恐怕也不会。为什么呢?因为有成就感。而现在他面对李大妈的时候之所以会愤慨,那是因为自己对自己不满意。没想到,当时自己给廖莎灌输的成就感理论现在竟然实践在了自己身上。

当方程重新构建心理防卫区间的时候,于小娜已经为自己的新角色早早找准了定位。一年一度地产中介协会的年会敲锣打鼓要举行,这是本城地产中介业内的绝对盛事。行业交流、信息共享,关键是资源的对接与人脉的累积。廖莎今年刚刚荣升大区经理,正式迈入了行业社交的舞台。和她一样要在这次年会中闪亮登场的自然是于小娜,赵凯的公司是今年行业里蹿出的黑马,自然会是本届年会的新宠。距离会期还有一周的时间,于小娜电话邀约廖莎一起去试礼服。

"试什么礼服啊,你还真当是电影节走红毯啊,差不多行啦。"

"你这个人真是没意思,你没看之前每年刘总都是沐浴、更衣,重视得很。你怎么就对所有具有仪式感的事情都那么反感呢?"

廖莎被于小娜软磨硬泡得没有办法,只好抽出一个下午陪着她去试礼服。廖莎自己就在小礼服的区域挑挑拣拣,心想只要得体就行啦。一回头,看见于小娜从试衣间里走出来,廖莎忍不住倒吸一口凉气。

"我的个亲娘啊,你是准备去结婚吗?"

"你个女汉子,你懂什么。"

廖莎忍不住想,难怪石姐说小娜这辈子的愿望就是穿着晚礼服站在一名成功男人旁边接受众人目光的洗礼,现如今她是心愿达成啦。一想到人各有志,廖莎就闭上了嘴。连忙帮着好友出谋划策、成人之美。

年会当天,虽没有红毯的环节但也是留影、签到,颇为正式。更让廖莎始料不及的是众多女士还真是披挂上阵,礼服、珠宝,璀璨得很。幸亏有于小娜连拖带拽地让廖莎穿上了小礼服,不然真的很伤颜面。

廖莎按照请柬寻到自己的位置坐稳,左顾右盼都是些半生不熟的面孔。低头拿出手机给于小娜发了一条微信，还没等信息发出只见宴会厅门口一阵喧哗，廖莎一偏头就看见于小娜挽着赵凯笑意盈盈地走了进来。廖莎内心里不由得要为好友喝一声彩，这姿色、这身段真是太好了。而且赵凯也是一副好皮囊，最近事业又顺风顺水，气度自然不凡。黑马永远不缺人抬爱，业界认识的不认识的立刻就围了上去寒暄。廖莎这桌上的几位也开始窃窃私语。

"这女人不简单，收拢了赵凯、拿到了股份，那姓赵的说是老板，可据说这公司的大股东是于小娜。"

"使的好手段。"

廖莎撇嘴笑笑，这场面上哪有什么秘密可言，一时间听这些人的口气又是羡慕又是嫉妒，还带着几分崇拜，内心里也不由得替好友高兴。年会正式开场，请了城里的著名财经主播做司仪。按照惯例是要对业界一年的大事件进行一个梳理，对于成绩好的公司和个人做褒奖。音乐声起声落，一个个奖项颁出去。轮到年度新星企业奖，毫无疑问颁给了赵凯的公司。灯光扫来，赵凯拉着于小娜的手要共同上台，没想到于小娜附着赵凯耳语几句，赵凯无奈只好孤身受奖。台下自然掌声雷动，只见于小娜穿着艳丽的宝蓝色晚礼服，从坐席上站起，双手举过头顶饱含热情地鼓掌，全场自然是眼光都在台上台下流连，觉得这一对男女也是苦尽甘来。

"也真有意思，赵凯明明拉她，她为什么不上台呢？"

"就是，这个奖与其说颁给赵凯还不如说颁给于小娜。没有这台下的女人哪有台上的男人如此风光。"

廖莎其实内心也有疑惑，授奖时刻于小娜作为联合创始人共同上台其实非常合理，这样的风光时刻全数让给赵凯，廖莎替于小娜惋惜。仪式部分过后就进入了酒会时间，廖莎一回头就看见于小娜扯着裙角正往自己这一桌艰难地行进。廖莎自然是连忙起身扶了好友一把，拼搏了这么多年，时至今日双双能踏足行业的顶尖圈层，内心当然是感慨万千。

"快让我看看,这小娘子要相貌有相貌、要胆色有胆色,啧啧!"廖莎是真心夸赞于小娜。于小娜但笑不语,胳膊挽着廖莎,一看就是真心受用。旁边的几位半熟人士见是红人于小娜自然也是纷纷起身祝贺,攀谈起来。

"于总,刚才应该上台,赵总那么拉你怎么还不同行?你是联合创始人的身份啊,别总想着当老板娘。"这一句调侃又诙谐又贴心,段位不低。

"咳,什么联合创始人,股份人家给我就接着,人家不给我还能抠出来?说到底我就是个后勤主管,这种场合跟着添什么乱啊。"

"于总,您这就太谦虚啦。谁不知道没有你捆绑住万成,哪有赵总今天的风光。"

"话不能这么说,也是赵总放手让我去干,急先锋抢什么头功啊,你说是不是。"

众人听于小娜这套说辞自然心里清楚这是给赵凯留着面子,当事人心甘情愿站在幕后,吃瓜群众哪还有心思论什么短长,话锋一转就扯到了八卦上。

"听这语气,于总您和赵总这是好事将近了吧。"众人跟着起哄,于小娜显然对这个问题早有防范。

"这么多好酒堵不上你们的嘴,赵凯就在那边,去去去,问他去。"一片欢声笑语中,众人真的端着酒杯去寻赵凯,一下子酒桌上只剩廖莎和于小娜两个人。廖莎看着小娜,一时心疼起来。

"何苦好处都给那姓赵的。"

"我争这个干什么呢?好处都捞尽了,面子再不给男人,还让人家怎么活?"话音刚落,一对好姐妹拍着桌子大声笑起来,廖莎直笑得眼泪都从眼角渗了出来,一对好姐妹惺惺相惜这么多年,这一次是真的开怀。

"莎莎,你也是真行,放胆让方程辞职,全家的经济重担一个人挑,累死啦。"

"老娘我高兴,也是老娘有这个本事。再者,也实在是方程值得。"廖莎言语间充满了骄傲与自豪,于小娜看着她的样子也是忍不住乐而开笑。

"我给男人留面子、你给男人赚里子,咱俩一对赔钱货。"说完,姐妹俩又是一顿好笑。

远处的赵凯见于小娜和廖莎笑得前仰后合,心中自然好奇,撇下众人寻了过来。

"你们俩笑什么笑成这样?"

于小娜搂着廖莎冲着赵凯直挥手:"去去去,搞你的社交去,我们俩在这儿互相吹捧、自我麻醉一会儿。"赵凯双手搭在于小娜的肩膀上,无限宠溺地贴着她耳边说:"少喝点儿,别回家耍酒疯。"于小娜嫌弃地一耸肩,搂着廖莎又开始聊。

赵凯笑笑走远啦,廖莎看赵凯这个样子忍不住追问于小娜:"什么时候结婚?"

于小娜轻描淡写:"这问题你现在应该问他去,他急,我不急。"廖莎也但笑不语,时至今日的于小娜哪里还会在乎感情的牵绊。这时,又一群人过来敬酒,于小娜起身应酬,廖莎的电话就响了。电话接通,廖莎就听见顾晓楠在电话另一头哭得上气不接下气。

"廖莎,你能到我家来一趟吗?方程也在呢!"廖莎心里一紧,这到底是怎么啦?这时,方程在对面把电话接了过去:"老婆,你那边完事没?晓楠妈妈出了点事儿,过来帮着出个主意呀?"廖莎挂上电话起身就往外走,打车直奔董博宇家。其间想起来方程式,又往家里打了个电话,发现是婆婆接的,自然放下心来。到了董博宇家,只见董博宇、方程围着哭得梨花带雨的顾晓楠,两个大老爷们也不知如何开解,看到廖莎进来都松了一口气。

"怎么了这是?"

· 269 ·

顾晓楠见廖莎来了，哭得更凶，董博宇见自己老婆根本无法说话，只好把事情的来龙去脉跟顾晓楠说清楚。

"楠楠的一个发小叫燕儿的是当地医院放射科的医生，昨天突然给她来电话，说是我岳母觉得手脚有些麻就到当地的医院去做检查，找到了燕儿。结果CT显示脑袋里长了个瘤儿，压迫神经才会导致手脚发麻，燕儿没敢把CT片子给老人，提前给楠楠打了个电话。"

廖莎一听就觉得心尖儿上好像被谁掐了一下，原来大家都到了上有老会生病、下有小要吃奶的年纪。

"手术吧，阿姨没到六十吧，正是当打之年没理由保守治疗啊。"

"脑瘤位置不好，手术的话稍有闪失植物人都是最好的结果。"

董博宇话音刚落，顾晓楠就抓着自己老公的胳膊放声号啕。三个人守着已经精神崩溃的顾晓楠一筹莫展。

"我还没有尽孝呢，博宇！我自从15岁离家求学到今年30岁，和父母真正生活在一起的日子都不超过两年，我还什么都没为他们做呢，怎么就走到了这一步？"

顾晓楠强忍悲痛的诉说深深刺痛了在座的每一个人。大家年纪相仿、性情相通，彼此相交多年，对于这种"子欲养而亲不待"的恐慌都深有感触。安静的客厅里，只听顾晓楠撕心裂肺地恸哭，每一声都砸在大家的心上。

"明天咱俩回老家，把父母接过来做个详细的检查，听听专家怎么说然后再决定，事情也许不至于那么糟。"

顾晓楠茫然地点头，廖莎拉过她的手只觉得冰凉麻木，遥想自己前些时候和母亲互怼的那些日子，廖莎觉得有点后悔。四个人茫然地坐到半夜，董博宇安抚着顾晓楠洗了洗脸睡了，廖莎和方程回了家，心里都不舒服。

第三天，董博宇和顾晓楠把老人接到本城检查，情况不乐观，脑瘤手术难度太大。又不敢跟老人实话实说，还得表面云淡风轻地敷衍。顾晓楠活到30岁，人生经历极其简单，所以抗打击能力也非常差，董博宇几乎需要拿出三分之二的精力来安抚她。最后，几经周折找到了国内顶尖的专家，答案依然是手术难度大，除非……出国治疗。董博宇打听了一下费用，恐怕需要百万上下。这一下也无法再跟老人隐瞒，顾妈妈听说需要远赴日本手术，脑袋摇得像拨浪鼓一样。

"我不去，楠楠。生死有命富贵在天，我活到你成家立业、看到你生活幸福也就知足啦。

吃点中药、看看中医，老天爷让我活到哪一天算哪一天吧，只是你爸以后就得你们多照料啦。"

顾妈妈这么说更让顾晓楠心如刀绞、万箭穿心。

"妈，咱得手术，活一天就得活个明白、活出个质量。这病，不知道还好说，现在明知道脑袋里面有个定时炸弹，不把它取出来那日子还能过吗？再者，这病不是治不了，去趟日本也不远，那边的事情有博宇安排，你尽管放心。"

顾妈妈眼泪吧嗒吧嗒地就掉下来，去趟日本说得简单，上百万的治疗费这条命能不能买回来还不一定。

"楠楠，去日本手术，妈就得卖房子，那是妈想留给你的。做个手术真能保住命还行，一旦是恶性的，又是何苦呢？"

母女俩执手相望泪眼，心中百转千回。都说生命无常，翻手为云覆手为雨，每一个个体的喜怒哀乐又何尝不是任人调配的基酒，前一刻甘甜如蜜、下一秒苦涩无比。顾晓楠出了客房，见董博宇坐在沙发上似乎是在等自己。母亲病了这一段，董博宇跑前跑后，找专家、想策略，顾晓楠这才体验到他真正的好处。

"妈到底什么态度？"

"妈不想去日本，怕到头来卖房子卖地的钱都打了水漂。"

"楠楠，你去跟妈说治病这钱咱们出。怎么还能眼睁睁看着老人去卖房子治病呢？我没那个本事没有办法，现在咱家拿出一百万还不至于就到了山穷水尽那一步。"

其实,这个想法多次在顾晓楠的脑海中划过,但是每一次她都不敢说出口。出钱给老人看病,顾晓楠觉得凭借她对董博宇的了解,他不会有意见。但是,出一百万这么多,老董会是什么态度顾晓楠就拿捏不好啦,毕竟这笔钱的每一分都是董博宇的心血,而且,一百万对自己这个小家来说那也是伤筋动骨元气大伤。此刻,听到董博宇如此掷地有声的表态,顾晓楠觉得自己之前对他的怀疑、对婚姻的误解、对生活细节的偏执,在董博宇的大度和大气面前都极度汗颜。那些琐事、那些谁照顾谁、谁又觉得吃亏的小家子气在一个男人顶天立地为你挡风遮雨的责任感面前又是多么微不足道。

顾晓楠看着董博宇,哽咽得满脸通红,想哭又想笑。董博宇看着她的表情自然能理解一二。

"不用这么感动,你的父母就是我的父母,钱没了再赚,妈没了可怎么办?不就是100万嘛,又不是没赚过。"顾晓楠知道这是丈夫在开解自己,那种受用简直无法言语。

"博宇,我顾晓楠今天跟你说,就因为你对我父母的这个态度,这辈子你可以犯三次重大的错误。"

"怎么才三次,那怎么够用啊。"董博宇用贫嘴换来顾晓楠破涕为笑。

顾晓楠把董博宇的态度转达给自己的父母,顾妈妈泪盈于睫。这个女婿平时眼高于顶、对待父母也不甚热情,使唤人就好像理所应当,顾妈妈对他一直有几分忌惮。没想到,他对父母的爱基本就俩字:花钱。

之后的事情都由董博宇一手操办,联系日本的医疗资源、做必要的检查和评估、办签证等等。即将启程的前两天,顾晓楠突然意志消沉、满脸愁容。

"今天,石姐找我谈话啦。她知道咱妈生病了,让我要平衡好舞蹈教室的工作和个人生活。这个季度舞蹈教室的效益非常好,已经逼近了收支平衡点，眼看就要实现盈利啦。可是，我也不能挣钱不要妈呀。"

顾晓楠的这种为难其实早在董博宇的预料之中。老人生病、手术、康复是一个漫长而折磨人的过程，需要儿女的全程陪护与心理疏导。而且，此去日本吉凶未卜，谁知道是不是从此顾晓楠就将全面停工重返家庭？她刚刚开始步入正轨的事业正面临着戛然而止的状况。董博宇也知道，顾晓楠最大的纠结还不在于一份事业带来的成就感与效益，她的痛点在于从此无法面对石姐。投资人对你信任、支持、帮扶，然后你在即将给投资人带来回报的时候全面撤退，纵有天大的理由也是一份辜负。这份辜负会让顾晓楠进退维谷、很难做人。

董博宇站在阳台上，看着远处渐渐陷落的夕阳，手里一根香烟也燃到了手指。顾晓楠看着丈夫的背影，她从来揣测不透董博宇的心事，也看不透他的表情。热恋的时候对这种神秘着迷，现在对这种神秘惶恐。顾晓楠从身后抱住董博宇，一张脸贴在他宽大的后背上，直觉得那股子熟悉的味道让自己无比安心。董博宇扔掉烟头转过身，看着顾晓楠迷离的眼睛，那眼睛中好像有无数个疑问，但偏偏又带着固执的笃定。董博宇把顾晓楠搂紧，大手揉搓着她的后脑勺。顾晓楠想问"你在想什么"，然后又忍住啦，因为她突然很累，她只想在这个怀抱中歇一歇，想把一切交给自己的爱人。

第二天一大早，顾晓楠一睁眼发现董博宇已经出了门，她自己做好了早饭总觉得心里有一份不安。

董博宇也没去旁的地方，他直接去了许峰的办公室。为许总做的供应链管理软件已经基本交付使用啦，口碑不错。沿着这条路走下去，不远的将来董博宇就会东山再起。但是此刻，他要做另一个决定。

"许总，软件的后续微调和维护的工作我想委托给方程。"

"怎么？思来想去还是觉得看着我讨厌？"

"怎么会，是别的原因。"

许峰对董博宇的请辞自然是诧异万分，这段时间以来董博宇的敬业与专业给他留下了极为深刻的好感,双方接下来的合作几乎板上钉钉。

"那是为什么?我想不出你为什么要在这个时候撤出。"

"为了顾晓楠。"

"那我就更不理解啦。"

"我岳母病重,楠楠回归家庭照顾老人在所难免。她的舞蹈工作室刚刚起步,有同事需要交代、有投资人需要面对、有包括许一诺在内的学生需要交接,这个时候我不帮她还有谁能帮她?"

"你会教孩子跳舞吗?"

"我不是心血来潮,我已经评估过了。目前她工作室的教学体系已经相对完整和成熟,和市面上其他机构的差异其实并不在于老师是谁,而在于教学方法不同。所以,假使顾晓楠不做了,那么李晓楠、王晓楠经过培训都可以胜任。而规范、管理、营销这些后续工作就都是我的强项啦。"

"你是要放弃自己的事业来成全顾老师的事业?"

"某种程度上来讲,是这样的。某种程度上来讲也不是这样的。我接手的是一个逼近盈利的优质企业,我董博宇还没那么大的脸说是成全别人,转换跑道而已。"

许峰沉默,看着董博宇,然后他按通对讲跟外面的秘书说:"开瓶红酒进来。"很快,一瓶上等红酒、两只水晶酒杯摆在两个男人面前。

"做这个决定不容易,顾老师没有看错人。"许峰递给董博宇一只红酒杯,水晶碰触的声音格外清脆悦耳。

"许总,只是不能再合作了,无论如何都非常可惜。"

"别这么说,学校要扩张算我一份,我对你有信心。"

顾晓楠还在自我悲哀着,一想到石姐就有一万种愧疚不能排解。走到舞蹈工作室门前,发现董博宇的车泊在门口,自是诧异。推门进去,看见石姐、汪冰和董博宇相谈甚欢更是费解。

"博宇,你怎么来啦?"

"还你怎么来了，以后就是人家来，你可以不用来啦！"汪冰快人快语。

"是这样，小董一早给我打电话讲了你们家里的情况，我也很理解……"

"石姐，你放心，我……我一定能想到一个两全其美的办法，你放心。"顾晓楠急切地想解释。

"傻妹子，两全其美的办法你老公帮你想出来啦。你回家去照顾妈妈，工作室的经营工作小董来做。"

顾晓楠愣在原地，看着笑意盈盈的丈夫，这一刻她突然理解了董博宇昨晚的沉默与深邃、体察了他的纠结与最后的决绝，更加懂得了自己在董博宇心中的位置。

"老公，我……"顾晓楠言语哽咽，两行眼泪沿着脸颊滚落。

"老婆，你的执着让我看到了你想做这件事的决心，我知道倾注的心血和投入的热情，我了解你一路走来每一步的艰辛。所以当成功就在下一步，我不能让你的所有努力都付之东流。我不能不管，从此还是我赚钱你管家。"

同样是男的赚钱女的管家，但是这背后顾晓楠用自己的行动换来了之前没有的尊重与平等，也证明了自己的价值和能力。而董博宇，他又何尝不是重新认识了一遍顾晓楠，发现了她身上那些真正值得去珍惜的闪光品质。

"楠楠，小董就是不肯低头罢啦。当初你要做舞蹈工作室，想要卖掉父母的房子来筹钱，小董知道了就拿出钱来交给廖莎，让她找我来充当投资人。"听到这一段前情，顾晓楠真是吃惊不小。

"那……那舞蹈工作室到底是谁投的钱啊？"

石姐笑笑说："后来，我这个假投资人是真的看好这个项目，于是就假戏真做啦。不过，小董对你的支持可绝对是货真价实，人家可真是爱你在心口难开。"

顾晓楠心头荡漾着一股暖流，纵有千般埋怨，这个男人终究是爱护自己的。从此，是做事还是顾家都是心里最自愿的选择、都是爱意最真实的表达。婚姻这场博弈中，只有伙伴、没有对手！每走一步都是自己跟自己的较量、都是悠长人生中对自己的淬炼，是铁是钢，终究与人无尤！

尾声

三岁的方程式就是一台不知疲倦的永动机、就是一只上蹿下跳的小皮猴儿。他醒着，天地变色；他睡了，岁月静好。此时，穿着礼服的廖莎正往自己耳朵上别耳环，方程式两只小脚插在廖莎的高跟鞋中，就好像划着一条不听使唤的船在客厅中游来荡去。

"方程式，赶紧去找奶奶把衣服穿上，不然今天的颁奖典礼我们就决定不带你去啦。"

方程式一听说不带自己去了，一溜烟窜进卧室扑到奶奶怀中。一张粉脸在奶奶怀里蹭来蹭去，开始乖乖穿袜子。看到他终于肯"按部就班"，廖莎深深地吐了一口气，早知道生孩子就是找个人与自己为敌，廖莎断然不会走这一步。但是，开弓没有回头箭，她和方程式的斗争不过刚刚开始。方程正在跟脖子上的领带过不去，左也不是右也不是，也不知道那些需要天天打领带的日子自己都是怎么过来的。廖莎走过来帮忙，两个人在客厅里忙成一团。

"一会儿上台的时候别畏畏缩缩，大方一点儿，你现在也是个名人，自带流量的，懂不懂？"

"老婆，我现在还好像在做梦一样，我觉得我什么也没做呀。我不就是在家带带孩子、养养花草嘛，这个奖为什么颁给我呀？"

还没等廖莎回话，楼下就响起了清脆的汽车喇叭声。方程伸头一看，楼下仰脖站着西装革履的赵凯还有旁边的大肚婆于小娜，以及他俩那辆非常拉风的路虎。

"我说男主角，你们快点吧，一会儿路上塞车咱们好迟到啦。"

看到赵凯和于小娜已经到了,廖莎只好满房间抓方程式,一边呵斥着一边穿衣服、套裤子、擦脸梳头,等到终于把孩子归拢得像个孩子样儿了,一抬头看见自己已经满脸出油、神情狰狞,管不了那么多了,今天的主角反正是方程。就这样,一行五个人钻进路虎浩浩荡荡向大剧院出发。

"我看了啊,今天上台领奖的一共7个人,号称'七小福',方程排第三。方程,你大哥是快手上徒手吃灯泡那位,靠一个虎字上位。方程你二姐是抖音上跳舞把假发甩出去那个,靠一个浪字行走江湖。第三就是你了,我总结了你应该走的是'佛系'路线。"赵凯这一路侃侃而谈,于小娜护着肚子就怕方程式踢着自己,廖莎基本是满车抓儿子。路上交通状况果然堪忧,在大剧院等得心焦的董博宇打了电话过来。

"我说程子别耍大牌啊,赶紧点儿过来。"

"谁是大牌,你全家都大牌。马上啦,你再等会儿。"

接个电话一分心,方程式一脚就踢在了于小娜胳膊上,众人连忙像捆小鸡儿一样抓住这只活猴子怕他再惹事端,赵凯趁机吐槽:"我说方程式你可别踢你干妈肚子里的小弟弟,他是个没有爸爸的可怜娃,你要对他好一点。"

方程式歪着脑袋看着于小娜饱满的肚皮发问:"他为什么没有爸爸呀?"

"因为你干妈只想要孩子,不想要孩子他爸。"赵凯这语气能酸倒一片大牙,于小娜白了他一眼提醒道:"别当着孩子面瞎说。"

"谁瞎说啦,天天催你去领证,你天天不着急。顶着个六个月的身孕还是单身,你说说你安的什么心?"廖莎和方程显然对这种对话已经习以为常,但笑不语。于小娜云淡风轻地反驳:"谁能把我怎么着啊?咱俩一旦结婚在公司里占股太多,资本方心态会发生变化。我都跟你说过多少回啦。"

"那你怀什么孕呢?"

"这怪我呀？是谁……"于小娜说到一半觉得有孩子在场立刻去看方程式，方程会意捂住方程式的耳朵，示意二人可以继续。看到方程式一脸探究的表情，于小娜忍不住好笑，不肯再说。大剧院就在眼前，今天有盛事，自然是灯光璀璨、人流攒动。董博宇显然已经等得有些不耐烦，看到路虎驶来，一脸要算账的表情。

"赶紧的吧，马上就要开始啦。"

一行人抱起方程式就冲进了会场，远处的顾晓楠使劲冲着他们招手。开场的文艺节目已经开始，舞台监督看到方程进来显然放下一颗心。掌声雷动，主持人上场宣布：年度网络红人颁奖仪式正式开始。廖莎一下子就觉得哽咽起来，仰头看着旁边一脸紧张的丈夫。这个方程就是傻人有傻福，辞职在家带娃种花写公众号，没想到赶上了新媒体迅猛发展的浪潮，一下子就凭借"种花奶爸"的形象成为一名网络红人。他自己又研发了好多能种在花盆里的小番茄、小黄瓜，原本是打算等方程式大一点给孩子做科普用，没想到立刻被有商业头脑的董博宇开发成产品，依托已经开了3家分校的舞蹈工作室卖了个满堂红。廖莎觉得，老天爷总是偏爱那些真诚、无邪的灵魂，总是让他们在无意中捡拾到珍宝。虽然论收入廖莎还是当仁不让的顶梁柱，但是她对方程的膜拜已经到了朋友圈尽人皆知的地步。

就走神这么一会儿，就轮到方程上台领奖了，由于是靠奶爸形象走红，所以方程抱着方程式顺着拐上台领奖。主持人调侃方程："是不是家庭生活不幸福，为什么从来看不到另一半出镜？"方程说："今天就让大家见识一下我老婆。"于是廖莎也被掌声请上了舞台。主持人问方程："为什么你不上班，要在家里带孩子？"方程略窘，廖莎抢着回答："我家，我负责赚钱养家，我老公负责带孩子种花，我们有分工。"

场下哄笑，主持人感慨：一个盛产女强人的时代终于到啦。今天的女性已经足够强大到去做任何她喜欢的选择，不埋怨、不逃避。她们不再与男人争夺，也不再寄情于外界的认可，她们更关注自己的内心，她们终于认同了自己的身份和作为女性特殊的价值,她们愿意根据性格的特点而不是性别的特点与男性分工。在此基础上她们也承认两性的差异,并知道只有承认差异才能实现真正的平等。场下掌声雷动,为了这个两性终于能和平相处的时代鼓掌。场上的夫妻二人深情地拥吻,这一刻请不要打扰。